BESTSELLER

Deanna Raybourn, autora superventas según las listas de más vendidos de *The New York Times* y *USA Today*, es licenciada en Literatura e Historia por la Universidad de Texas en San Antonio. Vive en Virginia, está casada con su pareja de la universidad y tiene un hijo. Sus novelas han sido finalistas de numerosos premios.

Biblioteca

DEANNA RAYBOURN

Señoras de armas tomar

Traducción de
Toni Hill

DEBOLS!LLO

Papel certificado por el Forest Stewardship Council®

Penguin
Random House
Grupo Editorial

Título original: *Killers of a Certain Age*

Primera edición en Debolsillo: septiembre de 2024
Primera reimpresión: noviembre de 2024

Printed in Spain – Impreso en España

ISBN: 978-84-663-7235-0
Depósito legal: B-10.419-2024

Compuesto por Blue Action
Impreso en Liber Digital, S. L.
Casarrubuelos (Madrid)

P 372350

Para P. Tú tenías razón. Podía hacerlo. Y lo hice

El invierno de la vida me ha
traído la sabiduría.

Beowulf

Nota de la autora

Algunas fechas son deliberadamente erróneas; algunos nombres son falsos. No es un intento de proteger a los inocentes. Se trata de proteger a los culpables. Enseguida lo entenderéis.

1

Noviembre, 1979

—Mi madre siempre ha dicho que llevar una carrera en la media es cosa de verduleras —dice Helen al tiempo que lanza una mirada crítica a la media rota de Billie.

Billie pone los ojos en blanco.

—Hablamos de cometer un delito, no de asistir a una recepción.

—No se trata de un delito cualquiera —la corrige Helen—. Es un asesinato y podrías hacer el esfuerzo de ponerte presentable. Además, tenemos que hacernos pasar por azafatas y ninguna azafata que se precie iría por el mundo con una media rota. —Helen le tiende una cajita de plástico con forma de huevo de una conocida marca—. He traído unas de repuesto. Ve a cambiarte mientras aún tenemos tiempo, por favor. Yo prepararé el café.

La carrera es tan diminuta que solo alguien como Helen se habría percatado de su existencia. Billie se dispone a protestar, pero se frena al distinguir el rictus de obstinación en los labios de Helen. Es obvio que está nerviosa y eso provoca que su atención al detalle esté activada al máximo, en busca de cualquier excusa por la que preocuparse. Billie se dice que es mejor que se mosquee por una media rota que por cualquiera de las mil cosas que podrían salir mal en su primera misión.

—Mary Alice se está ocupando del café. Ve a ver a Nat —dice Billie mientras coge el huevo de manos de Helen.

Se mete en el lavabo para cambiarse y sale a tiempo de escuchar la conversación que tiene lugar en la cabina de mando. Va de pelis otra vez, ¿cómo no? Cuando Gilchrist y Sweeney no discuten sobre las posibilidades de acostarse con Goldie Hawn, se dedican a retarse con citas de películas.

—«Hay que abatir al ciervo de un único tiro. Intento decírselo a todos, pero no me escuchan».

El piloto espera mientras su ayudante pausa el control prevuelo y entorna los ojos en actitud pensativa.

—*¿Los caballeros de la mesa cuadrada y sus locos seguidores?* —propone.

El piloto pone los ojos en blanco.

—Joder, Sweeney, ¿de verdad eso te ha sonado a los Monty Python? ¿La frase te ha parecido graciosa?

Sweeney se encoge de hombros.

—Podría ser. —El copiloto vuelve la cabeza hacia el pasillo y grita—: ¡Falda a la vista!

Billie avanza hasta el umbral de la cabina y pregunta:

—¿Decías algo, Sweeney?

Él tuerce la boca, haciendo una pasable imitación de Bogart mientras la contempla de arriba abajo.

—Le faltaba poco para ser guapa, pero lo compensaba con creces con su voz. Era ronca y sutil, la clase de voz que pedía un whisky solo y le decía al camarero que se quedara con el cambio.

—No recuerdo esa frase de *El halcón maltés* —dice ella.

Él pone cara de ofendido.

—¡Porque es de mi cosecha! Vamos, no me digas que no hago bien de Sam Spade.

—Yo de ti no dejaría el trabajo para dedicarme a eso. ¿Para qué llamabas?

Sweeney repite la cita anterior.

—¿A qué peli pertenece? Vance acaba de preguntármelo y se ha puesto como un energúmeno porque no sabía la respuesta.

—Es de *El cazador* —responde a Sweeney, y señalando al piloto añade—: Y la siguiente pertenecerá a *El padrino*.

El piloto esboza una sonrisa maliciosa.

—¿Cómo lo sabes?

—De cada dos citas que propones, una es de *El padrino* —responde ella.

Billie se calla y el piloto la recorre con la mirada. Su aspecto es perfecto, desde el flamante uniforme recién planchado hasta el moño francés con el que se ha recogido su suave cabello moreno. No le tiemblan las manos y mantiene la mirada firme. Pero está nerviosa… o excitada. Algo le late bajo la piel, él casi puede olerlo. Y su tarea consiste en serenarla.

—Esto está chupado, Billie —dice en voz baja—. Tanto tú como las demás sois buenas; si no, no os habrían encargado el trabajo.

—Gracias, Gilchrist —dice ella sonriendo.

Él se encoge de hombros.

—Os he dado mucha caña durante la formación, pero las cuatro tenéis un gran futuro, siempre y cuando sobreviváis a esta noche —añade con una mueca irónica.

—Eso es muy reconfortante… —ironiza ella mientras Sweeney se echa a reír.

—Limitaos a recordar la misión y todo saldrá bien —le asegura Gilchrist—. Sweeney y yo mantendremos el trasto este en el aire, así que vosotras estaréis solas a menos que algo se joda de verdad.

Su expresión dice a las claras que es mejor que eso no suceda y ella se promete que antes se cortará las venas con un clip que pedirle ayuda.

—Entendido —dice. Le observa durante un instante mientras él pasa las manos por los botones y las palancas, finalizando los controles previos al vuelo. Se le ve cómodo, suelto como un atleta que se sabe bien entrenado para enfrentarse al gran partido.

Sweeney reclama su atención con un codazo.

—Dile a la morenita que quiero tomar una copa con ella cuando esto se acabe.

—Ya conoces las reglas. Nada de confraternizar —le recuerda Gilchrist.

Sweeney emite el mismo sonido que haría un cachorro herido.

—Para ti es fácil decirlo. Tú tienes a Anthea. —Luego repite el nombre arrastrando las sílabas, como si estuviera en el club de campo—: Annn-theee-aaaa.

—¿Tienes novia? Me alegro por ti —dice Billie al piloto.

Este baja la visera y le muestra la foto de una chica con un peinado estilo Jackie Onassis y una mirada severa.

—Muy guapa —apunta Billie.

—¡Y riiicaaa! —añade Sweeney en tono malicioso.

—¿Cuál es tu problema, Sweeney? —pregunta ella.

—Que tengo celos, claro. Él tiene una novia joven, guapa y rica, y en cambio yo solo tengo un calentón con la morenita de pelo rizado que anda por ahí fuera.

—La morenita tiene nombre —le dice Billie—. Natalie.

—La futura señora de Charles McSween —anuncia Sweeney con voz solemne—. Al menos durante este fin de semana. —Levanta una mano en señal de advertencia—. Y no me digas que está prohibido. Eso solo lo vuelve más excitante. Es como si me desafiaran a salir con ella.

Billie mira a uno y otro alternativamente y luego dice:

—Me sorprende que ninguno le esté tirando la caña a Helen. Es la más guapa de las cuatro.

Ambos se encogen de hombros.

—Es mona, sí —admite Gilchrist—. Incluso hermosa. Pero también es lo que los canadienses llaman un invierno en Winnipeg.

—¿Un invierno en Winnipeg?

—Gran belleza natural, pero capaz de congelarte las pelotas si eres lo bastante idiota para desnudarte —explica Sweeney, mirando a Billie con ojo experto—. Claro que tú…

Billie levanta la mano.

—Da igual. No quiero saberlo. El café está hecho. Le diré a Mary Alice que os traiga un par de tazas.

Mary Alice ya las está sirviendo cuando Billie entra en la

cocina del avión. El aire huele a café requemado y Mary Alice le lanza una mirada contrita.

—Se me ha derramado un poco en el hornillo.

Billie hace un gesto con la mano para quitarle importancia y coge el paquete de mezcla de frutos secos para guardarlo en el cajón.

Mary Alice señala con la cabeza la cabina de mando.

—¿Cómo están nuestros valientes líderes?

—Dedicados a citar películas y a decidir a cuál de nosotras se llevarán a casa para el fin de semana.

Mary Alice hace una mueca.

—Dios, los odio.

Billie enarca una ceja.

—No son malos tipos. Vance Gilchrist acaba de darme un voto de confianza, una especie de charla motivadora ante la aventura de esta noche.

Mary Alice suelta un bufido.

—Solo porque es el responsable de esto y el que se la cargará si la jodemos.

—Es probable —concede Billie. Se adelanta para enderezar la tarjeta con el nombre que Mary Alice lleva prendida del pecho. MARGARET ANN, dice en ella. La suya reza: BRIDGET.

«Escoged siempre un alias que coincida con vuestras iniciales —les ha dicho su tutor—. Siempre hay una situación que le pilla a uno cansado o distraído, o simplemente humano, en la que os dará por empezar a decir o escribir vuestro nombre de verdad en lugar del alias. Es bastante más fácil corregir el error sin despertar sospechas si al menos has empezado a decirlo con la letra correcta. También implica que podáis conservar el monograma bordado en la ropa. Recordad, señoras, vuestras vidas son ahora una mentira, pero, cuantas menos contéis, más fácil será que nadie las descubra».

Aparece entonces Helen, bien peinada y tranquila, aunque sus ojos despiden un brillo inusual.

—Empieza el espectáculo —les dice—. Los búlgaros ya están aquí.

Natalie se une a las otras tres y todas se apresuran a desplazarse a uno de los costados del avión, desde cuyas ventanillas redondeadas contemplan la llegada de una larga limusina de color negro.

—Oh, Dios —murmura Natalie—. Está pasando. Por fin.

Helen apoya una mano sobre su muñeca.

—Respira, Nat.

Nat respira hondo por la nariz mientras contempla cómo se detiene el coche. De él desciende el esperado cuarteto de pasajeros: el jefazo —un hombre al que llaman solo «X»—, su secretario de confianza y un par de guardaespaldas.

—Oh, mierda —dice Mary Alice de repente.

Billie se inclina hacia delante hasta que la nariz le choca contra el vidrio. Los guardaespaldas no llevan nada, tienen las manos libres por si necesitan sacar las armas. Tienen pinta de osos, con barbas pobladas y el pelo encrespado, a diferencia del secretario, que luce un rostro bien afeitado y el cabello engominado hacia atrás. Lleva un maletín de piel de becerro en las manos y lo protege con el cuerpo de la ligera lluvia de barro que ha empezado a caer. El mismo X lleva un perrito en brazos, un caniche albaricoque con un lazo en la cabeza.

—Nadie mencionó un perro —dice Helen con voz débil.

—No pienso matar a un chucho. —Nat se separa de la ventana con los ojos muy abiertos—. No soy capaz de eso.

—No hará falta —le promete Billie.

Las otras la miran y ella se da cuenta del fallo en el plan. Las cuatro cumplen órdenes y están, en teoría, bajo el mando de Gilchrist. Pero él estará sano y salvo en la cabina de mando, alejado de todo lo que suceda en el avión. Y aquí van a necesitar liderazgo. No es propio de la organización cometer un error de ese calibre y ella se pregunta si no habrá sido algo deliberado, una manera de probar su sangre fría en situaciones de presión.

Billie toma la iniciativa.

—El perro es una complicación, pero no es un problema ahora mismo. Ya nos ocuparemos de eso más tarde. El problema ahora es recibir a nuestros invitados a bordo e instalarlos. Vayamos por partes. Adelante.

Para su asombro, las otras tres obedecen; corren a sus puestos cuando el jefazo empieza a subir por la escalerilla del avión. Es de esa clase de hombres que deberían viajar en un jet lujoso, un Beechcraft o un Gulfstream, con interiores de madera y provisto de los últimos adelantos. Pero en su dosier dice que es de la vieja escuela: prefiere los aviones bimotores de turbohélice, cuanto más grandes mejor. Este lleva dos motores, montados delante de cada una de las alas, que ahora cobran vida con un zumbido al tiempo que las aspas empiezan a moverse.

El cuarteto de azafatas sonríe a X, un tipo adusto ya en la cincuentena que chasquea los dedos mientras permanece en la puerta y se sacude la lluvia del pelo. Su secretario espera pacientemente detrás de él sin dejar de proteger el maletín con su cuerpo. Un guardaespaldas permanece con quietud bovina en la escalera cubriendo la retaguardia mientras el otro entra hasta la cabina. Mientras dura la inspección, el individuo, de cuello grueso, mantiene una mirada inexpresiva y poco amistosa.

Los pilotos se giran hacia él y Gilchrist le dirige una sonrisa.

—Dios, debería usted avisar.

Espera otra sonrisa de respuesta, y, como esta no llega, se encoge de hombros y retoma sus comprobaciones rutinarias.

—Tú no eres Henderson —dice el guardaespaldas en tono acusador.

—Pues no —responde Gilchrist en tono alegre—. El pobre se intoxicó con la comida. Le advertí que no pidiera la bullabesa, pero se empeñó en probar la especialidad local. Ahora está sentado en el retrete del Hilton, vaciándose por todos lados.

Culmina la explicación con una carcajada y mira a Sweeney, quien se une a las risas un segundo demasiado tarde.

—Tú no eres Henderson —repite el guardaespaldas.

—Vaya, eres un tipo rápido —dice Gilchrist, representando bien el papel de alguien que está a punto de perder la paciencia.

El jefazo avanza hacia ellos.

—¿Qué problema hay?

—Este no es Henderson —dice el guardaespaldas señalando al piloto.

Gilchrist pone los ojos en blanco.

—Oigan, ¿podemos salir del bucle? No, no soy Henderson. Henderson está enfermo y la agencia me llamó. Tengo las credenciales aquí —añade mientras se toca la etiqueta plastificada que lleva prendida de la camisa.

—Enséñamela —dice el guardaespaldas pidiéndola con un gesto.

—Por Dios —rezonga el piloto mientras le pasa la tarjeta.

Es falsa, por supuesto, pero se trata de una buena copia y Gilchrist no siente la menor preocupación. Sweeney sigue enfrascado en las comprobaciones de rigor, centrado en los papeles y el tablero de mandos, aparentemente ajeno al pequeño drama que se está representando a su lado. El guardaespaldas observa con atención la tarjeta.

—Vincent Griffin —lee despacio.

—Excelente —le dice Vance Gilchrist—. Me alegra comprobar que aprendió a leer.

Acompaña las palabras con una sonrisa burlona. Gilchrist suele decantarse por un tono simpático, pero a veces ponerse un poco chulo obtiene mejores resultados. Y es siempre más divertido.

Extiende la mano para recuperar la tarjeta, pero el guardaespaldas no la suelta.

—¿Qué piensas hacer? ¿Guardarla en tu diario antes de pedirme que sea tu pareja en el baile de fin de curso? —ironiza Gilchrist—. Es mi tarjeta. Si tienes algún problema, usa la radio. Si no, devuélvemela.

Se miran de hito en hito, retándose como perros. Desde detrás del jefazo, Billie toma la palabra.

—Disculpe la interrupción, capitán, pero necesito su pedido y el del copiloto —dice, atrayendo hacia sí la atención general.

El jefazo vuelve la cabeza y ella le brinda una sonrisa amistosa.

—Buenas tardes, señor. ¿Quiere que le sirva algo antes del despegue?

Ella está a solo unos centímetros de distancia y él da un paso atrás para contemplar mejor a esa chica de casi un metro setenta de estatura. El uniforme, de un severo color gris oscuro, deja al aire una generosa parte del escote y una rodilla que a él le gustaría conocer mejor.

Le devuelve la sonrisa con los labios, aunque los ojos siguen manteniendo la mirada fría.

—Vodka —le dice—. Solo y con hielo. Y, con lo que he pagado, espero que no sea del barato.

—Por supuesto, señor —dice ella sosteniéndole la mirada un segundo más de lo imprescindible—. ¿Le apetece tomar asiento? Mi compañera está preparando un surtido de aperitivos y la cena se servirá una hora después del despegue.

Ella extiende el brazo para señalar la cabina de pasajeros que tiene a su espalda. El guardaespaldas emite un gruñido de protesta, pero el jefazo lo tranquiliza con unas cuantas palabras en búlgaro. Billie los guía hasta la primera fila de sillones de cuero. El secretario ya se ha sentado en la segunda fila y ahora está secando el maletín de piel con una toalla que le ha facilitado Helen. Natalie está de puntillas, intentando cerrar uno de los compartimentos superiores mientras el segundo guardaespaldas contempla encantado cómo oscilan sus pechos bajo la camisa.

Le dice algo al secretario en búlgaro y suelta una carcajada brusca, pero su interlocutor aprieta los labios. Mary Alice está en la despensa, sirviendo bebidas y llenando cuencos con almendras saladas para aumentar la sed de los hombres. Se alisa la falda sobre sus curvilíneas caderas y sale a ofrecer las copas con una sonrisa. Se asegura de que los guardaespaldas cojan un vaso alto con una bebida fría y los anima a consumirla deprisa antes de que el avión despegue.

—Copas para todos los gustos —dice el jefazo mientras toma asiento sin mirar las almendras.

Billie se dirige a ponerle el cinturón de seguridad y él reacciona con un gesto displicente.

—Ya sé cómo va. El vodka —le recuerda.

Luego coloca al perrito sobre su regazo y hunde los dedos gruesos en su cuerpo peludo. Tiene el dorso de las manos muy pálido, y ella puede distinguir las anchas y azules venas asomando bajo la piel. Piensa en todo lo que ha leído sobre esas manos: las cosas que han hecho, las cosas que ya no pueden deshacer.

Él levanta la mirada al notar que Billie le observa y enarca una de sus cejas grises con altivez, recordándole en silencio que está aquí para servirle. Ella sonríe y el caniche alza la cabeza para mirarla con desdén antes de volver a recostarse. Incluso el perro es un capullo.

—Enseguida, señor —dice Billie, bajando la cabeza en señal de respeto.

Va hacia la despensa y sale poco después con un vaso lleno de vodka con hielo y una servilleta. Aprieta las rodillas al inclinarse para depositar la bebida en la mesilla. Es una técnica que usan las conejitas del Playboy, un gesto atractivo y gracioso que ensalza las rodillas, piensa ella mientras se incorpora despacio.

—¿Desea algo más antes de que despeguemos?

Él no responde, pero deja caer la mano con aire perezoso para agarrarle el culo cuando ella se da la vuelta. El gesto la deja helada e inmóvil por un instante. Helen da un respingo; Billie recobra la compostura y se zafa de ese contacto con una sonrisa vaga que promete un viaje de lo más agradable.

Los hombres intercambian unos cuantos piropos groseros más en búlgaro mientras las azafatas ocupan sus asientos en la parte trasera del avión. Mary Alice se sienta al lado de Natalie, frente a Billie y Helen. Helen acaricia la mano de Billie al sentarse.

—Mantén la calma —le susurra.

Billie asiente con la cabeza y respira hondo. Sabe bien que todo eso forma parte del trabajo. Nadie les ha ocultado que abundarán los toqueteos, el acoso, las proposiciones vulgares y las intenciones sucias. De hecho, todo eso lo tienen asegurado.

—Sabíamos dónde nos metíamos —responde ella brevemente.

El teléfono del reposacabezas suena una vez y ella lo descuelga.

—Cabina —responde.

—Poneos los cinturones, nenas —dice Sweeney en tono alegre—. El capitán dice que nos vamos.

—Sí, señor —contesta ella, y cuelga el aparato con más fuerza de la necesaria mientras los motores empiezan a zumbar. Se mueven, despacio al principio, y van ganando velocidad a medida que Gilchrist pisa el acelerador, para llevarlos hacia la pista y luego hacia el cielo crepuscular.

Cuando se elevan sobre el Mediterráneo, es el propio Gilchrist quien llama. Helen mira a Billie con los ojos entornados y responde:

—¿Capitán?

—Altitud de crucero. Ha llegado la hora —anuncia Gilchrist.

Helen cuelga sin responder nada y hace un gesto a las otras tres. Se levantan a la vez, alisándose las arrugas de las faldas. Mary Alice saca un maletín y lo abre. En el interior hay cuatro jeringuillas hipodérmicas, llenas y tapadas. La idea de usar las jeringuillas fue de Nat; Mary Alice escogió el contenido. Pentotal sódico. En las dosis correctas y administrado de manera intravenosa, es un anestésico. Inyectado directamente al músculo en gran cantidad tiene efectos letales en pocos minutos, causando una muerte amable e indolora que permite al sujeto conservar un poco de dignidad. Además, tiene la ventaja de ser un método rápido y limpio, piensa Billie, a diferencia de otros que podrían haber empleado, como los picahielos que propuso en un primer momento Nat.

Sacan las agujas del maletín una por una. Helen titubea, sus dedos apenas rozan la jeringuilla. Es la única que en la reunión preguntó por qué era necesario matarlos, teniendo en cuenta lo que iba a suceder después.

«Porque uno no debe dejar nunca nada al azar, señorita Randolph —explicó su mentora—. Este es el único trabajo en el que la exageración está bien vista».

Helen es la última en sacar su jeringuilla del maletín y las cuatro se miran. Vuelven hacia la parte frontal del avión sosteniendo las agujas con cuidado. Ante ellas, los pasajeros dormitan en silencio, afectados por el hidrato cloral de sus bebidas. El jefazo se yergue al verlas aparecer y extiende una mano para coger a Billie de la muñeca. Abre los párpados a medias y se esfuerza por sobreponerse al narcótico mezclado con alcohol para pronunciar alguna palabra.

—¿Por qué? —inquiere con voz torpe.

Billie se inclina con un gesto rápido; le clava la aguja en el cuello y le inyecta el contenido de la jeringuilla.

—Creo que ya lo sabe.

Él intenta tocarse el cuello, pero el pentotal sódico actúa con rapidez. Se le cierran los ojos. Ella lo ve perder la consciencia; le suelta la muñeca mientras el cuerpo abandona el mundo de los vivos. Billie contempla a las otras, que observan a sus objetivos con el mismo interés clínico. Un minuto después, cada una de ellas apoya un dedo sobre el cuello de su víctima.

—Despejado —grita Billie.

—Despejado —corea Natalie.

—Despejado —dice Helen a la vez.

—¡Mierda!

Mary Alice da un paso atrás al notar la mano del guardaespaldas en su garganta, ahogándola mientras se incorpora con la aguja hipodérmica colgando del cuello. Luego se la arranca y la tira al suelo: la jeringuilla dibuja un arco en el aire antes de caer a los pies de Billie. Al instante ve que el émbolo está todavía lleno. Mary Alice no ha llegado a inyectar el contenido y la aguja se ha partido.

Mary Alice cae al suelo con el guardaespaldas encima, que sigue estrangulándola. La cara se le vuelve morada. El perro, alertado por el barullo, empieza a ladrar y a dar saltos en círculo. Helen lo agarra mientras Nat se lanza sobre la espalda del escolta: el impacto es el mismo que el que causaría una pulga en el lomo de un perro. Él levanta una mano para apartarla y la empuja contra la mesilla plegable, dejándola sin aliento. Ella jadea varias veces, aspira el aire mientras el perro sigue ladrando como un loco y debatiéndose entre los brazos de Helen. La misión, sencilla y cuidadosamente planeada, ha terminado convertida en un maldito circo. Billie se da cuenta de ello, y de que es la única que puede acabar con esto.

Se agacha, agarra la raja de su falda con ambas manos y tira de ella con fuerza para rasgarla hasta la cinturilla. Lleva un cuchillo prendido al muslo y lo empuña mientras se abalanza hacia el guardaespaldas. Da gracias a Dios porque el pelo del tipo necesite un buen corte porque así puede agarrarlo de ahí y tirar hacia atrás, haciendo que el cuello quede expuesto. Con un tajo rápido le rebana la yugular con la misma facilidad con que cortaría un filete tierno. Un giro de muñeca y alcanza también la carótida, provocando un manantial de sangre que alcanza a Mary Alice, quien, tumbada en el suelo, intenta recuperar el aliento y zafarse de él.

—Por Dios —dice Helen.

El perro que aún tiene en brazos se queda en silencio de repente y luego lanza un aullido lastimero.

—No sueltes al perro —ordena Billie—. Lamerá la sangre.

—Oh, por favor —masculla Mary Alice—. Creo que voy a vomitar.

—Será mejor que no —le dice Billie—. Aún no hemos terminado.

Justo en ese momento Gilchrist sale de la cabina de mando.

—¿Qué coño ha sido todo ese escándalo…?

Se para en seco al ver la moqueta gris cubierta de un charco de sangre oscura y viscosa.

—¡Por el amor de Dios! —exclama.

—Estamos en ello —explica Billie sin dar más detalles.

—Encárgate de que así sea —ordena él, luego se vuelve hacia Helen—. Paracaídas.

Esta saca dos paquetes grandes y otros dos más pequeños (los principales y los de repuesto) del compartimento superior y se los entrega.

—Aquí están.

Él se los pasa a Sweeney sin darse la vuelta.

—Ya sabéis lo que toca ahora. Terminad y salid de aquí. Nosotros os seguiremos. Y no os dejéis el maletín —añade lanzando una mirada al secretario, muerto en su asiento gracias al eficaz trabajo de Nat—. O todo esto no habrá servido para nada.

Vuelve a la cabina de mando antes de ver el dedo de Billie extendido.

Mary Alice logra ponerse de pie y suelta una risa débil mientras se despoja del uniforme ensangrentado. Nat le pasa un mono negro ajustado, confeccionado con un material que ha desarrollado un fabricante militar que no ha hecho ascos a vender unos miles de metros de tela bajo mano. La piel de Mary Alice sigue pegajosa por la sangre, pero consigue enfundarse el mono, subir la cremallera y ponerse el paracaídas en su sitio. Las otras hacen lo mismo, revisando el equipo mientras suben las cremalleras y aprietan las cinchas.

—Tenemos un problema —anuncia Nat. Levanta el maletín, y con él se eleva el brazo del secretario—. Esposas. Y no hay ni rastro de la llave.

—No hay tiempo que perder —rezonga Billie.

Se adelanta, cuchillo en mano, y hace lo que corresponde. Natalie la observa con interés, como si estuviera tomando notas de un experimento científico. Billie coge el maletín y se lo ciñe al pecho; la mano amputada cuelga de él como un accesorio obsceno.

Helen se mete el perro dentro del traje y luego sube la cremallera, dejándolo atrapado detrás del paracaídas de repuesto.

—Ese perro no tiene ninguna posibilidad de sobrevivir al salto —dice Mary Alice.

—Tampoco la hay de que yo no lo intente —responde Helen con frialdad.

Nat le lanza una mirada de agradecimiento y todas avanzan hacia la cola del avión, preparándose mentalmente mientras Vance dirige el morro del aparato hacia abajo y lo hace descender varios miles de metros en una caída que está a punto de calar los motores.

—Listas —dice Helen.

Justo entonces las luces de la cabina parpadean dos veces. Es la señal. Mary Alice da un paso adelante y abre la puerta. Vance ha volado hacia el sudoeste de Niza, en paralelo a la costa, y se ha internado ligeramente hacia tierra antes de dar un brusco giro a la izquierda para poner el avión en dirección al sur. Se encuentran, pues, más allá de las montañas, sobrevolando el parque nacional de Plaine des Maures. Es una zona más llana que las escarpadas cumbres del este, pero ni mucho menos totalmente plana. De acuerdo con los informes topográficos que constaban en sus informes, es un terreno áspero, frondoso y salpicado de pinos y otros cultivos que pueden complicar el salto. Dicho terreno se extiende ahora bajo el vientre del avión como una mancha negra y uniforme. Más hacia el oeste, una estrecha franja violeta marca la muerte del día y las primeras estrellas brillan en el horizonte.

Natalie se ajusta las gafas y saluda mientras salta hacia la noche.

Mary Alice es la siguiente, lanzándose desde el escalón inferior como lo haría un nadador que se sumerge en aguas profundas. Helen lo hace con estilo, dándose la vuelta para saludar a Billie.

Esta se queda en la puerta y respira hondo. El aire huele a sal del golfo de Saint-Tropez y al fuerte olor del combustible. Billie sonríe mientras se precipita al vacío.

Va contando mientras flota en el aire. A los treinta segundos podrá abrir el paracaídas. Son los treinta segundos más pacíficos de su vida. Es consciente de ir llevando la cuenta, con los dedos rozando la anilla de la cuerda, casi preguntándose si no sería mejor terminar ahí. Desde esa altura no quedaría demasiado de ella cuando llegara al suelo y en realidad no sentiría nada. Nada salvo esa negritud vacía y hermosa que la envolvería para siempre.

Treinta. Los dedos actúan con fuerza y ella nota el tirón del paracaídas cuando este se abre y detiene la caída libre del cuerpo. Las piernas le cuelgan como las de una marioneta. A su izquierda logra distinguir tres lucecitas cuando Helen, Mary Alice y Natalie aterrizan. Ella nota un impacto más fuerte de lo que esperaba, un golpe que la deja sin aire.

Se las apaña para rodar de lado, tal y como le enseñaron. Se detiene con brusquedad al chocar contra un pino y el encontronazo despierta a un ave que chilla un par de veces antes de emprender el vuelo con un aleteo airado. Billie ve las luces de las otras tres, parpadeando como luciérnagas, conformando una línea desigual sobre la llanura. Levanta la cara y ve cómo otras dos luciérnagas saltan del avión. Este vuela bajo, su silueta se recorta contra las nubes mientras se dirige al Mediterráneo. Se ha calculado minuciosamente el combustible para que se termine en algún punto entre Baleares y Cerdeña, alrededor de la medianoche. En el agua tan solo quedarán unos cuantos pedazos de fuselaje roto y un rastro de productos químicos. Billie recuerda haber leído que el fondo del mar se halla a unos tres mil metros; allí se congregan esqueletos de barcos y marineros desde hace miles de años. Unos cuantos más no estorbarán.

Billie nota un roce en la pierna. ¿Será una tortuga? ¿Una rata? Se pone de pie y busca con la mirada a las otras, cuyas posiciones resultan visibles al haber activado las luces de seguridad. Ella hace lo mismo y la brillante luz blanca casi la ciega. Se cubre los ojos mientras oye el ruido del helicóptero que se acerca y desciende para recogerla de la llanura rocosa. Es la cuarta en subir, y lo hace temblando a causa de la adrenalina. Tropieza al entrar a bordo y se cae de bruces. Al descubrir a su mentora y directora del Proyecto Esfinge, Constance Halliday, cuyo nombre en clave es Pastora, sentada allí, desearía haber hecho una entrada más elegante. Halliday tiene casi setenta años y va vestida con un traje de aviador, con un pañuelo de seda blanco en torno a la garganta para protegerse del frío. Lleva el bastón apoyado en la pierna.

Helen baja la cremallera con rapidez para comprobar el estado del perro, quien, a juzgar por sus ladridos furiosos, parece haber salido indemne de la aventura. Nat intenta calmarlo mientras Mary Alice se sienta y cierra los ojos como si rezara. A los hombres los recogerá un segundo helicóptero, más pequeño, y se encontrarán todos para una última reunión en un lugar desconocido de las afueras de París. Tendrán que repasar toda la operación, detalle a detalle, resaltando los errores y examinando todas y cada una de las decisiones de cara a mejorar. Pero, por el momento, están a salvo. La primera misión ha sido realizada sin más consecuencias que la costilla partida de Nat y la sangre del pelo de Mary Alice.

Sin decir palabra, Halliday hace un gesto y Billie desengancha el maletín para entregárselo con la mano, ya exangüe, aún colgando; un apéndice lánguido y pálido como un guante lleno de helado de vainilla. Halliday no le presta la menor atención. Saca una herramienta para abrir el maletín, del que extrae una carpeta. Durante los siguientes minutos, revisa el material que contiene y, cuando termina, se permite esbozar una ligera sonrisa.

—Buen trabajo, señorita Webster —dice con su marcado acento.

Billie le responde con un asentimiento de cabeza y, de repente, se coloca a cuatro patas para vomitar.

Es el día más feliz de su vida.

Hasta el momento.

2

El peligro ha tenido muchos olores distintos a lo largo de mi vida. Un trabajo malogrado. Una calle de una sola dirección que nunca debí haberme saltado. Un hombre con vaqueros Levi's descoloridos cuya sonrisa me partió el corazón media docena de veces y al que volví a amar otras tantas. En el Anfítrite olía a gardenias y a dinero. El barco era una preciosidad, lo último en cruceros de lujo de una empresa especializada en esa clase de viajes: cincuenta camarotes, incluidas un par de suites, y un miembro de la tripulación para atender a cada uno de los pasajeros. Los folletos lo describían todo a base de adjetivos como exclusivo, hecho a mano o artesanal. Nos habían enviado a cada una de nosotras un paquete, grueso como medio listín telefónico de los de antes, repleto de fotos brillantes y de mapas, acompañado por una carta de bienvenida del capitán, escrita bajo un membrete en relieve más vistoso que el de una invitación de boda. Todo, desde los menús de los tres restaurantes a bordo («que ofrecen frescos productos marinos de proximidad y frutas orgánicas cultivadas de manera sostenible») hasta los folletos de las excursiones («contempla los corales en tu propio sumergible»), había sido escogido con esmero para hacernos sentir acogidas y mimadas. Dentro del paquete había también una carta personalizada escrita con tinta de color turquesa, con los puntos de las «íes» convertidos en diminutas estrellas marinas.

Queridas Mary Alice, Helen, Natalie y Billie:

¡Es un inmenso placer daros la bienvenida al Anfítrite! Entendemos que esta es una ocasión muy especial para las cuatro. ¡Feliz jubilación! Cuarenta años en el mismo trabajo suponen un logro tremendo y nos alegramos mucho de que celebréis este acontecimiento con nosotros. Mientras entráis en esta nueva página de vuestras vidas, os pedimos por favor que nos comentéis si hay algo que podamos hacer para mejorar vuestra experiencia a bordo.

Saludos cordiales,

HEATHER FANNING
Coordinadora ejecutiva de Atención al Cliente
#jubilacion #crucerosdelujo #anfitrite

Meneé la cabeza. Después de cuarenta años en uno de los escuadrones de asesinos de élite, la cosa terminaba así: con un crucero gratuito y una carta rimbombante de una chica que firmaba sus comunicaciones con hashtags.

Si esperáis que os diga el nombre de la organización para la que trabajo, ya podéis ir dejando de leer. Es un secreto; tan secreto, de hecho, que sus empleados nunca nos referimos a ella por su nombre oficial. Siempre la llamamos «el Museo» y usamos esa nomenclatura para ocultar, en la medida de lo posible, que nuestro trabajo consiste en eliminar a personas que merecen pasar a mejor vida.

Los hombres y mujeres que fundaron el Museo eran un grupo internacional de agentes de las antiguas SOE y OSS (la Dirección de Operaciones Especiales y la Oficina de Servicios Estratégicos, respectivamente), procedentes de la Resistencia francesa, polaca y holandesa, y algunos de los antiguos *Monument Men* que habían puesto a salvo las colecciones de arte de toda Europa mientras las tropas de las SA asolaban el continente. Explicado sin ambages: aquellos que querían ir a la caza de nazis y no poseían un mandato de su gobierno decidieron unirse y hacerlo por su cuenta.

Eran los bichos raros, los excéntricos, los retorcidos que aplicaban la lógica con brillantez y que preferían dictarse sus propias reglas antes que seguir las normas prefijadas. Perseguían a antiguos miembros del Tercer Reich: desde el limpiabotas de Hitler hasta los guardias de Treblinka. Se cargaban a todos los que lograban encontrar, ya fuera en la selva amazónica, en los prostíbulos de Buenos Aires o en una villa a las afueras de Pretoria. Cuando la lista de nazis que tenían cuentas con la justicia se agotó, volvieron su atención hacia otros personajes: dictadores, traficantes de armas o drogas, y tratantes de mujeres.

Era algo así como el salvaje oeste, donde no imperaba otra ley que la de la justicia natural, y supongo que esos fueron sus días dorados. Tampoco es que fuera oro todo lo que relucía, por supuesto. Pese a sus elevados principios, el Museo se ha mostrado bastante lento en el tema de la justicia social. Me han metido mano en el culo más veces de las que quiero recordar y, durante los primeros doce años que trabajé para ellos, tuvieron exactamente un agente negro. Sin embargo, al menos cuando nosotras empezamos, se sentía algo en el aire, el zumbido eléctrico de la ilusión, al saber que hacías algo que merecía la pena y que lo hacías mejor que cualquier otra persona.

Así fue como me captaron, claro. Me encontraron en la universidad, con el signo de la paz bordado en los tejanos, y me sedujeron con el anzuelo de cambiar la historia. Me reclutaron a finales de 1978, junto con Mary Alice, Helen y Natalie, como parte del Proyecto Esfinge, el primer escuadrón cien por cien femenino. Abandoné los carteles de protesta, me olvidé de quemar sujetadores y dejé que me convirtieran en una asesina.

A Helen no le gusta esa palabra, pero yo siempre le pregunto si merece la pena molestarse en buscar una alternativa. Es tan simple como cierta. Nos ganamos la vida matando. Y nos la ganamos bien, por si os interesa: disfrutamos de un digno salario base, extras y beneficios, junto con un seguro que incluye la atención dental y una pensión. Matamos a quienes nos ordenan y solo en ese caso. Dejemos eso claro desde el principio. No somos sociópatas. No matamos por diversión ni lo hacemos gratis. Matamos para que nos paguen. Y… Bueno, Mary Alice adora su idealismo y aún se aferra a la idea de que asesinamos a gente que lo merece y contribuimos a crear una sociedad mejor. Esa era la frase oficial cuando nos reclutaron, y, aunque los tiempos han cambiado (hay más ordenadores y administrativos encargados de los análisis de coste y beneficio), esa parte no es negociable. Solo matamos a personas que han sido específicamente señaladas por el Museo para su eliminación y no actuamos por libre. Nunca. No matamos en nuestros días libres de la misma forma que un cirujano torácico no se pone a operarte para pasar el rato. Existen reglas.

3

El paquete llegó por correo a finales de noviembre de 2018, en una época del año previsiblemente tristona. El negocio de los asesinatos por encargo se vuelve muy intenso durante las vacaciones (los objetivos son unas criaturas tan rutinarias en sus costumbres como el resto de los mortales y siempre puedes abatirlos cuando cruzan el bosque o el campo para ir a ver su abuela), pero yo había cumplido con el último objetivo la semana anterior a Halloween, y me había quedado encerrada en mi casita de alquiler, como si fuera Miss Havisham, aunque con las sobras de tacos de desayuno en lugar de una tarta nupcial. No había más trabajo a la vista, los Astros habían perdido contra los Red Sox en las eliminatorias del mes anterior, y, por si eso fuera poco, había nevado de verdad en Houston. En resumen, estaba deseosa por embarcarme en cualquier cosa que tuviera visos de aventura, y un crucero de jubilación con todo pagado que zarpaba el día de San Esteban era mejor que nada.

Hojeé los folletos notando la omisión deliberada de los precios.

Era demasiado. Me rendí después de leer cuántos hilos tenían las sábanas («fabricadas a mano con algodón cultivado en el delta del Nilo») y eché el paquete en la mochila. Un mes después aún seguía allí, sepultado bajo un frasco de protector solar, un cartón de tabaco y una bolsa de gominolas de regaliz cuando subía al barco en San Juan a media tarde en lo que parecía una reunión de excompañeras de clase. Mary Alice y yo nos habíamos encontrado en el aeropuerto de Dallas en nuestro viaje al este; Helen se unió a nosotras en Miami. Y, por supuesto, Natalie apareció en el último minuto, dejando a su paso un rastro de pintalabios y de botellines de licor que llevaba en el bolso abierto mientras corría por la plancha de embarque en el muelle de Puerto Rico.

—Se va a romper la cadera con esas carreras —dijo Mary Alice en voz baja.

Estábamos apoyadas en la barandilla del barco, al lado de Helen, mientras veíamos a Natalie zumbando por la plataforma calzada con zapatillas de esparto con un tacón considerable y atadas a la pierna con cintas de satén amarillo.

—O cayéndose encima de un mozo —dije yo mientras señalaba cómo Natalie parpadeaba con furia en dirección a un pobre chaval de veinte años que no entendía nada.

—Dejadla en paz —terció Helen en un tono un poco brusco.

Enarqué una ceja hacia Mary Alice, pero ninguna de nosotras le replicó. Natalie depositó el equipaje en los brazos del mozo y le despidió para unirse a nosotras. Era la más menuda, apenas le llegaba a Helen al hombro, pero de alguna manera se las apañó para congregarnos en una especie de abrazo grupal.

—¡Cuánto tiempo! —gritó, y luego se apartó para mirarnos mejor—. ¡Dejad que os vea! ¡Dios, qué viejas estáis!

—Han pasado seis meses —le dijo Mary Alice mientras se alisaba la túnica de lino que Natalie había arrugado con su exuberante abrazo.

Natalie agitó una mano.

—Y una porra. Ha sido más tiempo.

Helen calculó mentalmente.

—Fue en mi último cumpleaños. Vinisteis todas a Washington —dijo, y no siguió hablando. Habíamos ido al DC armadas con reservas de restaurantes y entradas para el reestreno de *Camelot* en el Kennedy Center solo para sacarla de casa.

La observé con atención. Me había dejado muy preocupada en aquella visita. La muerte de Kenneth había sido un duro golpe y no estaba segura de si conseguiría superarlo. Cuando llegamos habían pasado tres meses desde la defunción de su marido. La casa estaba a oscuras, con las persianas bajadas, y apestaba a ginebra, a sábanas sucias y a una Helen aún más sucia. Nos quedamos allí durante cuatro días, la obligamos a salir para ir al spa, al cine y a un partido de béisbol. Le hicimos prometer que iría a la peluquería y que seguiría participando en los comités de voluntariado, la apuntamos a clases de cerámica y a un servicio de entrega de comidas a domicilio. Y luego nos volvimos a nuestras respectivas casas y retomamos nuestras vidas con la sensación de haber cumplido con lo que nos habíamos propuesto, como si Helen fuera solo una tarea de la que ocuparse. Tachamos la casilla que decía «consolar viuda» y pasamos a otra cosa.

Sin embargo, yo sospechaba que Helen no había pasado página en absoluto. Ahora mismo tenía buen aspecto, con el cabello de un rubio grisáceo con mechones de color platino a juego con el bolso de piel de avestruz Birkin que llevaba colgando del brazo. Pero había perdido peso. Me dije que si la abrazaba con fuerza podía partirla en dos.

Justo entonces, el joven mozo de Natalie apareció con una cesta y unas pinzas.

—¿Toallitas frescas, señoras? ¿Con aroma a verbena de limón?

Todo lo que ese crío decía terminaba en forma de pregunta.

—Gracias, Hector —dijo Natalie con una gran sonrisa.

El chico repartió las toallitas una por una como si fueran naipes. Mary Alice se frotó los brazos con ganas mientras Helen se daba unos toques suaves en las mejillas. Natalie guardó la suya en el sujetador mientras yo me pasaba la mía por la nunca con un gemido de alivio.

—¿Sofocos? —preguntó Mary Alice en tono compasivo.

—Solo de vez en cuando —repuse.

—No puedo creer que aún no hayáis dejado eso atrás —dijo

Natalie al tiempo que se sacaba la toallita del escote—. Tuve la última regla en 2005.

—Natalie, por favor —dijo Mary Alice, mirando a su alrededor por si había oídos indiscretos cerca.

Nat se encogió de hombros.

—No veo por qué tiene que importarme que se entere nadie. La regla es algo completamente natural.

—Sé cómo funciona la menstruación, Natalie —dijo Mary Alice apretando los labios—. Pero tal vez los demás pasajeros no estén interesados en tus tribulaciones ginecológicas.

Cuando éramos más jóvenes, Natalie se habría puesto como una fiera, pero en ese momento se encogió de hombros y cogió dos copas heladas de vino rosado de la bandeja de un camarero que pasaba por allí. Le entregó una a Mary Alice.

—Toma. Bébetela mientras voy a buscar una linterna.

Mary Alice frunció el ceño.

—¿Una linterna?

—Para encontrar el palo que llevas metido en el culo. Dime si necesitas ayuda para sacarlo —añadió Natalie con voz dulce.

Cogí otras dos copas y le pasé una a Helen. Luego alcé la mía.

—Brindemos —dije, con la mirada puesta en Mary Alice y Natalie—. Por nosotras. Después de cuarenta años, aún aguantamos.

Todas se unieron, incluso Helen, aunque esta apenas parecía tener fuerzas ni para hacer chocar la copa. Cuando terminamos de contemplar la puesta de sol y nos desplazamos al comedor para degustar un pez espada a la brasa, ya habían caído otras dos. Engullimos una obscena cantidad de tiramisú de coco y estábamos ya listas para acostarnos cuando Heather Fanning, tan pizpireta y atildada como yo me temía, se acercó a nosotras luciendo una amplia sonrisa.

—¡Espero que hayáis disfrutado de una maravillosa cena de bienvenida! —exclamó—. ¡Tengo un regalo especial para vosotras!

Nos instó a que la siguiéramos y Mary Alice se colocó a mi lado.

—Apuesto diez pavos a que esa tía hacía piruetas con un bastón de animadora

—Uno en llamas —añadí yo.

Heather nos condujo hasta el puente de mando, donde nos presentó al capitán, un hombre que se parecía lo bastante a Idris Elba para que Natalie se le insinuara mientras nos ofrecía una visita guiada del barco. Nos llevó escaleras arriba y escalerillas abajo, nos paseó por todas las cubiertas sin dejar de señalar todos los detalles lujosos y las medidas de seguridad de a bordo. Estaba orgullosísimo de la sala de máquinas y nos tuvo media hora de pie mientras nos explicaba los secretos de los tanques de GNL (gas natural licuado, por si alguien os pregunta). Habló hasta que empecé a tener calambres en las pantorrillas y unas incontrolables ganas de tumbarme detrás de un motor y echarme a dormir. Pero todas sonreímos, le dimos las gracias, y cuando regresamos a la zona de paseo de nuestra cubierta nos encontramos con una botella de champán de su parte. Llevaba una etiqueta colgada que rezaba: ¡FELIZ JUBILACIÓN!, y a su lado había cuatro copas. Hicimos un brindis y la nostalgia nos invadió al instante.

—Creo que no estoy lista para jubilarme —dijo Nat con tristeza—. Adoro mi trabajo.

—Lo mismo me pasa a mí —contesté yo.

—Pues yo me siento aliviada —comentó Mary Alice—. Es hora de pasar página.

—Me habría gustado terminar el que me quedaba —dijo Helen mientras entrelazaba los dedos en torno a su copa—. Haberlo terminado bien, quiero decir. De haber sabido que el trabajo en Qatar era el último, le habría prestado más atención.

—Yo les habría prestado más atención a todos —dije—. Ha pasado tan rápido.

—Voy a echar de menos la adrenalina —nos confesó Nat con expresión anhelante—. ¿Cómo diablos voy a encontrar algo que me haga sentir tan viva?

—Podrías darte a las drogas —sugirió Mary Alice.

Natalie le sacó la lengua y luego se volvió hacia mí.

—Tú me entiendes, Billie —dijo.

—Sí. Es como pasar de las partidas de póquer a las tragaperras para el resto de tu vida.

Natalie abrió los brazos en un gesto melodramático.

—¡Gracias! Es el subidón, el nerviosismo constante de evaluarte a ti misma contra los riesgos, de decidir el siguiente movimiento mientras caminas siempre sobre una cuerda floja.

Sabía perfectamente de qué estaba hablando. No importaba hasta qué punto lo tuvieras todo planeado, ni las horas de preparación: siempre te topabas con algo inesperado. Y cada encargo era una oportunidad de probar la máxima principal de Darwin: adaptarse o morir. Nosotras nos adaptábamos; ellos morían.

—¿Lo echarás de menos? —pregunté a Mary Alice.

Ella lo pensó durante un minuto.

—No lo creo. Akiko y yo disfrutamos de una buena vida, ¿sabéis? Tenemos la liga de sófbol y Akiko empezará a hacer de pitcher el año que viene. Yo tendré tiempo por fin para unirme a la orquesta de aficionados y de desempolvar la viola. Podremos viajar sin el temor constante de que surja un encargo que lo estropee todo. Se me agotan las excusas. Creo que Akiko sospecha que tengo una amante.

Lo decía en tono ligero, pero caí en la cuenta de lo duro que debía de resultar mantener esta clase de secreto ante tu pareja. El trabajo podía exigirte cosas cuando menos lo esperabas, encargos que se presentaban sin avisar. Cuando llegaba el aviso, liabas el petate y te largabas. A veces eran viajes de unos pocos días, a veces duraban meses. No había manera de saberlo de antemano.

—Creo que su duda está entre si tengo una amante o si soy espía —prosiguió Mary Alice.

—¿Por qué iba a pensar que te dedicas al espionaje? —masculló Natalie.

—Porque se me da fatal inventar excusas para justificar adónde voy cuando me toca desaparecer de repente. La última vez le dije que debía atender una urgencia contable.

El Museo nos pagaba anualmente un sueldo para que estuviéramos siempre disponibles. Cada encargo iba acompañado de extras, lo que significaba que nunca andábamos cortas de dinero; por otro lado, la obligación de desaparecer durante meses nos complicaba la vida a la hora de conseguir empleos normales. Pero llegaba el aburrimiento y, de todos modos, necesitábamos alguna coartada, así que la mayoría de nosotras trabajaba por cuenta propia. Mary Alice llevaba la contabilidad de algunos clientes; Natalie se dedicaba al arte y, de vez en cuando, incluso lograba exponerlo, aunque prefería no destacar demasiado. Helen era feliz siendo la esposa de Kenneth y yo me dedicaba a la traducción, normalmente de textos académicos. Si os imagináis que es un trabajo soso, no vais muy errados. Pero me refrescaba mi conocimiento de idiomas y me servía para ocupar el tiempo libre.

—¿Qué diablos es una urgencia contable? —pregunté a Mary Alice.

—Créeme, si pudiera pensar en una, te lo diría. Normalmente me invento cualquier rollo sobre la confidencialidad del cliente y salgo pitando por la puerta. O me limito a decir que mi madre está enferma.

—¿Y nunca ha querido acompañarte? —preguntó Helen.

Mary Alice titubeó un poco.

—En el fondo sabe que, miento y creo que le da miedo insistir por temor a lo que podría descubrir. Además, ya conocéis a mi familia. No me costó mucho que Akiko creyera que no era bienvenida.

Meneé la cabeza.

—¿Me estás diciendo que, en los cinco años que lleváis casadas, Akiko ha pensado que tu familia es demasiado homófoba para recibir a tu esposa en su casa? ¿Y que tú le has seguido la corriente?

Ella se encogió de hombros.

—Es la mejor manera de mantenerla a salvo. Cuando menos sepa, menos problemas tendrá.

Helen se mordió el labio.

—Pero debe de pensar que no estás de su lado, que estás dispuesta a aguantar todo lo que tu familia te pida.

—Bueno, he aguantado bastante. ¡En casa han volado hasta platos, y lo digo literalmente! Deberíais haber visto lo que pasó la vez que intenté llevar a Akiko a comer por Navidad —dijo Mary Alice con un suspiro—. Quizá algún día pueda contarle la verdad, ahora que ya todo ha terminado.

—No entiendo por qué no se lo dijiste de entrada. Kenneth sabía en qué andaba metida —comentó Helen.

—Kenneth era de la CIA. Tenía su propio pasado —dijo Mary Alice. Se sonrojó—. Debería habérselo contado. Lo sé. Pero nunca encontré el momento para hacerlo. No es que sea algo que mencionas en la primera cita, las cosas como son. «Me gustan la música de cámara y las labores de punto, y la semana pasada envené al jefe de un sindicato internacional del crimen organizado» no termina de funcionar.

—¿Y entre el día de la primera cita y el de la boda tampoco encontraste el momento? —pregunté con suavidad.

Ella se mordisqueó la uña, su cara reflejaba a las claras su sentimiento de culpa.

—Creí que me abandonaría. Tuve miedo, ¿vale? Me preocupaba que, si se enteraba de las cosas que había hecho, decidiera que no podía vivir con eso. Y yo no podía vivir sin ella.

—Deberías habérselo contado —dijo Helen con firmeza.

—Yo nunca se lo dije a ninguno de mis maridos —intervino Natalie.

—Ninguno de tus maridos se quedó el tiempo suficiente para que pudieras hacerlo. Tú cambias de cónyuge como nosotras de bragas —replicó Mary Alice.

Natalie se encogió de hombros. Tendía a considerar la monogamia más como una sugerencia que como una obligación; algo de lo que debería haber informado a cualquier futuro marido, y no fue plenamente consciente de ello hasta que llegó el divorcio número dos. Cuando cortó con el tercero, decidió olvidarse definitivamente de la idea del matrimonio y optó por tener lo que ahora se conoce como «follamigos».

Natalie se volvió hacia mí.

—¿Y tú? ¿Lo vas a echar de menos? —preguntó.

—No voy a añorar los entrenamientos —respondí con sinceridad—. Ya no aguantaba la obligación de mantenerme en forma porque mi vida puede depender de ello. Tengo las rodillas hechas polvo.

—¿A qué piensas dedicar el tiempo? —preguntó Helen.

Me encogí de hombros.

—No tengo ni idea. Quizá me dé por el punto de cruz o por un curso de danza dramática.

Natalie meneó la cabeza.

—No te imagino haciendo otra cosa. Todas somos asesinas, pero tú eres la reina —proclamó al tiempo que alzaba la copa proponiendo un brindis.

Las otras se rieron y yo incluso conseguí beber un trago, pero el comentario de Natalie se acercaba más a la verdad de lo que me habría gustado admitir. Dijo lo que yo empezaba a temer: que, sin el trabajo, yo no era nada.

4

Diciembre, 1978

No hay anuncios de trabajo en los que se soliciten asesinos. El reclutamiento es un tema delicado y Billie Webster no tiene la menor idea de que está a punto de llamar a su puerta. Se encuentra sentada en una celda provisional en Austin, Texas. Ha pasado la noche con la espalda apoyada en la pared de cemento, escuchando los ruidos habituales de una cárcel urbana un sábado por la noche. Una prostituta se ha dormido con la cabeza apoyada en su hombro y, aunque huele a sudor y a marihuana, Billie no la ha apartado de allí.

No ha realizado la llamada de rigor porque acaba de cortar con el estudiante de segundo curso de derecho de la Universidad de Texas, que es quien suele sacarla de estos líos, y no sabe a quién recurrir.

Así que espera, deja que la prostituta le ronque en el hombro hasta que el oficial de guardia aparece y grita un nombre.

—¡Webster!

Con cuidado, Billie aparta a la prostituta y se pone de pie. El oficial de guardia menea la cabeza y abre la celda; le esposa las muñecas antes de cogerla del brazo y llevarla por un estrecho pasillo. Aún va vestida con los vaqueros acampanados que llevó a la manifestación, ahora tiesos por la sangre que también se le ha metido debajo de las uñas. El oficial la conduce a través de una

43

serie de puertas hasta que llegan a una que luce un cartel de PRI-VADO. Le libera las manos y abre la puerta; le indica que entre con un gesto mientras se cuelga las esposas del cinturón.

En el interior hay una mesa vieja y un par de sillas. En una de ellas está sentado un hombre que fuma en pipa mientras lee el periódico. Aunque lleva ropa civil, algo en su porte indica que no es ajeno a los uniformes.

El agente insta a Billie a entrar.

—Estaré en la puerta, señor —dice en dirección al hombre, pero es a Billie a quien mira cuando pronuncia esas palabras y ella entiende que son una advertencia.

Entra y cierra la puerta tras ella. El hombre levanta la vista y la recibe con una sonrisa inesperada. Cuando se acerca, ella ve que el periódico está abierto por la página de humor.

El tipo se ríe entre dientes mientras dobla el diario.

—*Marmaduke* —dice para sus adentros.

La observa mientras ella toma asiento, la mira con atención y ella le devuelve el favor. Está sucia, su pelo rubio está enmarañado y pide a gritos un buen lavado. Lleva un suéter fino y unos vaqueros bordados con palmeras y arcoíris. Hay algo conmovedor en la idea de que esta chica se haya pasado un rato bordando en la habitación de la residencia universitaria, dando una puntada tras otra. Le complace imaginarla llevando a cabo una tarea tan minuciosa. Confirma su intuición sobre ella.

Por su parte, ella ve a un hombre que cumplió los sesenta hace ya años, con los músculos fibrosos de un galgo y el cabello castaño con hebras plateadas. Luce un bigote fino y pulcro, y, aunque va vestido con ropa informal (unos pantalones de color verde militar y una camisa de sport), esta le sienta como si fuera un traje de Savile Row. Billie aún no ha oído hablar de Savile Row. Tendrán que pasar varios meses hasta que se entere de lo que es la ropa hecha a medida y comprenda que él ha sido su introducción al mundo de la sastrería.

Los rasgos de él expresan un interés sereno y se le ve diver-tido por el escrutinio al que ella lo está sometiendo.

—Buenos días, señorita Webster.

Al contemplar los nudillos hinchados y con marcas de sangre, él se abstiene de estrecharle la mano. Es todo un detalle, que hace que a ella le caiga bien.

—¿A qué viene todo esto? —pregunta entonces.

Él sonríe, es una sonrisa amable y teñida de paciencia.

—Todo a su tiempo, señorita Webster. Espero que no se encuentre muy mal por las heridas. Esa contusión que tiene en el labio debería recibir puntos —dice en tono de reproche. Su voz tiene un débil acento británico, y eso es algo que a ella también le gusta.

—Estoy bien —dice ella.

—¿Puedo ofrecerle un refresco? ¿Una pastita o una taza de café? Me temo que la cantina de la comisaría no ofrece demasiada variedad.

Billie niega con la cabeza y él apoya la espalda en la silla, aparentemente satisfecho de que las cortesías de rigor hayan terminado.

—Bien, bien. Pasemos a las presentaciones, entonces —dice él mientras se frota las manos con avidez—. Mi nombre es Richard Halliday. Mayor Halliday, del Ejército de Su Majestad. Jubilado.

—¿Y qué relación tiene con el departamento de policía de Austin?

Él hace caso omiso a la pregunta y aparta el periódico. En la mesa aparece una carpeta de color manila que lleva su nombre: WEBSTER, BILLIE. Él hace una pausa y la mira a los ojos.

—Debo admitir que me sorprendió. Pensé que Billie sería una abreviatura de algo. De Wilhelmina, tal vez.

Ella le mira y él sigue leyendo fragmentos de sus notas. Cita su CI: 142; sus resultados académicos, brillantes y con notas excelentes en los test estándar, pero opacados por «problemas disciplinarios»; el hecho de que ha entrado en la Universidad gracias a una beca y a una especie de compasión institucional por haber pasado los años de instituto en un hogar de acogida. Cuando señala su tendencia a la soledad, ella levanta la mano.

—¿Está leyendo todo esto por mí, mayor? Porque, si es así, yo ya me lo sé.

Él cierra la carpeta.

—Represento a una organización —dice Halliday despacio—. Una organización clandestina, así que apreciaríamos mucho si este encuentro quedase entre usted y yo.

Hace una pausa y enarca sus cejas de color castaño para darle a ella la oportunidad de que asienta.

—Muy bien, gracias. Como iba diciendo, represento a una organización que anda a la caza de talentos: concretamente de talentos nuevos y jóvenes que puedan ser moldeados en función de nuestros propósitos de cara a una misión muy especial.

—¿Me está hablando de porno? Es eso, ¿no?

La boca de labios finos casi sonríe.

—No se trata de pornografía, no.

—Entonces ¿de qué propósitos habla? —pregunta Billie.

Él da un respingo y ella se percata de que las preguntas directas no van a ser bien recibidas. Que es mejor abordarlo de costado, como los cangrejos.

—Se lo aclararé dentro de un momento —le asegura él—. Creo que lo mejor será empezar por explicarle la misión general de la organización. ¿Ha oído hablar de la OSS? ¿De la SOE?

—Oficina de Servicios Estratégicos y Dirección de Operaciones Especiales —responde Billie. Él enarca una ceja y ella se encoge de hombros—. Leo mucho.

—Ya veo. —La ceja vuelve a su lugar—. No hay duda de que está al tanto de que la OSS se fundó durante la Segunda Guerra Mundial para coordinar las tareas de espionaje llevadas a cabo por las distintas ramas de las fuerzas armadas americanas.

—Espías —dice ella en tono neutro.

—Espías —admite él—. Terminada la guerra, la OSS se convirtió en la CIA, Agencia Central de Inteligencia. La historia de la SOE es un poco distinta. Se formó bajo la dirección del ministro de Economía en tiempos de guerra y fue supervisada por el propio Churchill. Hubo muchos civiles implicados en tareas enormemente peligrosas de resistencia y sabotaje por toda Europa.

—El Ministerio de la Guerra Sucia —dice ella.

Esta vez sí que sonríe, pero se trata de un gesto banal, una sonrisa fugaz que aparece en sus labios y se desvanece enseguida.

—Uno de sus muchos apodos. Los Irregulares de Baker Street fue otro. En cualquier caso, después de la guerra, la SOE no pasó a ser una agencia gubernamental como la OSS. Unos cuantos agentes, muy pocos, fueron transferidos a otras organizaciones de inteligencia del gobierno británico.

—¿Qué pasó con el resto? —pregunta ella.

—Se disolvieron —es la concisa respuesta.

Halliday enciende una cerilla y la acerca al tabaco de la pipa. Inhala con fuerza, lanzando al aire volutas de humo dulce. Huele a madera y a cerezas, la clase de aroma que debería respirarse en un club privado o en una gran finca. Huele a dinero. Luego sigue hablando:

—Después del entrenamiento, de los arriesgados servicios, de los atroces actos de sacrificio, la organización al completo fue desmantelada y los agentes, despedidos. Fue un día aciago —añade.

—Usted era uno de ellos —dice ella. No es ninguna pregunta. La tensión de su mirada lo revela sin ambages.

—Pues sí —replica bruscamente—. Y en lugar de retirarnos a casa a lamernos las heridas, unos cuantos nos unimos a algunos que habían sido nuestros oponentes en la antigua OSS.

—Ingleses y norteamericanos unidos bajo el lema de mandar a la mierda a sus respectivos gobiernos —dice ella con una sonrisa irónica.

—En cierto sentido, aunque preferimos mantener un perfil bajo. Trabajamos mejor en la sombra. —Da una calada y el humo de la pipa dibuja círculos sobre su cabeza—. La disolución de la SOE fue un duro golpe, pero igualmente cuestionable fue el número de nazis que se escabulleron después de la guerra, desapareciendo sin dejar rastro y a menudo llevándose consigo los mayores tesoros del arte occidental. Pasaron buena parte de las décadas de los treinta y los cuarenta saqueando museos y colecciones privadas, y solo hemos recuperado una parte de lo que robaron.

Su cara adopta una expresión anhelante, probablemente porque está pensando en todos los Canalettos y Caravaggios perdidos por culpa de los dedos largos de Göring.

—No podíamos soportar la idea de que esos monstruos no rindieran cuentas ante la justicia —continúa él—, de que todo lo que robaron nunca fuera recuperado. Y, sin las limitaciones que imponía una agencia oficial del gobierno, éramos libres para hacer algo al respecto. —Hace una pausa para dar otra calada a la pipa y sus labios conforman un rictus severo—. Cuando fundamos el grupo, a finales de 1946, tuvimos que confiar en el boca a boca para conseguir miembros. Reclutamos a antiguos agentes de las Resistencias francesa y polaca, a italianos y españoles que habían luchado contra Mussolini y contra Franco. Nuestros agentes eran holandeses, belgas…; estábamos abiertos a trabajar con cualquiera que compartiera nuestros intereses.

—¿No había rusos? Fueron aliados nuestros durante la guerra.

Su expresión se vuelve enigmática.

—Al término de la guerra, quedó claro que, a pesar de que los rusos estaban deseosos de impartir justicia contra los criminales de guerra, tenían bastante menos interés en repatriar las obras de arte robadas a sus legítimos propietarios.

—Quiere decir que preferían quedarse con las obras que encontraban.

—En realidad, los soviéticos tienen un don de la avaricia que podría rivalizar con el de Göring —sentencia él—. Decidieron incautar todas las obras de arte que recuperaron en nombre de una simbólica reparación. Así pues, cuando conformamos la organización, nos quedó claro que tendríamos que proseguir con nuestra misión sin la cooperación de nuestro antiguo aliado.

—La misión de cazar nazis.

—La misión de cazar nazis. En las últimas tres décadas hemos conseguido pillar a un buen número —dice él, y su sonrisa se extiende a ambos lados de la pipa—. Pero nuestro equipo de agentes original está formado por personas mayores y cansadas, algunos han muerto en acción… Así que hemos estado reclutando talentos nuevos para reemplazarlos.

—Espere, ¿quiere decir que aún siguen cazando nazis? —Ella parpadea asombrada—. ¿No están todos muertos?

—Por desgracia, no. Algunos siguen vivos. Pero nuestra misión ha ido más allá. La suma de los antifascistas procedentes de España e Italia ha ampliado el foco de nuestras operaciones. Hemos neutralizado a dictadores y a otras personas igual de indeseables en todo el mundo.

Se calla y deja que la última frase flote en el aire junto con el humo de la pipa. Ella se esfuerza por mantener una expresión impasible. Si protesta o da muestras de sorpresa, ¿qué hará él? ¿Despedirse de ella cortésmente? ¿Hacer que la devuelvan a la celda? ¿O quizá le ha revelado ya demasiadas cosas para dejar que se vaya?

Le observa y él le sostiene la mirada con calma, sin dejar de fumar, esperando e incluso sonriendo un poco, como si ese escrutinio le divirtiera y no le importara concederle todo el tiempo necesario.

—«Neutralizar» es un bonito eufemismo para no decir «matar» —dice ella por fin.

Él se quita la pipa de la boca y la apoya con cuidado en un cenicero antes de inclinar un poco el cuerpo hacia delante; con los dedos de las manos entrelazados, la mira directamente a los ojos.

—Dígame, señorita Webster, ¿acaso no ha pensado usted nunca que matar a algunas personas convertiría el mundo en un lugar mejor?

—Dios, claro que sí —suelta ella.

La sonrisa del hombre resulta inesperadamente seductora. De repente ella lo ve tal y como debió de ser durante la guerra, con unos treinta años, vestido con un traje clásico, incluso con esmoquin. Lo imagina apostando grandes sumas en el casino y dando un sorbo a un *dry martini* mientras planea colarse esa noche en la suite de un general alemán para estrangularlo o sustraer una joya de valor incalculable.

—¿Señorita Webster? —pregunta él en tono educado—. ¿En qué está pensando?

—Pensaba que, si usted tuviera treinta años menos, ya estaría medio enamorada a estas alturas.

Él coge de nuevo la pipa y vuelve a acomodársela entre los dientes.

—Bueno, basándome en los informes que hemos recabado, creo que yo supondría una elección bastante mejor que las que ha hecho hasta ahora —dice con la cara seria y un brillo de ironía en los ojos—. Pero veamos —prosigue al tiempo que se frota las manos—, me han asignado la tarea de encontrar a la gente adecuada para un propósito que hemos dado en llamar el Proyecto Esfinge.

—¿Y qué es el Proyecto Esfinge?

—Los reclutas se dividirán en pequeños grupos de entrenamiento, para que así podamos hacer un seguimiento más eficaz y desarrollar mejor sus talentos. El Proyecto Esfinge será el primero de esta clase en nuestra organización. Estará compuesto únicamente por mujeres, señorita Webster. El primer escuadrón de asesinos femenino. Lo entrenará mi hermana, Constance, la mujer más condecorada de la SOE y toda una leyenda. A mí me inspira un sincero temor. Fue la supervisora de un equipo táctico femenino que saltó en paracaídas tras las líneas alemanas en 1945. Las llamaban las Furias.

—El nombre suena encantador.

—Fueron abatidas por la artillería alemana durante el salto —dice él en tono serio—. Constance, cuyo nombre en clave era Pastora, fue la única superviviente.

—Lo lamento —murmura ella.

Él observa el montoncito de pecas que le cubre la nariz y se apiada de su juventud.

—Llevaron a cabo con éxito diecisiete misiones en territorio ocupado antes de que acabaran con ellas. Constance nunca había querido volver a entrenar a un equipo enteramente femenino desde entonces, pero ahora ha decidido que ha llegado el momento.

Él se acomoda en la silla y la contempla expectante. Billie se siente confundida.

—¿Y todo eso qué tiene que ver conmigo?

Su sonrisa es enigmática.

—Tal vez nada. Tal vez todo. Tengo una amiga, un contacto aquí, que casualmente se fijó en usted cuando la trajeron anoche. Me llamó y cogí el primer vuelo de esta mañana.

—¿Viajó hasta aquí? ¿Desde dónde?

—Washington, DC.

Ella lo mira sorprendida.

—¿Para qué iba a venir hasta aquí por mí?

—Para esto —dice él mientras saca un sobre de color manila de debajo de la carpeta. En el interior están sus efectos personales y él va colocándolos encima de la mesa uno tras otro—. Una cartera con un abono de autobús, un carné de conducir expedido por el estado de Texas, siete dólares y cuarenta y tres centavos, un peso mexicano y una fotografía de una adolescente con un bebé en brazos. No está fechada, pero, a juzgar por el vestido, diría que fue tomada en 1958, ¿me equivoco?

—Fue en 1959, para ser exactos —corrige Billie.

Él esboza una fina sonrisa.

—Su madre, supongo…

—Mi madre.

Él sigue sacando objetos del sobre.

—Un porro de marihuana a medias, algo llamado Bonne Bell Lip Smacker… —Se detiene para quitarle la tapa y oler el contenido.

—Es un bálsamo labial —dice ella para despejar cualquier duda—. Huele a cerveza de raíz.

—Ah, zarzaparrilla —dice él con una sonrisa cómplice—. Me encantaba cuando era un chaval. —Saca a continuación un libro de tapa blanca. Es una edición barata y gastada, con el lomo roto por varios sitios. El texto está subrayado con rotulador verde y él se fija en una página doblada en la que aparecen señaladas varias líneas del texto—. Y esto. *El sabor de la muerte*, de Peter O'Donnell. ¿Es usted fan de la espía Modesty Blaise?

—Es mi personaje de ficción favorito.

—¿Por qué?

La pregunta es rápida y también lo es la respuesta.

—Porque no se disculpa por nada. Tuvo unos comienzos difíciles en la vida, pero ha conseguido salir adelante. Vive según sus propias reglas. Sabe quién es y qué quiere, y hace aquello que se le da bien. Y se lo pasa genial haciéndolo.

—Pero no tiene marido —dice él sin dejar de observarla—. Ni hijos.

—Yo tampoco quiero nada de eso —declara ella, y, aunque es la primera vez que pronuncia esas palabras, se da cuenta de que siempre han sido ciertas—. No lo quiero —repite—. Quiero trabajar. Labrarme mi propio futuro.

—¿Qué clase de trabajo?

—Cualquiera que no incluya aprender taquigrafía —responde ella, pero, cuando se percata de que él la mira con seriedad, le dice la verdad—. No lo sé. Aún no sé qué se me da bien, pero me gustaría descubrirlo. Y me gustaría viajar. Tengo muchas ganas de ver qué hay fuera de aquí.

Él se pellizca los labios.

—Ha marcado algunas frases del libro, pero esta es la que más me intriga. —Carraspea y lee en tono imperativo—. «Me interesa la justicia, no la ley. Por desgracia, existe una desafortunada diferencia».

La mira por encima del libro con los ojos brillantes.

—Dígame, señorita Webster, ¿por qué ha subrayado este párrafo en concreto?

Ella va a responder algo ingenioso, pero de pronto no es capaz. Así que opta por la verdad.

—Porque creo que tiene razón. La justicia y la ley no son lo mismo. Ustedes persiguieron a los nazis, ¿no? Lo que ellos hicieron era legal desde un punto de vista técnico. Pero no era justo.

La expresión de él se vuelve súbitamente fría.

—¿Es así como justifica lo que hizo anoche? Entiendo que la protesta iba a ser pacífica, y sin embargo atacó a un agente de policía.

—No le ataqué. Él intentaba provocarnos, insultándonos y metiéndose con nosotros.

Él chasquea la lengua en señal de desaprobación.

—Vamos, vamos. Eso son excusas, señorita Webster. ¿Esa era una buena razón para agredir a un agente de policía?

—Era un gilipollas. —Billie se encoge de hombros—. Usó su posición deliberadamente para apuntar a personas que tenían todo el derecho a estar allí. Golpeó a una chica con la pistola, y yo...

—Le cogió la porra y le atizó con ella hasta que él pudo reducirla y llevarla al calabozo con solo heridas menores. Un resultado que sospecho que tiene más que ver con la suerte que con su habilidad, señorita Webster —termina Halliday.

Pero Billie distingue el mohín de sus labios y se percata de que en realidad está sonriendo.

—Le parece divertido —dice ella en tono acusatorio.

—Me resulta familiar —corrige él—. Es exactamente la clase de acto que habría cometido mi hermana en su juventud. Poner la justicia por encima de la ley.

Él vuelve a mirarla con expresión expectante.

—¿Cree que podría estar interesada en dar el siguiente paso de cara a trabajar con nosotros?

Ella permanece en silencio durante un largo minuto.

—¿Señorita Webster?

—¿Quién le paga? No es dinero público puesto que no trabajan para gobierno alguno.

—¿Eso importa? —Su voz es amable, pero no esconde el hecho de que se está burlando un poco de ella.

—Importa —explica ella en tono paciente— porque quien extiende los cheques manda. ¿Quién manda?

—Entre los agentes que abandonaron la SOE cuando esta se disolvió había personas con grandes aptitudes para las finanzas. Consiguieron empleos en la City.

—¿La City? —preguntó ella—. ¿Qué es eso?

—Llamamos así al distrito financiero de Londres. Viene a ser su Wall Street. De hecho, contamos con algunos colegas de

Wall Street también. Con la ayuda de algunas donaciones significativas de benefactores que querían mostrar su apoyo fueron capaces de establecer un fondo que ha crecido hasta alcanzar cifras astronómicas.

—¿Quién dirige la organización? ¿Cómo la llaman?

—No puedo divulgar su nombre oficial. Entre nosotros nos referimos a ella como el Museo. Tenemos agentes de campo, un departamento de investigación y una junta directiva que supervisa las actividades del Museo en todo el mundo y que envía a esos agentes de campo a salvaguardar la democracia, combatir el absolutismo y restablecer la justicia.

—¿La justicia de quién? —pregunta ella.

—La justicia que exigen los principios democráticos acordados por los fundadores del Museo: los hombres y mujeres que estaban entre los agentes originales de la SOE y la OSS, aunque, como ya he mencionado, estos han ido menguando en número en los últimos años.

Él se queda en silencio durante un largo instante, observándola, evaluando algo en ella. Billie desearía romper el silencio, pero deja que este llene el espacio hasta que, finalmente, él asiente con la cabeza. Alcanza el maletín y de él saca una carpeta. Es azul marino y en ella hay impreso un logo con unas estrellas fugaces rodeadas por una frase en letras de oro: *Fiat justitia ruat caelum*.

Billie sabe suficiente latín para traducir el eslogan y sonríe para sus adentros. «Que se haga justicia aunque caigan los cielos». Él saca una hoja de papel y la empuja sobre la mesa hacia ella.

—Si decide trabajar para nosotros, los cargos que hay en su contra serán sobreseídos. Su historial de arrestos desaparecerá y sus resultados académicos serán destruidos. Ni la Universidad ni las fuerzas de la ley tendrán la menor prueba de que usted asistió a esa facultad. Si firma este contrato prometiendo no hablar de lo que hemos hablado aquí, esto se considerará como una petición formal para ingresar en el Museo como miembro de nuestro departamento de Exhibiciones.

Él coge un bolígrafo y le quita la tapa antes de colocarlo al lado de la hoja de papel.

—¿Exhibiciones? ¿Seguro que no se trata de porno?

—Llamamos así al departamento que maneja el trabajo de campo. Todos los términos operativos están sacados de la jerga museística. Fue una elección deliberada para distanciarnos de nuestras raíces militares y burocráticas.

Billie observa el formulario. No parece nada raro; una especie de contrato de prácticas, con un modesto estipendio a cobrar mientras se completa el aprendizaje. Dicho aprendizaje se llevará a cabo en una localización inespecífica y, si se aprueba de manera satisfactoria, conllevará la oferta de un empleo permanente.

—Aprender a matar —dice ella en voz baja.

Billie apoya la espalda en la silla y contempla la tipografía de la hoja, de un pálido color violeta. Ha sido mimeografiada, como los ejercicios de una clase de fonética, y huele a caldo.

—Aprender a proteger los mismos valores por los que dieron la vida todos los soldados del bando aliado —dice él en voz baja.

—Yo no soy ningún soldado —le recuerda ella.

Él toca el libro con el dedo y comenta:

—Tampoco lo es Modesty Blaise. Ni mi hermana. Y aun así luchan.

Esta vez es Billie quien se queda callada durante un momento y Halliday demuestra la inteligencia suficiente como para no interrumpirla. Ella se observa sus nudillos heridos.

—¿Puede enseñarme cómo hacer daño al otro sin lesionarme?

—Esa es la especialidad de la casa —responde él con una sonrisa.

Ella piensa que no ha conocido a nadie que hable así, con ese acento tan británico, y coge el bolígrafo.

—De acuerdo, mayor Halliday —dice al tiempo que garabatea una firma—. Conviértame en una asesina.

Él recoge el formulario y lo alisa con cuidado antes de recuperar el bolígrafo. Lo tapa muy despacio y le brinda una sonrisa cargada de sabiduría.

—Mi querida señorita Webster, esa es la clave de todo esto. Nosotros no convertimos a nadie en un asesino. Nos limitamos a encontrarlos y a colocarlos en el camino adecuado. Ya sabemos lo que es usted.

5

Mary Alice y yo compartíamos camarote, y Helen y Natalie ocupaban la cabina contigua a la nuestra. Ambas eran lujosas suites provistas de balcón, y nuestra cubierta («la elegante cubierta Nereida, diseñada para preservar la máxima intimidad y serenidad») constaba de una pequeña piscina y de un bar que servía en exclusiva a diez camarotes. Acordamos encontrarnos en él para desayunar a la mañana siguiente antes de realizar nuestra primera excursión a tierra firme. Yo esperaba que pasear por San Cristóbal animaría a Helen. Guardar luto por un cónyuge era una cosa, pero Helen parecía destrozada, como si su espíritu hubiera muerto junto con Kenneth.

Eso mismo le comenté a Mary Alice cuando desembarcamos a la mañana siguiente en Basseterre, pero ella me contestó con un gesto desdeñoso mientras se aplicaba crema solar en la cara.

—Seguro que está bien —me dijo. Se había dejado un reguero de crema blanca en la nariz.

Señalé hacia Helen, que en aquel momento caminaba al lado de Natalie.

—Mary Alice, ¿cómo va a estar bien? Incluso su pelo parece triste. ¿Cómo te sentirías si fuera Akiko la que hubiera fallecido?

—Bueno, eso no será ningún problema. Akiko y yo tenemos un pacto. La que se marche antes se dedicará a amargarle la vida a la que se quede. Y volver a casarse está descartado. Ya le he dicho que, si se busca una nueva esposa, me convertiré en un fantasma furioso.

Me pasó el tubo de crema solar.

—Ponte un poco. La nariz se te empieza a poner colorada. Y deja de preocuparte por Helen. Es solo una cuestión de tiempo.

Mary Alice me empujó pasarela abajo y dedicamos el día a ir de compras y a explorar la ciudad; comimos langosta a la plancha y compartimos batallitas hasta que se hizo de noche. Helen se animó un poco, quizá gracias a los efectos del segundo *mai tai*. Entre la brisa marina y el vino blanco, dormí como un tronco y me despertó el sonido amable de la campanilla que indicaba anuncios inminentes. El capitán vino a saludar a los pasajeros y nos hizo un resumen de las condiciones meteorológicas y de navegación, junto con los valores de longitud y latitud. En cada camarote había un mapa detallado, y comprobé que habíamos zarpado de Basseterre, en torno a la parte inferior de San Cristóbal, cruzando la zona entre esa isla y la de Nieves, un espacio conocido como el estrecho de Narrows. El capitán nos informó de que habíamos dejado atrás el elegante y nuevo Park Hyatt Resort, ubicado en Christophe Harbour, y ahora nos dirigíamos hacia el sudeste con destino a Montserrat: nos esperaba un placentero día de ocio a bordo.

Me enfundé en un traje de baño de color negro, nuevo, que prometía disimular por un lado a la vez que realzaba por otro, me até un pareo encima y me fui a la piscina. Mary Alice ya estaba allí, recostada sobre uno de los sofás. Estaba tejiendo algo complicado; se la veía concentrada contando los puntos. Tenía el patrón al lado, sujeto por un montón de revistas y una novela cuya cubierta mostraba a dos hombres adorables, vestidos con ropa de la Regencia, dándose el lote con entusiasmo.

—No sabía que Darcy era gay —comenté mientras dejaba el pareo y la bolsa a su lado.

—Todo el mundo puede ser gay —replicó ella mientras terminaba una pasada—. Se llama retrocontinuidad.

Sonreí y me zambullí en la piscina. Era de agua salada y templada, y me sentí en el séptimo cielo mientras chapoteaba en ella, nadando despacio de un extremo a otro, hasta que se me arrugaron los dedos y Mary Alice me llamó.

—¡Han traído la comida! —gritó al tiempo que señalaba la mesita baja que había delante del sofá, ahora llena de cestas con pastitas, cuencos con yogur griego, botecitos de miel y mermelada y bandejas con frutas intrincadamente cortadas. Había jarras de mimosas y *bloody marys* en ambos extremos de la mesa y le pedí que me sirviera uno.

Nat y Helen se unieron a nosotras justo entonces; hicimos el primer brindis del día y nos servimos la comida. Helen esperó un poco antes de probar bocado; con una mueca de disgusto y un trago de zumo de naranja, se tomó una pastilla para la osteoporosis. El mozo favorito de Nat, el joven Hector, ejercía las funciones de camarero y nos trajo platos con huevos pochados cubiertos de unas tortitas de maíz picantes.

Le guiñó un ojo a Nat cuando los dejó en la mesa y ella le observó por encima de las gafas de sol: no apartó la vista del culo del chico mientras este se alejaba.

—¿Os parece que tengo alguna posibilidad? —preguntó.

—A lo mejor tiene un fetiche geriátrico —dije sacudiendo la servilleta—. Échate unas gotas de Metamucil detrás de las orejas y corre a por él, pantera.

—No, no —corrigió Mary Alice—. Tiene demasiados años para ser una pantera. Es más bien un dientes de sable.

Natalie le hizo un gesto desdeñoso mientras yo atacaba la ensalada de frutas. Fuimos desayunando sin prisa. Después de dar tres tientos a los huevos picantes, tuve que dejar de comer y apoyar la espalda en la silla.

—Malditos sofocos —murmuré.

—Vuelve al agua —me aconsejó Mary Alice.

—Es de agua templada —le dije, y cogí la servilleta para abanicarme.

—Hay una nevera enorme detrás de las barras de cada una

de las cubiertas donde guardan bebidas y aperitivos. Deberías ir y meterte dentro. Eso te refrescaría —sugirió Nat.

—Estoy segura de que eso debe de violar al menos cuarenta normas sanitarias distintas —repuso Mary Alice mirándola a través de las gafas bifocales.

Nat se encogió de hombros.

—Estamos en aguas internacionales. Es posible que aquí no haya ni siquiera un código sanitario.

—Los hay en todas partes —replicó Mary Alice.

El sofoco había empezado como algo leve, un calor que se extendía como lo hace un buen trago de whisky. Lo normal es que alcancen ese punto y luego se mitiguen hasta desaparecer. Pero este se mantenía, aumentando en intensidad hasta hacerme notar la sangre en los oídos, y me dieron ganas de arrancarme la piel. El sol, el alcohol y la comida picante eran una combinación letal, y estaba lo bastante desesperada para seguir el consejo de Nat.

Esta tenía el don de la orientación. A los pocos minutos de entrar en un lugar, podía indicarte la salida más próxima, dónde estaban los baños y cuál era el mejor sitio de la barra para pedir una copa.

Me hizo un gesto con el vaso lleno de mimosa.

—Por ahí. Avanza en paralelo a la barra y luego gira a la izquierda. La primera puerta. A Hector no le importará. Y, si te pilla alguien que no sea él, dile que te has perdido. Eres vieja, te creerán —remachó con una carcajada.

Me levanté y pasé ante la barra donde Hector se dedicaba a secar los vasos con la vista puesta en el mar. Le habría saludado, pero ni siquiera se percató de mi presencia. Es lo que tiene ser una mujer de sesenta años: nadie se fija en ti a menos que quieras. Se trata de un hecho que no contribuye a mejorar tu ego, pero que resulta muy útil en casos como este.

Justo a la izquierda de la barra había una puerta con una placa que ponía: SERVICIO. La empujé y me encontré con una cafetera inmensa y una sandwichera tan grande como mi primer coche. Más allá había una gruesa puerta de zinc, que abrí a continuación. De ella salió aire, un aire frío y maravilloso, cargado del olor metálico del refrigerante. Me metí dentro y ajusté la puerta hasta casi cerrarla. Me pasé los siguientes minutos mirando su contenido mientras el sofoco remitía. Estaba lleno de estantes donde se almacenaban ordenadamente una serie de bandejas con copas para vino blanco y *smoothies*. En uno de los estantes había bandejitas con la fruta ya cortada mientras que en otro se veían cajas con el producto natural. Un estante contenía el surtido de quesos y el de abajo, diferentes tipos de salsas: guacamole, hummus, *baba ghanoush*. El olor a ajo llegaba hasta la puerta. Di un paso adelante, atraída por la bandeja de la fruta bañada en chocolate. En lugar de las fresas habituales, alguien había ensartado frambuesas en pequeños palillos de cristal, como si fueran kebabs en miniatura, y luego los había salpicado de chocolate blanco y negro, a lo Jackson Pollock.

Era todo demasiado sofisticado para mí y, para cuando el sofoco remitió, lo único que me apetecía era una pieza de fruta entera, sin cortar, ni glasear ni bañar en nada. Me fijé en unas cajas con cítricos que había guardadas debajo del estante inferior y tiré de una. Estaba llena hasta los bordes de mandarinas, todas con su rabito y un par de hojas verdes. Cogí dos y devolví la caja a su sitio.

Acababa de cerrar la nevera cuando oí que alguien avanzaba por el pasillo. Mierda. El crucero iba con todo incluido. La comida estaba pagada y podíamos comer cuanto quisiéramos. Me dije que no había cogido nada que no me hubiera dado sin dudarlo cualquier miembro de la tripulación. Pero no me apetecía demasiado la idea de que me pillaran con las manos en el tarro de galletas, como si fuera una cría. Ya era demasiado mayor para aguantar una reprimenda de alguien que apenas tenía la edad de comprar alcohol.

Me escondí detrás de la cafetera y pelé una mandarina mientras esperaba. Me metí un gajo en la boca: fue como darle un bocado a la luz del sol, sabrosa, jugosa y más dulce que un primer beso. La puerta exterior se abrió y asomé la cabeza por detrás de la cafetera. Vi a un hombre joven vestido con el uniforme de la empresa marítima, un pantalón corto blanco con bolsillos, más ajustado de lo que cabría esperar, y un polo también blanco, inmaculado y sin una sola arruga. Se le veía atildado, pero el polo le quedaba un poco estrecho en los hombros, que eran más anchos que los de la mayoría de los miembros de la tripulación que habíamos visto hasta entonces.

Ese culo duro tampoco procedía de acarrear cajas de mandarinas, me dije. Tenía músculos en lugares que no me gustaban. Hace cuarenta años, los hombres que se dedicaban a lo mismo que yo tenían cuerpos ágiles y flexibles, estaban fibrosos, listos para colarse por una ventanita o escapar por una abertura estrecha. Los nuevos reclutas llegaban con unos músculos de gimnasio que solo servían para ralentizarlos en caso de huida. Confiaban en armas de fuego o en granadas, y preferían volarlo todo por los aires a manejar los temas con un poco de delicadeza. Supe exactamente qué tenía delante, y, cuando se volvió y pude verlo de perfil, tuve un nombre que añadir a ese culo.

Brad Fogerty, agente júnior del Museo. Abrí la boca para saludarlo, pero antes de salir de mi escondite me quedé paralizada. Brad estaba allí de manera encubierta, haciéndose pasar por un miembro de la tripulación. Eso significaba que estaba trabajando. Y, si era así, sabía que íbamos a bordo; lo sabía y no había establecido contacto con nosotras. Había un centenar de razones por las que otro agente de campo podía no darse a conocer y ninguna era buena.

Pasó cerca de mí, lo bastante para que pudiera leer la tarjeta con su nombre prendida del polo: KEVIN C.

Aguanté la respiración hasta que se metió en el refrigerador. Salí de allí y fui directa a la piscina. Mary Alice estaba comiéndose un cruasán y tenía la camisa tan llena de migas que parecía haber pasado bajo una lluvia de confeti. Helen mordisqueaba un *muffin*.

Natalie se había quitado la camisa y contemplaba desalentada la parte superior del biquini, que le hacía huecos por todas partes.

—Os lo juro: mis tetas son dos cucharadas de helado que alguien ha dejado al sol, se me derriten y las cerezas me quedan apuntando al sur.

Ahuecó la mano por debajo de una y la levantó. En cuanto apartó la mano, volvió a su sitio.

Mary Alice me vio llegar.

—Natalie nos explicaba el estado de sus tetas —dijo para ponerme al tanto de la conversación—. ¿Qué tal las tuyas, querida?

Natalie se rio.

—O se las ha operado o ese traje de baño está haciendo milagros. Las tiene igual de tiesas que a los dieciocho años.

La pena que rodeaba a Helen quizá le nublaba los días, pero siempre había sido una persona intuitiva.

—Algo va mal —dijo en voz alta—. ¿Qué pasa, Billie?

—Tenemos problemas.

6

Una de las habilidades que aprendimos durante el entrenamiento fue la de resumir una situación. Las puse al día con unas cuantas frases.

—Brad y yo trabajamos juntos en Nairobi —concluí—. Si está aquí, vestido como un miembro de la tripulación, es que está en una misión.

Helen asintió.

—Se trasladó a municiones después de Nairobi y las cosas no le han ido mal allí. Él y yo hicimos un trabajo juntos en Bucarest y su desempeño fue impresionante. Se las arregló para derribar un ala entera de la embajada sin causar apenas daños al resto del edificio.

No me sorprendió que se acordara de él. Helen tomaba notas con exquisita letra en una agenda de Tiffany, entradas breves para todas las personas que conocía escritas con un lápiz Mark Cross que llevaba sus iniciales grabadas. Lo hacía en lápiz porque no le gustaban las tachaduras, y así podía borrar con facilidad a cualquiera que muriera o se alejara de su círculo. No importaba cuántas veces discutiera con ella, siempre supe que no daría nuestra relación por terminada hasta que me borrase de esa agenda.

La reacción de Mary Alice fue sucinta.

—Mierda —dijo.

Natalie volvió a abrocharse la blusa sobre la parte superior del biquini.

—Eso no significa que haya venido a por una de nosotras.

—Por Dios, Natalie, aún no has aprendido a afrontar un hecho —exclamé.

Retrocedió como si acabara de abofetearla y estuve a punto de disculparme. Pero no creo en decir que lo siento cuando no es así.

—Hay otros noventa y seis pasajeros a bordo además de la tripulación —repuso Natalie con frialdad—. Su objetivo podría ser cualquiera de ellos.

—Natalie tiene razón —intervino Helen—. No deberíamos precipitarnos en las conclusiones hasta haber averiguado algo más.

Mary Alice prosiguió con su labor, haciendo punto del revés o como se diga, hasta completar la fila. Entonces clavó las agujas en el ovillo y lo puso a un lado.

—De acuerdo. Pues investiguemos. Una de nosotras tendrá que abordarlo con discreción y darle la oportunidad de explicarse.

—Yo lo haré —dije al tiempo que cogía mi mimosa—. Pero, si una de nosotras es el objetivo, acercarse abiertamente a él puede no ser la mejor idea. Echaré un vistazo en su camarote y veré si encuentro alguna pista de lo que se trae entre manos. Y, si aparece, le daré esa oportunidad de explicarse.

Mary Alice asintió pensativa.

—Vas a necesitar a alguien que te cubra. Además, resultará menos sospechoso si encuentran a dos viejas deambulando juntas. Iré contigo.

Posé la mirada en Helen.

—Creo que prefiero que venga Helen, si no te importa —dije en tono ligero.

Helen levantó la vista, sorprendida, y luego dio un trago a su *bloody mary*.

—Por supuesto —dijo.

Pero al ver sus nudillos, blancos de tensión aferrándose al vaso, me pregunté si estaba preparada para ello.

—Podría ir yo —se ofreció Natalie.

—No —dijo Helen—. Ya voy yo.

Lo expresó con más rotundidad, pero me fijé en que se terminaba el *bloody mary* con turbadora decisión y se servía otro como si formara parte de su trabajo.

El *bloody mary* pareció tranquilizarla y nos pasamos el resto de la mañana en la piscina, bañándonos y tomando el sol. Ante las miradas ajenas habríamos pasado por viajeras ociosas, pero nosotras éramos conscientes de que el grupo aumentaba la seguridad; sin necesidad de comentarlo permanecimos juntas e incluso fuimos por parejas al cuarto de baño. Después de comer nos metimos en nuestros camarotes para ducharnos y descansar un poco. Toda la tripulación trabajaba en el turno de la cena, así que decidimos que esa era la mejor hora para husmear. Mientras pedía una ronda de bebidas, Natalie se las apañó para sonsacarle a Hector la ubicación de los camarotes de la tripulación, y yo tomé nota mental de ella antes de guardar el mapa en el bolsillo cuando salimos a cenar.

Comimos el primer plato («deliciosa espuma de aguacate sobre escalopa marina asada») y Helen y yo salimos del comedor justo cuando servían el segundo. Dejamos los bolsos en nuestras respectivas sillas para hacer ver que nos ausentábamos solo para ir al tocador. Distinguí a Heather Fanning, la coordinadora ejecutiva de Atención al Cliente, que iba de mesa en mesa con una sonrisa permanente en la boca, asegurándose de que todo el mundo lo estaba pasando muy bien en este barco estupendo y agradeciendo todos los hashtags. Hice un gesto casi imperceptible en dirección a Helen. Fanning era personal ejecutivo y su llave magnética sería una llave maestra.

Al pasar junto a ella, Helen extendió el brazo y extrajo la llave magnética del bolsillo de Heather. Le guiñé un ojo. Quizá le temblasen un poco las manos, pero seguía teniendo los mismos dedos hábiles que la distinguieron en su día como la mejor ratera de las cuatro. Deslizó la tarjeta en mi mano y yo la mantuve oculta mientras nos dirigíamos hacia la planta de abajo.

Para tener facilidad de movimientos me había puesto un mono negro y calzado plano. Helen llevaba un traje de lino del color de las gotas de limón y una pashmina algo más oscura. Había rematado el atuendo con un collar de perlas. Estas tintinearon un poco en la silenciosa zona de los camarotes de la tripulación, lo bastante para atraer atenciones indeseadas. Le hice un gesto para que se lo quitara.

Se tocó las costuras del vestido. «No tiene bolsillos», dijo solo con los labios. Señalé los míos y me dio el collar de perlas.

Encontramos los camarotes con rapidez. Yo había pensado en irrumpir en el armario de limpieza para ver la lista de asignación de cabinas, pero no hizo falta. En la facultad, solíamos empapelar las puertas de los dormitorios con trozos de cartulina. Eran los días previos a los contestadores, la gente dejaba mensajes en tu puerta con rotulador o bolígrafo; cuando la puerta estaba demasiado llena de notas o te hartabas de los numerosos dibujos de penes, arrancabas la cartulina y ponías otra nueva. Aquí las puertas tenían una especie de pulcras pizarritas blancas, pero su propósito era el mismo. Junto a ellas había un rotulador borrable y, encima, una tarjeta donde constaba impreso el nombre del ocupante de la cabina, con los puntos de las íes convertidos en estrellas de mar: el toque personal de Heather Fanning.

Cruzamos el pasillo mirando las pizarras hasta que dimos con la cabina 24. Kevin C.

Pasé la llave magnética. Hubo un instante de espera y luego el brillo de una luz verde que indicaba que la puerta estaba abierta. La empujé y nos metimos dentro, luego la cerramos.

Los ojos de Helen estaban muy abiertos por el pánico.

—¿Cámaras? —susurró.

Miré a mi alrededor y le contesté casi como si terminara de ocurrírseme:

—No he visto ninguna.

—Pero podría haberlas —insistió.

—Por Dios, Helen, cálmate. Si las hay, diremos que somos ancianas cleptómanas en busca de algo que robar. Lo peor que nos harán será darnos un cachete en la mano y mandarnos a la cama sin postre.

Creo que no se tomó muy a bien mi ligereza, pero no discutió. Me dispuse a registrar la habitación mientras me preguntaba si no habría cometido un error trayéndola conmigo. Aunque había robado la llave sin problemas, se la veía nerviosa, y si había algo que no podías permitirte el lujo de perder en nuestro tipo de trabajo era la calma.

Le indiqué que se ocupara de los cajones, aunque no pensaba que encontraríamos nada allí. Ni debajo del colchón, pero deslicé las manos por ahí de todos modos. El contenido del armario era totalmente impersonal, algunos uniformes de repuesto y otro par de zapatos.

Helen registró los cajones minuciosamente, palpando la ropa interior (calzoncillos blancos, pensé con tristeza) y las camisetas.

—No hay nada —dijo mientras lo cerraba con una expresión de incomodidad en la cara—. Quizá deberíamos concederle el beneficio de la duda y esperar a ver qué tiene que decir.

Seguí a lo mío sin hacerle caso. En el fondo del armario había una bolsa de lona con una etiqueta prendida que decía: KEVIN COCHRAN.

—Torpe —dije.

En los viejos tiempos siempre escogíamos un alias que conservara nuestras iniciales. Facilitaba las cosas si te despistabas alguna vez. Además, si tenías alguna prenda bordada con ellas, podías seguir llevándola al trabajo. Nos habían entrenado con una atención anticuada al detalle, pero los tiempos habían cambiado. Ahora el entrenamiento se centraba en las mirillas telescópicas y los radios de explosión, y yo lo odiaba. Lo odiaba aún más por hacerme sentir como un dinosaurio en mi propio trabajo, así que abrí la bolsa con un tirón malhumorado.

De ella cayó un libro, una edición de bolsillo escrita por un tipo que estaba enamorado de las armas y de su propio pene, probablemente ni siquiera en ese orden. No había nada más dentro, y me fijé en que era una bolsa grande, demasiado para los enseres personales que Fogerty había traído a bordo. Acababa de devolverla a su sitio cuando Helen pronunció mi nombre en voz baja.

Señalaba el espacio que había bajo el mueble empotrado en la pared. Era una especie de cómoda y escritorio a la vez, pulcro y compacto. Era de madera clara y llegaba casi hasta el suelo. Justo debajo, prácticamente escondido, había un maletín de piel fina.

—Siempre has tenido una vista de lince —comenté mientras me agachaba para sacarlo.

Mi espalda se resintió un poco, pero no le hice caso; me incliné más aún para agarrarlo con los dedos. Era un objeto pesado, de buena calidad. Nada que ver con la bolsa de lona barata que su alter ego había subido a bordo; esta era una pieza hecha a mano por una empresa sueca siguiendo instrucciones detalladas. Conocía el tema porque yo misma había llevado alguna cuando la misión lo requería. El cierre, una combinación de seis dígitos, siempre era la fecha en que debía realizarse el trabajo.

Cambié los números poniendo la fecha del día siguiente y probé. No hubo suerte.

Helen me observaba de cerca.

—¿Pasado mañana?

Lo intenté, e hice lo mismo con los dos días siguientes, pero el cierre no se abrió. De repente se me ocurrió una idea terrible y cambié los números a la fecha del día en el que estábamos. En cuanto presioné el botón, las pestañas metálicas cedieron.

—Hoy —dije. Miré el reloj digital que había en la mesita de noche—. Y hoy se termina dentro de unas seis horas.

Miré a Helen y juro por Dios que por su cara cruzó algo parecido al alivio. Decidí que ya me ocuparía de sus deseos más adelante. Levanté la tapa del maletín. No me sorprendió encontrar una carga de explosivos y un alegre dispositivo digital que señalaba cinco horas y treinta y dos minutos.

—Lleva temporizador —le dije—. Tenemos cinco horas y media para desactivar esto.

Si Helen había estado ligeramente tentada a dejarse morir en una explosión, también sabía que el resto de nosotras no estaríamos de acuerdo. Además, a bordo del barco viajaban casi doscientas personas inocentes, y eso nunca podría parecerle bien. Se recompuso y dijo:

—En ese caso, tendremos que arrojarlo por la borda.

Extendí la mano para cogerla de la muñeca. Pude notar sus huesos, ligeros y frágiles.

—No. Es una *speedball*.

Señalé el explosivo. No tuve que decir nada más. Helen sabía tan bien como yo que las *speedballs* eran la niña bonita del departamento de municiones del Museo. Las habían diseñado para estar a prueba de todo, incluyendo en ellas ingentes cantidades de nitrato de amonio que aseguraban su explosión incluso bajo el agua. Si lanzábamos el maletín por la borda, este explotaría sin tener en cuenta el temporizador. Miré el explosivo de nuevo. Un artefacto tan grande partiría un costado del Anfítrite, dividiendo el navío en dos como si fuera de papel. Luego el barco se llenaría de agua y se hundiría antes de que nadie tuviera tiempo de preparar los botes salvavidas.

—Entonces tenemos que desalojar el barco —dijo ella.

—A menos que sepas desactivarla —repuse.

Todas habíamos recibido clases sobre explosivos. Aquellos que mostraban aptitudes para las voladuras eran trasladados a Instalaciones Temporales, toda una muestra de humor por parte del Museo. El resto éramos lo bastante avispados como para apartarnos de su camino cuando trabajaban. Y también sabíamos que cada artefacto se programaba con un temporizador que tenía su propio código de desactivación, solo conocido por el operador. Cualquier intento de desmontarlo o desactivarlo antes de tiempo provocaría su explosión en una especie de mecanismo de autodefensa.

—Podríamos conseguir el código de Fogerty —dije.

—¿Y luego qué? —preguntó Helen.

—¿Y yo qué coño sé? —dije encogiéndome de hombros—. Voy improvisando a medida que avanzamos, Helen. Pero al menos ahora sabemos a lo que nos enfrentamos. Salgamos de aquí y vayamos a contárselo a las demás.

De no haber estado medio de espaldas a la puerta, le habría visto. En el tiempo que me llevó levantar la vista, Fogerty estaba ya dentro y había dejado a Helen fuera de juego con un certero golpe de brazo. Ella se golpeó la cabeza contra la pared y se desplomó en el suelo, con las piernas extendidas ante sí como las de una muñeca olvidada.

El segundo que tardó él en agredir a Helen me bastó para apoyar la mano en la silla. No tuve tiempo de lanzarla ni de balancearla con fuerza, así que me limité a sostenerla ante mí como haría un domador de leones. El muy cabrón sonrió.

—Buen intento, abuelita —dijo él, levantando la silla con la misma facilidad que si hubiera estado hecha de bambú.

Seguí agarrada a ella mientras él la elevaba por encima de mi cabeza; tomé impulso y de un salto le clavé ambos talones en las rodillas. Él soltó un gruñido y se dobló por la cintura al tiempo que bajaba la silla con fuerza. Pero yo lo había visto venir y me di la vuelta, de manera que el golpe me dio en la espalda. Me dejé caer a cuatro patas para así esparcir el impacto del golpe. Él apartó la silla y me atacó con decisión. Le cogí la mano y le doblé el pulgar, y al intentar protegerse dejó la entrepierna al descubierto. Tomé aire y solté una patada trasera: el talón conectó plenamente con sus huevos. No paré ahí. Seguí presionando tanto como pude hasta que colapsó y cayó de rodillas.

Habría caído encima de mí, pero rodé fuera de su alcance y reboté en la litera para saltar sobre su espalda. Pasé una pierna alrededor de su cintura y doblé la otra, dirigiendo la rodilla hacia la parte baja de su columna. Me saqué las perlas del bolsillo y se las enrollé en torno al cuello, agarrando el collar con firmeza por los extremos.

Y entonces tiré. Tiré como si estuviera tratando de retener a un caballo salvaje, con los puños pegados a los hombros mientras mantenía la rodilla clavada a su espalda para inmovilizarlo. Él se llevó las manos al cuello intentando romper el collar.

—No te atrevas a romperte, maldita sea —murmuré en dirección a las perlas.

Apreté con más fuerza y él volvió a mover la mano; esta vez me golpeó en la sien y consiguió nublarme la visión durante unos segundos, pero me mantuve firme.

Varios segundos más tarde se desplomó, pero yo no cedí. Helen empezaba a moverse un poco y, para cuando tuvo los ojos abiertos del todo, la pelea había terminado. Yo seguía pegada a él, con las perlas casi agujereándome las manos, cuando tuvo el último espasmo, y luego sucumbió y se desplomó contra el suelo.

Helen no tuvo que preguntar si aquello había sido necesario. Se incorporó y se acercó a mirar. Le levantó el párpado y asintió:

—Despejado.

—Bien —dije y empecé a soltarme. Unas profundas marcas me surcaban las manos, por delante y por detrás—. ¿Qué clase de joya es esta, Helen?

Ella se encogió de hombros.

—Lo hicieron para la misión de Helsinki. Me gustaba cómo quedaba con este vestido y me lo quedé.

Corrió una de las perlas para que viera de qué estaba hecho.

—Cuerda para piano. Lo usé en la cabeza del director del banco nacional de Finlandia.

Se puso el collar y contempló los restos del desgraciado Brad Fogerty.

—¿Aún quieres concederle el beneficio de la duda? —pregunté.

Ella se pellizcó los labios.

—Billie, no es mi intención ponerme a criticar, pero ¿no deberíamos haberlo mantenido con vida para que nos diera el código de desactivación?

Miré el temporizador, que avanzaba implacable.

—Mierda.

7

Me incliné y llené los pulmones de aire. Helen permaneció inmóvil hasta que realicé una inspiración profunda y me incorporé, apoyando una mano en la zona lumbar.

—¿Todo bien?

Asentí brevemente.

—No me esperaba esto. Debería haber estirado antes.

La verdad era que hacía ya bastante tiempo desde la última vez que me había enrollado como un pretzel en torno a alguien a quien intentaba matar, eso sin mencionar el hecho del esfuerzo que requiere estrangular a alguien. Aunque es más una cuestión de resistencia que de fuerza bruta, al terminar, si lo has hecho bien, siempre se nota en los bíceps y los trapecios. Hay mucha gente que cree que usas los antebrazos, pero ese sería un buen método para acabar sufriendo lo que se conoce como codo de tenista.

En líneas generales, yo llevaba bien la edad. Cumplir los sesenta no me había abrumado ni abocado a una crisis existencial. En nuestro negocio envejecer supone un lujo que no está al alcance de todos. Pero sí me cabreaba mucho cuando me encontraba con algo que no podía hacer con la misma facilidad que antes. Caminaba quince kilómetros y hacía dos horas de yoga todos los días. Dedicaba doce horas a la semana a golpear el saco y a levantar pesas. Ingería suplementos como si fueran gominolas, pero de vez en cuando un mierdecilla como Brad Fogerty se cruzaba en mi camino y me hacía sentir todos los años que tenía.

Me dejé caer de rodillas sobre la alfombra y apoyé el pecho en el suelo, luego estiré los brazos como si fuera un perrito, todo bajo la atenta vigilancia de Helen.

—Billie, en serio, no quiero ser pesada —dijo en tono paciente—, pero ¿crees que esta es la mejor manera de aprovechar el tiempo?

—Helen, tengo las lumbares hechas polvo y no sé aún qué actividades me esperan en lo que queda de noche, así que ¿y si te callas e intentas encontrar la manera de desarmar esa cosa mientras persuado a mis vértebras de que vuelvan a llevarse bien?

Fue una respuesta antipática, pero me sentía molesta. Helen había sido una de las mejores: tenía sangre fría y era tan eficaz como imperturbable. Y ahora se la veía francamente turbada.

Sin embargo, cuando llegué a la postura del bebé y luego a la de la vaca y la del gato, ella había recuperado parte del ánimo que siempre la había caracterizado.

—¿Alguna idea?

Helen negó con la cabeza.

—Sabes que siempre he odiado estas cosas —dijo haciendo una mueca.

Las bombas eran sucias; los explosivos dejaban un rastro de restos humanos que recordaba a la basura de las calles después del desfile de Carnaval. A Helen le gustaban las cosas limpias. Se enorgullecía mucho de haber logrado meter una bala en la cuenca del ojo de un tipo, a ochocientos metros y con fuerte viento, sin apenas rozarle el hueso. La habían condecorado por ello.

Cerré el maletín por completo.

—En ese caso tendremos que llevárnoslo.

Justo entonces Fogerty emitió un ruido desagradable seguido de un olor que reconocí al instante. El cuerpo humano tiene alrededor de sesenta esfínteres, y todos se relajan en el momento de la muerte.

Mi remedio habitual para ello era un caramelo de menta, fácil de llevar sin levantar sospechas, pero cualquier cosa de ese sabor servía igual. Entré el cuarto de baño y me eché un poco de dentífrico debajo de la nariz. Me arrodillé junto a él y le registré los bolsillos. Lo único que encontré fue el cordón para la tarjeta de identificación como miembro de la tripulación.

—Debe de haber guardado la documentación y el dinero en su medio de transporte para escapar —dije a Helen—. Será mejor que nos movamos.

Helen y yo nos miramos; ella suspiró y cogió la colcha de la cama para extenderla en el suelo. Lo enrollamos en ella y luego lo metimos en el armario. Cuando hubimos terminado, Helen lo roció generosamente con la botella de loción de afeitado barata que encontró en su neceser. Revisé el resultado. Cualquiera que echara un vistazo rápido pensaría que había dejado un montón de ropa sucia metida en el armario. No resistiría una inspección seria, pero al menos nos concedía un poco de tiempo.

Helen cogió el maletín, se lo colocó bajo el brazo y lo cubrió con su pashmina mientras yo cerraba la puerta a nuestras espaldas. Ambas subimos los dos pisos que nos separaban de nuestra cubierta, poniendo buen cuidado en aparentar que manteníamos una animada charla.

—¡Señoras! —Heather Fanning nos encontró justo cuando llegábamos a mi camarote—. ¿Todo bien? ¡Nos estamos perdiendo una cena deliciosa! Tenemos hasta un maravilloso pudin de arroz con pétalos de rosa de postre.

Hablaba con su voz más aguda, de esa manera que suelen hacer algunas personas pesadas cuando se dirigen a alguien que tiene más edad de la que ni siquiera imaginan alcanzar.

Helen se volvió hacia ella.

—Gracias, querida. Mi amiga ha sufrido un leve mareo y he pensado que estaría mejor en el camarote. Solo necesita tumbarse un poco.

Me doblé sobre mí misma, con las manos en la barriga, y en la cara de Heather Fanning apareció un mohín de disgusto.

—¡Oh, qué lástima! Si necesitan al médico, no duden en decírnoslo. Entre tanto, ofrecemos todo un surtido de remedios naturales con base de jengibre en la parafarmacia que se encuentra en la cubierta Higía.

Exhalé un suspiro que parecía una arcada.

—Gracias, querida —dijo Helen con dulzura—. Pero he traído unas pastillas de cannabis que son mano de santo.

Cogió la llave magnética que yo tenía en la mano y la acercó rápidamente a la puerta; luego me empujó al interior del camarote y cerró con decisión ante las narices de una atónita Heather Fanning. Yo me eché a reír.

—¿Pastillas de cannabis?

Fue a dejar el maletín encima de la cama de Mary Alice.

—Odio a la gente como ella. Nos habla como si fuéramos crías de parvulario. —Usó un tono de voz agudo para imitarla a la perfección—. Os estáis perdiendo una cena exquisita. ¡Tenemos arroz con leche de postre!

—Dijo que era un maravilloso pudin de arroz con pétalos de rosa —le recordé.

—Puede llamarlo como le dé la gana. Es arroz con leche, y yo estoy hasta las narices de ser vieja.

Se dejó caer con fuerza sobre mi cama y distinguí el brillo de las lágrimas en sus ojos. Fui al cuarto de baño a buscar la toalla pequeña. Habían llenado la cubitera y la habían dejado en la consola con una orquídea dentro. Tiré la flor y envolví unos cuantos cubitos de hielo con la toalla. Me dirigí a Helen y la apoyé con cuidado en su nuca.

—Te llevaste un buen golpe.

Ella mantuvo la toalla en su sitio.

—Supongo que es ridículo quejarse sobre sentirse decrépita cuando hay una bomba programada a menos de dos metros y lo más probable es que ya no cumpla más años —dijo en tono razonable—. Es solo que, desde la muerte de Kenneth, tengo la impresión de haber envejecido veinte años. Ni siquiera llego a tocarme los dedos de los pies, ni mucho menos a hacer la mitad de lo que hiciste tú —añadió con voz acusadora.

—Helen, no seas tan dura contigo misma. Yo no he perdido

al amor de mi vida. El duelo es una putada. Y es un proceso. Tú aún no has terminado de pasarlo.

—Pues ese es el tema —dijo ella—. Yo creo que sí. Al menos quiero dejarlo atrás. Estoy harta de despertarme con la sensación de que alguien me ha amputado uno de mis miembros. Todas las mañanas, durante unos segundos, consigo olvidarlo. Me despierto y estoy bien. Solo noto calma y vacío. Y luego me cae encima de nuevo, de golpe. Lo odio con todas mis fuerzas.

Me senté a su lado, hombro con hombro.

—Lo siento. Sé que esto te sirve de poco.

—Pues sí, la verdad. No me sirve de nada. Es como si cargara con algo físico, como si alguien me hubiera endosado un paquete pesado y me obligase a llevarlo. Yo no lo pedí. Ojalá pudiera partirlo en trozos y repartirlo con otras personas. Que cada una de ellas lo llevara a ratos.

—Todos acabaremos cargando con eso en algún momento —le dije.

Extendí el brazo sobre sus hombros, intentando pasar por alto la poca carne que le quedaba en los huesos. Si soplaba con fuerza, podía hacerla volar como si fuera un diente de león. Solo Dios sabía dónde iría a parar.

Ella tomó aire.

—Bueno, supongo que, si morimos esta noche, todo estará bien. He tenido una buena vida, y lo sabes. Estuve casada con Kenneth durante treinta años. De esos, dieciocho fueron realmente felices. No puedo quejarme.

—¿Y qué pasó los otros doce?

—Una disfunción eréctil y su estúpido empeño en criar perros de caza.

Me eché a reír y por un instante me miró como si fuera a ofenderse. Pero luego también se rio.

Justo entonces se abrió la puerta; Mary Alice y Nat aparecieron con nuestros bolsos y unas bolsas con sobras.

—¿Qué os ha pasado? —preguntó Mary Alice mientras Nat nos ofrecía una de las bolsas.

—Es una especie de arroz con leche con sabor a rosas, pero está bueno —dijo.

Nos dio un par de cucharillas mientras Mary Alice observaba el maletín que había en su cama.

—¿Y esto qué es? —preguntó. Le dije el código y lo abrió—. ¡Vaya! —exclamó, dando un paso atrás.

Nat se metió una cucharada de pudin de arroz en la boca antes de inclinarse sobre el explosivo como si fuera una madre cariñosa contemplando a su hijo recién nacido.

—Esto es de calidad —dijo—. Así que el cabroncete estaba listo para hacer volar el barco… con nosotras dentro.

—O bien somos el objetivo o bien al Museo no le importa que nos convirtamos en víctimas colaterales —apunté.

—Eso duele —intervino Mary Alice—. Hemos entregado cuarenta años a esos capullos y nos lo pagan así. Pero ¿por qué? No tiene ningún sentido.

—Ese no es el problema actual —dije evocando el entrenamiento. Era un recordatorio para centrarse en el caso y establecer las prioridades de forma clara—. Ahora mismo tenemos que averiguar cómo desactivarlo o cómo hacer desembarcar a todo el mundo antes de que explote.

—Fácil —dijo Nat tomando otra cucharada de pudin—. El código de desactivación.

Helen carraspeó.

—Billie eliminó a Fogerty de la ecuación antes de que pudiéramos conseguirlo.

—¿Eliminó a qué nivel? —preguntó Mary Alice.

—Completamente —dije.

—Joder, Billie… —exclamó Nat.

—Billie hizo lo que tenía que hacer —dijo Helen alzando la mano. Pese a sus remilgos, era leal como un perro—. Además, ya está hecho. Registramos su camarote y sus bolsillos. Debió de memorizarlo según las órdenes en lugar de dejarlo por ahí.

—Pues ya es mala suerte que fuera tan cumplidor —repuso Natalie, y se dio unos golpecitos en los dientes con la cuchara.

—Tenemos que sacar a todo el mundo del barco —dijo Mary Alice mirando a su alrededor.

Me levanté.

—Lo haré yo. Ha sido un error mío, yo me ocupo.

Mary Alice me miró de soslayo.

—¿Un incendio en la sala de máquinas?

Asentí.

—Provocaré un buen fuego con mucho humo. Una de vosotras activará la alarma. Eso iniciará el protocolo de evacuación —dije recordando el rollo sobre los botes salvavidas que nos habían explicado el día anterior.

—Pero no irán todos —objetó Mary Alice—. La tripulación de la sala de máquinas se quedará para intentar apagarlo.

—No si se sacan los botes salvavidas. Cada uno de ellos tiene a un miembro de la tripulación asignado, y eso incluye a los chicos de la sala de máquinas. Yo iré en busca de los rezagados —le prometí—. Y provocaré varios incendios para aumentar la confusión. Conseguiremos que todos bajen a tiempo. El capitán mandará un aviso por radio antes de abandonar el barco. En el peor de los casos, la gente pasará unas horas malas en los botes, en mar abierto, antes de que llegue la ayuda, y la explosión se achacará a un fallo en la sala de máquinas.

—¿Y nosotras? —preguntó Helen.

—¿Y nosotras qué? —repuso Nat.

—Alguien del Museo intenta matarnos. Cuando se recuperen los botes salvavidas, anotarán a los pasajeros para asegurarse de que no falta ninguno.

—¿Y? —Nat aún no lo pillaba, pero yo estaba viendo adónde quería ir a parar Helen.

—No estaremos muertas —le dije—. Constaremos oficialmente como supervivientes de la explosión.

—Y ellos volverán a intentarlo —añadió Mary Alice—. Es probable que hayan asignado incluso un refuerzo para Fogerty al que no hemos descubierto aún.

Nos miramos.

—Mierda —exclamó Natalie.

—Eso quiere decir que tenemos que salir del barco antes de que explote, pero no con los otros pasajeros —dijo Helen a modo de resumen.

—Y disponemos de unos cinco minutos para trazar un plan —comentó Mary Alice—. No podemos llevarnos un bote salvavidas porque estos están asignados.

—Esa es una actitud muy de vaso medio vacío, Mary Alice —repuso Nat.

Levanté la mano.

—Tiene razón. Eso nos deja solo la lancha de goma que usamos para ir a Basseterre. Tiene motor, pero el tanque de combustible es pequeño. Nos quedaremos sin gasolina antes de llegar a medio camino, pero dispone de velas y mapas. Helen, tú eres la única de las cuatro que sabe navegar. Coge todo lo que creas que vamos a necesitar. Nat, haz sonar la alarma y grita como una loca hasta que la gente empiece a subir a los botes. Un poco de histeria por parte de una señora de la tercera edad los pondrá nerviosos. Mary Alice, provisiones. Agua y toda la comida envasada que puedas encontrar. Puede pasar bastante tiempo hasta que nos recoja alguien o arribemos a alguna isla. Dejad aquí los teléfonos y las tarjetas de crédito, pero coged todo el efectivo que tengáis. Y dejad también los pasaportes. Desde el momento en que nos bajemos de este barco, estaremos trabajando de incógnito.

Nat gimió. Helen parecía resignada. Prescindir de los pasaportes y de las tarjetas de crédito nos complicaría la vida cuando llegáramos a tierra, pero cualquier detalle que pudiera señalar nuestra posición era un peligro.

Me dispuse a levantarme cuando Mary Alice me detuvo.

—¿Te das cuenta de lo que esto significa? Estamos quemando nuestras identidades. Nuestras auténticas identidades.

Nos miramos las unas a las otras, cariacontecidas. Cada misión había traído consigo identidades encubiertas, pseudónimos y documentos que dejábamos a un lado en cuanto el trabajo se había realizado. Nunca viajamos ni trabajamos con nuestros propios nombres; era demasiado arriesgado. Los alias nos daban aire, una capa de protección entre nuestras vidas civiles y las profesionales.

Y ahora el trabajo se colaba en nuestra otra vida, de manera indeseada y abrupta.

—No tenemos elección —me limité a decir.

—Lo sé. —Asintió—. Es solo… Akiko.

Nos quedamos calladas de nuevo. Akiko recibiría una llamada, la llamada. Alguien del Departamento de Estado, probablemente, que la informaría de manera sucinta y desagradable de que su esposa se había perdido en el mar.

—No es nuestro problema actual, Mary Alice —le dije en tono neutro.

Me levanté y esta vez no me frenó. Cogí unas botellitas del minibar y las metí en la bolsa de la lavandería que había en el armario junto con el periódico de la mañana y una camiseta.

Dejé mi identificación y otros documentos. Si quedaba algún rastro, apoyaría la ficción de que habíamos muerto en la explosión. Metí en un bolsillo el efectivo, unos centenares de dólares americanos, junto con una cajita de pastillas de menta. Saqué la funda de neopreno de mi lector de libros electrónicos y la guardé en el mismo bolsillo. Con un par de imperdibles grandes del neceser me aseguré de que quedaba cerrado.

En el otro bolsillo metí la navaja suiza que había traído; lo dejé abierto por si necesitaba acceder a él con rapidez. Cogí el pesado mechero de plata y lo metí junto a la navaja. No había muchas cosas en mi joyero, solo un par de aretes y unos pendientes de diamantes que me puse en las orejas. Eran de un quilate cada uno, tan diáfanos e impolutos que parecían falsos, pero podrían sernos útiles para empeñarlos en caso de necesitar efectivo. En el joyero había también un cinturón estrecho de monedas de oro que parecían réplicas pero eran pahlavis, un recuerdo de una misión en Irán: la otra única pieza de valor que había traído conmigo al crucero. Me lo habría atado a la cintura, pero hacía un ruido espantoso, así que se lo di a Helen, quien lo guardó en su bolso Birkin junto con la agenda y las pastillas.

Cuando hube terminado de revisar mis cosas y pude fijarme en las otras, ya estaban todas de pie. El cambio de postura les había cambiado el humor. Ahora se las veía concentradas, serias y decididas. Sincronizamos los relojes, un vestigio de otras épocas al que no queríamos renunciar, y nos miramos. Estábamos en un corrillo, tan cerca las unas de las otras que hasta mí llegaba el olor de la colonia de Helen, el del aceite que usaba Nat y el del champú de hierbas de Mary Alice. De repente sentí una oleada de amor por ellas, tan potente que casi me hizo doblar las rodillas.

—A la mierda —dije bruscamente.

La Pastora nos había enseñado que la emoción es una buena manera de que te maten. Cogí el maletín.

—¿Te lo llevas? —preguntó Helen.

—Es mejor así. Cuanto más abajo esté en el momento de la detonación, más probabilidades hay de que se cargue todo el barco. —Fui hasta la puerta y les dediqué una última mirada—. Nos vemos en el otro lado.

—En el otro lado —dijeron.

Tres mujeres mayores, asintiendo como las brujas de Macbeth. Las conocía desde hacía dos tercios de mi vida, a esas viejas brujas insoportables. Y pensaba salvarlas o morir en el intento.

8

Me dirigí a las cubiertas inferiores, deteniéndome para ocultarme en algún rincón cuando veía pasar a un miembro de la tripulación. Tuve la sensación de que tardé un siglo en llegar a la sala de máquinas, pero el reloj me indicaba que no habían sido más de diez minutos. No me sorprendió. En una misión, el tiempo siempre parecía ser algo elástico. Los segundos se convertían en una eternidad y las horas completas podían esfumarse en un segundo. La llave maestra de Heather Fanning me permitió llegar adonde quería y entré en la sala, muy atenta al menor ruido de los marineros que podían andar por allí. Eran ya más de las nueve y la mayoría se encontraba probablemente cenando o en pleno abordaje del bar de la tripulación. Habría unos cuantos de guardia encargados de supervisar que todo funcionaba bien, y eso era algo que podían hacer a través de los ordenadores. Me di cuenta de que no había muchas razones para que alguno anduviera cerca de los tanques de GNL. Se me antojó un lugar tan bueno como cualquier otro para esconder el maletín, así que lo metí entre dos de los tanques, confiando en que las sombras lo ocultarían de las miradas superficiales.

Luego subí a otra cubierta hasta llegar a la biblioteca, que estaba desierta. Agachada detrás de una silla cogí la camiseta y usé la navaja suiza para cortarla en pedazos. Arrugué las hojas del periódico haciendo bolas con ellas y las coloqué encima de la camiseta, luego lo empapé todo con el alcohol del minibar. El periódico ardería rápido, pero la tela provocaría una buena humareda, capaz de hacer saltar las alarmas. Abrí la puerta y eché un vistazo al exterior. Estaba vacío. Salí y cerré la puerta.

Mi tercera parada fue mi propio camarote. No me quedaba licor, así que me las apañé con el agua oxigenada que encontré en el neceser de Mary Alice: la derramé sobre las sábanas y les prendí fuego. Hice arder tanto mi cama como la de Mary Alice y me aseguré de echar el pestillo mientras salía por la puerta que daba a la terraza. Esta la dejé abierta para que la brisa marina avivara unas llamas que ya casi rozaban el techo. Las cortinas colgaban peligrosamente cerca, en cuestión de minutos empezarían a arder también.

Me quedé en la terraza, a la espera de la señal de Natalie. De repente sonó la alarma, con la misma potencia que las trompetas del apocalipsis, y apoyé la mano en la barandilla, impulsándome para saltar a la cubierta inferior. Había otra suite justo debajo de la nuestra, y yo contaba con que sus huéspedes aún estarían fuera. Habían sido lo bastante considerados para dejar las puertas de la terraza abiertas y aproveché para cruzar por su suite y salir al pasillo del otro lado.

Desde allí salí a la cubierta donde se había iniciado el barullo. Natalie proclamaba a gritos que olía a humo y un par de marineros intentaban calmarla mientras Heather Fanning los instaba a todos a mantener la calma. Aún insistía en que debía de tratarse de una falsa alarma cuando la voz del capitán se oyó por megafonía indicando que los pasajeros debían dirigirse a los botes salvavidas.

Hay que reconocer que la tripulación actuó de manera coordinada y organizó las colas de los pasajeros para los botes, intentando controlar los nombres de todos. Helen y Mary Alice se colocaron en dos filas: primero dieron sus nombres a uno de los marineros y luego el mío y el de Nat. En ambos casos la respuesta fue un asentimiento brusco y la orden de permanecer cerca para ser embarcadas en el bote siguiente. Y en ambos casos ellas se esfumaron.

Nat y yo nos dirigimos a la popa del barco para reunirnos con ellas. Acabábamos de doblar la esquina de la cubierta Tea cuando una voz resonó a nuestras espaldas.

—¡Señoras! No se asusten. Tengo asientos reservados para ustedes.

Era Hector, vestido con un vistoso chaleco de color naranja fosforito y con toda la pinta de querer representar el papel del héroe.

—Gracias, pero ya tenemos asientos asignados —le dije—. Ve a tu bote y no te preocupes por nosotras.

—¡Ni hablar! No pienso dejar solas a mis damas. Vengan, yo cuidaré de ustedes.

—Por Dios —murmuró Natalie—. Vamos fatal de tiempo. Tenemos que librarnos de él.

—No deberías haber coqueteado tanto con él —le respondí de mal humor. Me volví para mirarlo a la cara—. Hector, no tienes que ocuparte de nosotras. Estamos bien. Ve a tu bote —repetí.

Meneó la cabeza al tiempo que me cogía del brazo.

—Se están dejando dominar por el pánico porque están asustadas —dijo en lo que probablemente le parecía un tono que inspiraba serenidad—. Vengan conmigo, por favor.

—No tengo tiempo para esta mierda patriarcal —musité mientras le propinaba un puñetazo que le golpeó justo debajo de la oreja. Se desplomó en silencio, como si todos los huesos de su cuerpo se hubieran partido, y quedó tendido en la cubierta.

—Joder, debe de tener la mandíbula de porcelana —dijo Nat.

Nat y yo arrastramos al inconsciente Hector. Yo lo cogí de los hombros mientras ella hacía lo propio por los tobillos y lo lanzamos por la borda; su cuerpo se zambulló con un intenso ruido.

Llamé la atención del marinero más cercano.

—¡Hombre al agua! —grité señalando en dirección al mar, donde Hector flotaba tranquilamente.

El tipo soltó un juramento y corrió a avisar a alguien mientras Nat y yo nos escabullimos hacia la popa del barco para reunirnos con Mary Alice y Helen. Estaban junto a la lancha a motor, la balsa de goma motorizada que se destinaba al transporte de pasajeros desde el barco al muelle más próximo, a unos cien metros de distancia. Estaba pensada para circular por puertos, no en mar abierto, pero tendríamos que apañarnos con ella. Juntas la bajamos de la popa, cortando los amarres en lugar de liarnos con las cuerdas. Empezó a moverse en cuanto tocó el agua, la corriente la alejaba del barco.

Tuvimos unos segundos para saltar, fue un salto de seis metros enfocado a un objetivo que parecía mucho más pequeño de lo que yo había esperado. Nat fue la primera: aterrizó en el centro de la lancha y rodó para apartarse del camino de Helen. Mary Alice ni siquiera lo intentó, prefirió lanzarse al agua. Cayó a unos dos metros de la lancha, nadó fácilmente hasta ella, y Nat y Helen la ayudaron a subir. A mis espaldas, las alarmas sonaban y se oyó una gran explosión procedente de las entrañas del barco. El ruido provocó más barullo; la gente gritaba y se empujaba mientras se bajaban los botes.

Tomé aire y di un salto imitando a Mary Alice, con la intención de caer cerca de la lancha. El agua se cerró sobre mí, caliente y sedosa, tan oscura que era imposible discernir dónde se encontraba la superficie. Contuve la respiración y fui soltando el aire despacio hasta deducir adónde dirigirme. Una fina hilera de burbujas fue saliendo de mi nariz señalando el camino. Lo seguí y asomé la cabeza al exterior, bajo un firmamento poblado de estrellas.

Helen y Mary Alice me agarraron de las axilas y me subieron a la lancha por la parte trasera. Me desplomé en el fondo, escupiendo agua salada.

Helen miró hacia el cielo nocturno: las estrellas le indicaban dónde nos encontrábamos.

—¿Lo tienes? —le pregunté.

Ella asintió.

—Bien. Pon rumbo a la isla de Nieves y salgamos de aquí de una puta vez.

Y eso es exactamente lo que hicimos.

9

Enero, 1979

Está lloviendo cuando el avión aterriza. El cuarteto de chicas que desciende de él, bostezando ostensiblemente, podría confundirse con un grupo de amigas del colegio cuando recogen sus bolsas y mienten, sonrientes, al agente que les sella los pasaportes y les pregunta la razón de su visita al Reino Unido. Las espera un hombre con traje de lana y un cartel impreso, y a continuación las acompaña hasta una furgoneta privada donde pueden degustar un buen surtido de sándwiches. Ellas comen mientras él conduce. Pasa una hora, luego otra. Cuando por fin llegan a su destino, está oscureciendo y las chicas están agarrotadas y con síntomas de *jet lag*. Bajan a trompicones del coche y se encuentran frente a una mansión, o al menos algo que a ellas les parece una mansión.

La casa es una monstruosidad victoriana de ladrillo rojo rodeada de jardines y de un gran campo que llega hasta los acantilados. Todo se ve viejo, desde los senderos de piedra gastada hasta las frágiles ventanas del invernadero que hay a uno de los lados. La moldura de la puerta pide a gritos una mano de pintura y el picaporte de latón está negro de mugre.

Pero la puerta se abre y ya nada importa. Ella aparece en el umbral, mirándolas con la misma expresión con que un general inspeccionaría a sus tropas. Constance Halliday, alias Pastora. Ellas aún no conocen el alcance de su leyenda. Irán enterándose a trozos, y todo lo que oirán contendrá tanto mito como verdad. Constance lleva el pelo corto, casi rapado, y camina con un bastón, no tanto porque lo necesite para mantener el equilibrio sino para espolear a los agentes que no se mueven con la suficiente rapidez.

De joven estudió lenguas clásicas en Cambridge, y se habría licenciado si en aquella época las mujeres hubieran podido hacerlo. Su hermano, el mayor Halliday, ha informado a las cuatro sobre las Furias, el escuadrón de Constance formado únicamente por operativos femeninos, y sobre cómo murieron: acribilladas por los nazis en el aire cuando saltaban en paracaídas a tierra. Les ha dicho que Constance sobrevivió, pero nunca ha mencionado que se hirió en la caída. Tras ser capturada, la enviaron a Ravensbrück, donde la pierna rota se curó mal. Escapó del campo de prisioneros, recorrió a pie media Europa antes de que la pierna estuviera curada del todo, y su cojera, que los otros consideran una medalla de honor, es para ella un recordatorio de todo lo que le quitaron. Cuando Churchill la condecoró, ella le devolvió la carta hecha pedazos acompañada por una sucinta nota escrita en bolígrafo azul donde consignaba sus fracasos colectivos.

Su época como miembro fundadora de la Junta Directiva del Museo la aburrió. Volvió a la acción en cuestión de meses y se pasó tres décadas formando a los mejores asesinos de la organización, todos hombres. Es idea suya refrescar el grupo a través de un grupo de mujeres jóvenes a las que entrenar. Una serie de achaques la han ralentizado, y ella se da perfecta cuenta de que está envejeciendo. Por primera vez, Constance Halliday se ha dedicado a repasar su vida y se le ha ocurrido que le gustaría dejar un legado a las de su propio sexo. Echa de menos a las Furias, la camaradería de las mujeres en guerra. Su hermano ha tardado tres años en encontrar a las candidatas perfectas, pero ella cree que la espera habrá merecido la pena. Ellas serán su último y mejor proyecto, el epílogo idóneo de las Furias. Las convertirá en diosas vengadoras, máquinas de matar que cumplirán un destino muy especial.

Pero no dice nada de eso cuando conoce a las cuatro. Ha leído sus expedientes hasta casi gastar las páginas, pero es la primera vez que las ve en persona. Las contempla con sus fríos ojos azules hasta que por fin hace un gesto de asentimiento y las invita a entrar. La casa no está mucho más caldeada que el exterior, pero al menos no hay humedad. Un fuego arde en el salón; las deja de pie allí mientras camina despacio a su alrededor y finalmente se detiene frente a la chimenea.

—Bienvenidas a Benscombe Hall. Si están aquí es porque hemos visto algo en ustedes. Es absolutamente posible que estemos equivocados —dice, y su mirada no muestra la menor piedad—. Sin embargo, llevamos mucho tiempo en esto y también podríamos estar en lo cierto. El Proyecto Esfinge es una empresa muy especial, la primera ocasión de que un escuadrón femenino sea entrenado bajo los auspicios de nuestra organización. No nos defraudarán.

No es una pregunta. La temperatura de la sala parece descender veinte grados a medida que ella habla.

—En el Museo hay quienes opinan que un grupo de mujeres nunca podrá ser formado para desempeñar el trabajo de manera eficaz. Yo creo que sí que pueden hacerlo y ustedes me ayudarán a demostrárselo. Las mujeres somos tan capaces de matar como los hombres. Y ustedes poseen ventajas de las que ellos carecen. Son todas jóvenes y atractivas, y los hombres las subestimarán por su apariencia. Algo que usarán en beneficio propio.

Se detiene a observar el impresionante escote de Mary Alice con una ceja enarcada.

—Algunas de sus ventajas son más aparentes que otras, pero entre las cuatro podemos cubrir todo el abanico de gustos. Usted, por ejemplo —dice señalando con el bastón hacia Helen—, tiene ese aire gélido de Jacqueline Kennedy. Muy refinado. Y usted —continúa, mirando a Natalie—, es grácil, como Audrey Hepburn.

Helen y Natalie se intercambian unas rápidas sonrisas. Constance Halliday avanza hacia Mary Alice.

—Creo que no hace falta enumerar sus encantos, querida —dice—. Ese cuerpo voluptuoso fue muy popular en los cincuenta y aún hay muchos hombres que lo prefieren.

Entonces se dirige hacia Billie, quien le devuelve la mirada con frialdad. Constance Halliday apoya las manos en la empuñadura del bastón. Este es oscuro, de madera rojiza, y la empuñadura de plata tiene la forma de una cabeza de ave cuyos ojos son dos cuentas de vidrio negro.

—No, usted no posee los obvios encantos de la señorita Tuttle —dice haciendo un gesto hacia Mary Alice.

A Billie la impresiona que su mentora sepa sus nombres sin preguntar, pero entonces se da cuenta de que debe de haber informes de cada una de ellas, carpetas con todo tipo de información, y eso la hace sentir incómoda.

Constance Halliday inclina la cabeza mientras observa a Billie.

—No, su atractivo es menos obvio que el de la señorita Tuttle —repite—, pero da la impresión de ser una joven que disfruta del sexo. ¿Es así?

—Sí.

—Bien. Los hombres lo olerán y eso será bastante útil. Tienen un sexto sentido para detectar la terrenalidad. Pero tenga cuidado con que no se le vaya de las manos —dice con severidad—. El sexo es un arma, señorita Webster. No deje que la usen en su contra.

Da un paso atrás.

—Sus habitaciones están arriba, las compartirán. Vayan a deshacer las maletas y a asearse para la cena. Nos vemos dentro de un cuarto de hora en el comedor.

Las cuatro recogen sus bolsas del vestíbulo y las llevan arriba. Sin mucha discusión, Mary Alice y Billie cogen una habitación mientras que Helen y Natalie ocupan la otra. Los cuartos son sencillos; camas paralelas y colchas simples de lana. No hay demasiados muebles, y es obvio que ambas habitaciones comparten un decrépito cuarto de baño que está en el pasillo.

Mary Alice se quita los zapatos y se tumba en la cama.

—Me encanta este sitio. Helen dice que es como algo sacado de *El osito Winnie* o de *El viento en los sauces*. Y la señorita Halliday es todo un carácter. Me cae bien.

—Bueno, a ti no acaba de llamarte zorra, así que lo entiendo.

Mary Alice se echa a reír.

—Supongo que ese es tu superpoder. Natalie y Helen pueden ser las debutantes monas que se esfuerzan por destacar, mientras que tú y yo...

Hace una pausa que acompaña con un contoneo que resultaría de lo más obsceno si no llevara sujetador.

Después de lavarse bajan al comedor, listas para recibir su primera clase de etiqueta. La señorita Halliday las sienta para una cena formal a una mesa cargada de cubiertos y de loza. Helen parece estar completamente a sus anchas, pero Natalie coge un cuenco y toca con el dedo el limón que flota en el agua.

—¿Qué clase de sopa es esta? —pregunta—. Parece agua caliente.

—Eso es porque es agua caliente, señorita Schuyler —le dice la señorita Halliday.

Está sentada en el extremo de la silla, con la espalda erguida como una baqueta y la mirada de un halcón que contempla a sus presas con ojos de rapaz.

—Sus misiones las llevarán a estar con toda clase de gente alrededor del mundo, incluyendo los círculos diplomáticos más elevados. Deberán estar preparadas para comportarse de manera adecuada —dice, como si las desafiara a protestar—. Mi alias es Pastora porque mi mayor aptitud es cuidar de la gente, evaluar sus habilidades y asegurarme de que sean cultivadas. Me corresponde la tarea de prepararlas, de anticipar los riesgos y de asegurarme de que nada las pille por sorpresa. Mi último escuadrón con la SOE era conocido como las Furias, unos personajes mitológicos. ¿Saben quiénes fueron las Furias? —pregunta mirando a las mujeres sentadas a la mesa.

Helen se aventura a responder.

—En la mitología clásica, las Furias eran las encargadas de la venganza. Torturaban a quienes no habían pagado por sus crímenes.

En la boca de Constance Halliday se insinúa una sonrisa.

—Homero contó que vivían en la oscuridad y que carecían

de compasión. Las llamó vengadoras, las hijas de la noche. Lo que las sostenía era una ira justificada. Era un buen nombre para mis chicas.

Da un buen sorbo de vino que deja una leve marca morada en las comisuras de su boca.

—Pero el mundo ha cambiado. La ira sola ya no basta. Hace falta también ingenio y misterio además de crueldad. ¿Saben qué aspecto tienen las esfinges? —pregunta.

—Son leones con cara de hombre —dice Mary Alice.

—Esa es la esfinge egipcia —la corrige Constance Halliday—. El nombre de nuestro proyecto procede de la esfinge griega, una criatura con la cara y los pechos de una hermosa mujer y el cuerpo de una leona. Incluso tiene alas.

—No me joda —comenta Natalie con los ojos muy abiertos.

Constance Halliday no le hace caso y apoya la espalda en la silla mientras observa el reflejo de la luz que juguetea con el vino de su copa.

—Los eruditos no se ponen de acuerdo en la etimología del vocablo «esfinge», pero yo prefiero la teoría que afirma que procede del griego *sphingo,* que significa «estrangular». Porque las esfinges son leonas y así es como matan las leonas. Asfixian a su presa, la ahogan hasta la muerte sin la menor piedad, no porque sean malvadas, sino porque son cazadoras, y eso es lo que hacen los cazadores.

Hace una pausa dejando que las palabras surjan su efecto.

—Y usted meterá un chelín en el bote de los tacos, señorita Schuyler —añade entonces—. Puede usted decirlos en su tiempo libre, pero mientras esté aquí, en Benscombe, su tiempo me pertenece.

10

Helen mantuvo la lancha en rumbo este-nordeste durante la mayor parte de la noche, supervisándolo mientras las demás nos turnábamos al timón. Fuimos despacio para ahorrar combustible, dejando que el viento nos empujara y usando el motor solo para corregir la dirección. Un rato después de zarpar, una explosión sacudió el mundo y un pilar de fuego se alzó hacia el cielo nocturno. Una nube de humo aceitoso oscureció la luna.

—Bueno, pues ya estaría —dijo Helen con un suspiro.

Volvió la cabeza hacia el vacío horizonte que se distinguía al oeste. Todo, cielo y mar, aparecía negro y ligeramente salpicado de estrellas. Nos acomodamos en la barca, abrigándonos contra la brisa que había empezado a soplar.

No fue una noche agradable, pero todas las habíamos vivido peores. A última hora de la mañana siguiente, Helen nos dirigía hacia una pequeña cueva de la isla de Nieves. Cogimos nuestras cosas, hundimos la lancha para que no pudieran relacionarla con el Anfítrite, y nos encaminamos por la calzada hasta lo alto de un ligero montículo mientras observábamos las casas y hoteles circundantes. Después de andar media hora, tomé el camino hacia la playa.

—¿Adónde vamos? —preguntó Nat, cansada.

Yo llevaba alpargatas planas, pero sus tacones eran un engorro para caminar por la arena.

—Allí —dije señalando un cartel que decía: SUNSHINE, escrito con unas luces que, de día, estaban apagadas. Era un bar de la playa, uno de los más célebres del Caribe—. Vamos a pedir algo de comer y una ronda de Killer Bees. Si alguien pregunta, estamos de vacaciones, alojadas en San Cristóbal —les advertí.

Ya fuera por la promesa del pescado asado o del legendario ponche de ron del bar, ninguna protestó. Comimos y bebimos hasta hartarnos y apuramos el ponche hasta la última gota; pagamos en efectivo, añadiendo una propina que era lo bastante generosa como para ser apreciada pero no tanto como para alcanzar la calificación de memorable. Cuando terminamos, el camarero nos pidió un taxi, que nos dejó en el embarcadero de los taxis acuáticos. Estaba justo enfrente del estrecho de Narrows, al final de San Cristóbal, donde se alzaba el edificio del Park Hyatt, reluciente por el sol. El paisaje era frondoso y todo el complejo hotelero quedaba cercado por el mar y por las colinas que se elevaban justo detrás.

El taxi acuático tardó seis minutos en cruzar el estrecho de Narrows, cargado de turistas y clientes habituales. El capitán charlaba con estos últimos y Mary Alice se dedicó a hojear una revista que había cogido en el Sunshine. El transporte nos dejó directamente en el muelle del Hyatt.

Hice un gesto hacia toda una fila de gente que tomaba el sol de cara a la isla de Nieves.

—Id a sentaros ahí un minuto. Yo iré a reservar una habitación.

—¿Cómo esperas conseguirlo sin el pasaporte? —preguntó Helen.

Saqué del bolsillo la funda de neopreno del lector digital que llevaba encima desde que bajamos del Anfítrite. La rajé con una rápida incisión de mi navaja: dentro había un pasaporte canadiense, con mi cara pero con un nombre distinto.

—La madre que te parió —dijo Nat despacio—. ¿Siempre viajas con documentación de repuesto?

—Siempre, desde que pasó lo de Argentina —respondí con una mueca. La misión de Argentina había sido una de las más peligrosas y la documentación de repuesto me evitó pasar un interrogatorio duro y dos meses de cárcel en un campo de prisioneros de la pampa.

—¿Y cómo piensa pagar la habitación nuestra amiga canadiense? —preguntó Helen.

Rebusqué en la funda y saqué de ella una Black Amex.

—También tiene tarjeta de crédito.

Justo entonces, un miembro del personal que lucía una camiseta rayada y una amplia sonrisa se nos acercó provisto de altos vasos de agua con hielo decorada con rodajas de pepino. Sirvió a Nat y a Mary Alice mientras Helen y yo ascendíamos por la colina que llevaba al edificio principal. En otras circunstancias, me habría sentido impresionada. Era un espacio sin techo con estanques japoneses y una vista espectacular del estrecho de Narrows hacia Nieves. Se respiraba una atmósfera serena, y yo quería relajarme, pero era demasiado pronto para ello.

El mostrador de recepción parecía sacado del *Architectural Digest*: una pieza larga de pulido cemento negro con taburetes de ratán y un adorno floral de orquídeas. Tan solo una fina tablet con teclado indicaba que allí se hacía alguna clase de negocio. La recepcionista nos recibió con amabilidad y le dediqué una breve sonrisa. Era importante ajustar el tono, situarlo en algún lugar entre la irritación y la exigencia. Vi el nombre que aparecía en la placa.

—Sophia, espero que pueda ayudarnos. Teníamos una reserva en una villa de lujo al otro lado de la isla, y me temo que no nos va a servir —dije, pellizcándome la nariz como si estuviera sugiriendo algo innombrable—. ¿No tendrán una habitación disponible?

—¡No sabe cuánto lamento oír eso! Deje que vea qué puedo hacer. —Tecleó con rapidez en la tablet—. Disponemos de una encantadora habitación doble con vistas a la playa, aunque me temo que está en la parte más alejada del complejo, lejos del restaurante y de las piscinas —explicó, señalando hacia el lado opuesto de la bahía.

Dejé escapar un leve suspiro.

—No tengo duda de que estará bien —dije en un tono de ligera decepción.

—Pueden ocuparla ahora mismo —me aseguró ella—. Y, como le he dicho, da a la playa, así que es una habitación de la planta baja con acceso directo a la arena.

—Nos servirá —intervino Helen, con un acento inglés salpicado de algo que podría ser holandés, danés o algo parecido.

Sophia nos sonrió agradecida.

—Me alegro mucho. Solo necesitaré una tarjeta de crédito y sus pasaportes.

Helen fingió buscar un monedero inexistente mientras yo dejaba mi pasaporte y la tarjeta sobre el mostrador con gesto decidido.

—No, no, esto va a mi cuenta.

—Gracias, querida —murmuró ella.

—Mi amiga se ha dejado el monedero en la villa. Cuando vayamos a por las maletas, se lo entregaremos para que haga una fotocopia.

El titubeo de Sophia no duró más de un segundo y luego sonrió.

—Por supuesto. Concédanme un minuto.

Desapareció con la tarjeta de crédito y el pasaporte en la oficina que tenía detrás. Si algo podía salir mal, tendría que ser entonces. Tomé aire despacio para tranquilizarme y repetí el mantra que había adoptado durante la misión en un *ashram* de Kerala. Helen se entretuvo ojeando un libro de fotografía de Lorna Simpson.

Unos eternos minutos más tarde, Sophia salió provista de una cestita con toallas y botellas de agua mineral. Nos las pasó junto con nuestros papeles y las llaves de la habitación.

—Bienvenidas al Park Hyatt, señoras. Disfruten de su estancia.

Rechazamos el tour por el complejo con la excusa de que habíamos quedado con unas amigas para comer. En cuanto abandonamos el edificio principal, recogimos a Nat y a Mary Alice de la playa y seguimos las indicaciones hasta llegar a nuestra habitación.

—De momento estamos a salvo —murmuró Nat.

Ese había sido otro de los consejos de la Pastora. Siempre que estuvieras a salvo, aunque fuera por poco tiempo, era importante concederte la oportunidad de respirar tranquila, de nutrirte, descansar y tomar fuerzas para la lucha siguiente.

Me deshice de las alpargatas y me tumbé en la cama, entrelazando los dedos detrás de la cabeza.

—¿Y ahora qué? —preguntó Mary Alice—. Hemos llegado hasta aquí, pero seguimos en el Caribe, con un único pasaporte y una tarjeta de crédito para las cuatro. ¿Cómo vamos a volver a casa?

—A casa no —le recordó Helen—. Necesitamos un lugar seguro. Necesitamos un poco de tiempo para saber qué diablos está pasando.

Permanecimos un minuto en silencio, probablemente pensando lo mismo. Pese a nuestra vasta experiencia, estábamos acostumbradas al lujo de contar con toda una organización a nuestras espaldas, lista para sacarnos del lugar si corríamos peligro, dispuesta a arreglar nuestros desastres y a retirarnos de la línea de fuego. Por primera vez en cuarenta años estábamos solas.

Me incorporé despacio.

—Tengo una amiga que puede ayudarnos. Alguien que no guarda relación alguna con el Museo. —Miré el teléfono—. Pero no podemos arriesgarnos a usar el teléfono del hotel para contactar con ella. Es rastreable.

En su lugar, busqué en el listín local hasta encontrar el teléfono de una tienda de electrónica de Basseterre. Llamé y les dije lo que necesitaba; prometieron una entrega de varios teléfonos móviles de prepago en cuestión de una hora. Me quedé a esperarlos en la habitación mientras Mary Alice reflexionaba en el patio y Nat y Helen hacían una visita a la tienda del hotel para adquirir algunos productos de higiene y unas prendas criminalmente caras para todas, compras que cargaron a la cuenta de la habitación. Cuando llegaron los móviles, puse uno a cargar y marqué un número de memoria. Minka respondió a la cuarta llamada. La imaginé con las

Doc Martens apoyadas en la mesa mientras disparaba rayos láser a los aliens de un juego diseñado por ella misma.

Me salté los preámbulos y expuse lo que necesitaba: documentos, recibos, etcétera. Ella sabía lo bastante para no hacer preguntas.

Minka prometió que el paquete me llegaría en un plazo de veinticuatro horas, y colgamos. Cuando Nat y Helen volvieron, les expliqué lo que había hecho. Mary Alice entró del patio, frotándose los ojos, a tiempo de escuchar el final del relato. Daba la impresión de haber estado intentando no llorar… sin éxito.

—¿Quién es Minka?

—Es una larga historia —dije, ignorando así la pregunta—. Pero es de confianza. Yo le confiaría mi vida.

—Y las nuestras —señaló Helen con frialdad.

—Si se te ocurre alguna otra sugerencia, adelante —le dije.

No abrió la boca. Pedimos comida a la habitación y la consumimos en un silencio exhausto. Helen había comprado varios libros y revistas en la tienda del hotel, y se tumbó con el último título recomendado en el club de lectura de Reese Witherspoon mientras Nat navegaba por los canales de noticias del Caribe hasta encontrar una telenovela venezolana protagonizada por una mujer con demasiado colorete que pronunciaba sus frases a pleno pulmón.

—Voy a dar un paseo —comenté sin dirigirme a nadie en particular.

Mary Alice se levantó para acompañarme. Salimos por la puerta corredera y cruzamos el patio hasta llegar a una zona de hierba con buganvillas, plataneros y papayas. A poca distancia, había unas hamacas en la orilla del mar.

—¿Nos arriesgamos? —preguntó Mary Alice señalando las hamacas.

Me encogí de hombros.

—Todo el mundo parece estar cenando.

El ruido de la cubertería y de una música suave flotaba en el aire, procedente de los varios restaurantes con que contaba el complejo. En nuestro lado de la playa todo estaba tranquilo y desierto.

Nos acomodamos y encendí un cigarrillo. Su brillo rojizo parpadeó como una luciérnaga en la creciente oscuridad.

—No me digas que han sobrevivido a tu chapuzón en el océano —dijo Mary Alice mirando divertida hacia el paquete de tabaco.

Meneé la cabeza.

—Ha sido cosa de Helen. De la tienda del hotel, junto con la hidratante y el hilo dental.

—Helen odia que fumes.

Mary Alice y yo estábamos sentadas en los extremos de sendas hamacas, casi rozándonos las rodillas de cara al mar. A nuestra derecha, el sol se había puesto detrás de la península y el aire estaba teñido de violeta.

—Y los ha comprado igual. Eso es una amiga.

Mary Alice se rio. Durante un rato el único ruido fue el ritmo de las olas. A la izquierda, una palmera solitaria se inclinaba hacia el agua, como si escuchara los secretos que el mar tenía que contarle.

Oí un sonido inconfundible.

—No he traído pañuelos, Mary Alice. Si tienes que sonarte la nariz, será mejor que uses la camiseta.

—Que te jodan, Webster —dijo mientras se secaba los ojos con la manga. Pero el tono era mejor y su postura, algo más erguida—. Es que no puedo soportarlo..., estar lejos de Akiko sin saber lo que estará pensando. Cómo se encontrará.

No dije nada, era mejor que se desahogara por completo.

—Es el único secreto que he mantenido con ella. Bueno, el único que importa —corrigió—. Tampoco sabe cuánto me costó la moqueta de las escaleras.

—¿Lana? —pregunté.

—Tejido orgánico. De Nueva Zelanda —dijo ella—. Ya te mandaré el link.

Se acercó y me quitó el cigarrillo de la mano, dio una profunda calada que enrojeció intensamente el extremo del pitillo antes de devolvérmelo. Conservó el humo en los pulmones durante un tiempo considerable antes de soltarlo en una exhalación que pareció eterna.

—Lo echo de menos.

La miré de reojo y ella hizo un mohín con los labios.

—No pongas esa cara. Ya sé que no puedo fumar. Es una de las varias cosas que el cáncer de mama me arrebató. —Hizo un gesto vago en dirección a su pecho.

—Se ven bien —le dije—. Nat comentó que le encantaría renovárselas.

—Nat me puede besar mi precioso y plano culo. Se ven bien, pero pasé ocho meses horribles y todavía no siento los pezones.

—Estás aquí —le recordé.

—Estoy aquí. —Se acercó hasta chocar su hombro con el mío—. La pregunta es ¿por cuánto tiempo?

Meneé la cabeza mientras apagaba el pitillo en la suela de la alpargata. Metí la colilla en el paquete.

—Aún no puedo creerme que ese mierdecilla intentase hacernos volar por los aires. Quiero saber de dónde recibió las órdenes.

—¿Quién dice que alguien se lo ordenara? —replicó ella—. A lo mejor se volvió loco.

—¿Y se puso a quitar de en medio a cuatro agentes jubiladas? ¿Por qué?

—Sabemos cosas.

—No sabemos nada que pudiera ser una amenaza para Brad Fogerty, ese gilipollas aficionado a la dinamita.

—Vale, Fogerty no tenía nada contra nosotras —dijo ella procesando la información.

Mary Alice lo abordaba todo de manera lenta y metódica. Se le daban bien los detalles, incluso mejor que a Helen; a menudo descubría algo que a las demás se nos había pasado por alto, aunque tardara más en llegar a ello. Yo me lanzaba, confiando más en el instinto que en otra cosa, y a veces en la pura suerte. Por eso formábamos un equipo tan bueno. Yo era su liebre.

Sonrió, era la primera sonrisa auténtica que le había visto en las últimas veinticuatro horas.

—Ya sé que voy a paso de tortuga. Aguántate.

Se quedó un rato callada mientras yo contemplaba el borde de encaje blanco de las olas, ondas que cubrían la arena para luego retroceder como si fueran los volantes de la falda de una bailaora de flamenco. Un diminuto cangrejo se encaramó encima de mi pie.

Me volví a mirarla. Su rostro ovalado relucía en la oscuridad. Si hubiera podido verla mejor, seguro que habría distinguido una estrecha línea uniendo sus cejas. Y, de repente, me pudo la impaciencia.

—Mary Alice, no hay manera de blanquear esto, ni de pensar que por algún lugar saldrá el sol, ni de mirarlo con buena cara. O bien íbamos a volar por los aires por culpa de la misma gente que nos ha pagado durante cuarenta años, o bien esta gente sabía lo que nos sucedería y no hizo nada para pararlo porque iban a por un pez más gordo. Y ya no importa. Ahora no nos dejarán irnos. Sabemos demasiado. En el espacio de un día, hemos pasado de víctimas colaterales a inmensa amenaza.

—¿Cómo? —me desafió, con ganas de pelea.

—Asúmelo, Mary Alice. No eres tan tonta. Sabemos dónde están enterrados los cuerpos, literalmente hablando. Esto no es una nota a pie de página, es un puto ajuste de cuentas, y no quieres reconocerlo porque eso significa que tendrás que imaginar una solución al problema que supone Akiko.

La oí exhalar por la nariz, con fuerza, como un toro antes de embestir.

—Mi mujer no es ningún problema, Billie. Pero no espero que lo entiendas.

Se alejó de mí con rapidez, algo bastante incómodo cuando estás pisando arena.

—¡Mary Alice! —grité.

Ella se dio media vuelta y yo le enseñé el dedo corazón.

Soltó un bufido a modo de respuesta y siguió su camino. Saqué otro cigarrillo y lo encendí, exhalando despacio el humo.

—Esto podría haber salido mejor —le dije al cangrejo.

11

Había tres horas de avión hasta Miami y nos tomamos el desembarque con calma, poniendo cuidado en no llamar la atención de nadie con prisas excesivas. Tuvimos que pasar los controles de aduanas e inmigración, pero el trabajo de Minka era bueno. Superamos todas las paradas oficiales y aún nos quedó media hora antes de embarcar en el vuelo de Atlanta de otra compañía aérea. Cuando llegamos, Hartsfield estaba abarrotado: se notaban los efectos de la operación retorno después de Navidades, y el aeropuerto estaba hasta los topes de gente que empujaba y se movía de un lado a otro. Adiós a la paz para los hombres de buena voluntad. La debían de haber tirado junto con el papel de envolver con motivos de renos.

Para entonces eran las once de la noche y cogimos el último vuelo hacia Birmingham, donde aterrizamos pasada la medianoche. Natalie estaba agotada, pero yo seguía adelante, escoltada obedientemente por Mary Alice y Helen, quien de algún modo parecía más compuesta que el resto de nosotras. Recogí el coche de alquiler que Minka nos había reservado y nos instalamos en él para el tramo final del viaje. Natalie ocupó el asiento trasero, donde se durmió al instante. Las otras nos turnamos al volante, y cinco horas después yo volvía a ocupar el asiento del conductor mientras cruzábamos el puente de Twin Span hacia Nueva Orleans, justo cuando salía el sol. Continué por la I-10 en dirección a la ciudad, acompañada por el tráfico de primera hora de la mañana, hasta que estuvimos cerca del Barrio Francés. Mary Alice echaba una cabezada en el asiento del copiloto, y Helen y Natalie dormían como troncos tumbadas en la parte de atrás.

Desperté a Mary Alice.

—Será mejor que las espabiles. Ya casi hemos llegado y vamos a tener que movernos rápido cuando pare.

Despertó a Helen y a Nat, y sacamos el reducido equipaje que llevábamos. Dejé el coche en marcha en un callejón justo a las afueras de Rampart. En media hora estaría en un taller del barrio, desmontado en piezas, y se habría borrado todo rastro de cómo habíamos llegado a la ciudad incluso si alguien lograba seguir nuestros pasos hasta Birmingham.

—¿Y ahora qué? —preguntó Mary Alice al tiempo que se cargaba la bolsa al hombro.

—Ahora caminamos —dije señalando el Barrio Francés.

De haber estado sola, habría dado una vuelta a la manzana por precaución, pero Helen estaba hecha polvo y Natalie apenas se mantenía en pie. Pasarse veinticuatro horas sin dormir bien es sencillo a los veinte años y una mierda cuando has cumplido los sesenta. Cada minuto de la noche perdida me pesaba en el cuerpo mientras avanzábamos por Ursulines. Estaba tan tranquila como cualquier otra manzana del barrio, sin borrachos tambaleándose por las aceras desiguales y sin charcos de vómito en las alcantarillas. Podría decirse que el ambiente era casi sereno.

Nos detuvimos frente a una verja cualquiera que constaba de un teclado. La parte trasera de la verja estaba forrada de una tela oscura que ocultaba de manera absoluta el interior de la propiedad. Marqué el código y aguardamos en un silencio expectante hasta oír el suave zumbido y el clic que abría la verja. Al otro lado nos esperaba un túnel abovedado de ladrillos, ligeramente iluminado por una simple bombilla parpadeante. Algo se movió en las sombras por el suelo húmedo.

—¿Qué ha sido eso? —preguntó Natalie, intentando ver algo en la oscuridad.

—Lo más probable es que sea una rata —le dije en tono alegre. Empujé la verja a sus espaldas y me aseguré de que quedase bien cerrada—. Bienvenidas a mi casa.

El túnel conducía hasta un patio donde se alzaban cuatro edificios de obra vista, cada uno en peor estado que el anterior. Las fachadas, surcadas por escaleras y galerías, se apoyaban unas contra otras como damas viejas entregadas a sus últimos cotilleos.

Las tres mujeres se pararon a observar el conjunto. Entre un montón de ladrillos rotos crecía un enorme olivo. Había más montones con trozos de pizarra, tablones, bolsas de cemento y tiestos con arbustos en distintas fases de crecimiento. En el centro podía verse una fuente sin chorro llena de agua verdosa. La superficie se movía un poco y Natalie dio un respingo.

—¿Qué se mueve en el agua? —inquirió Mary Alice.

—Louie, la carpa. Vino con la casa.

—Bueno, supongo que es mono tener una mascota —dijo Helen en tono educado.

—Parece a punto de derrumbarse —soltó Nat, mirando la desvencijada placa de hierro negro que sostenía las galerías del segundo piso.

—Podría pasar. Vigilad cuando piséis allí —dije.

—Debió de ser un lugar bonito en el pasado —intervino Mary Alice haciendo gala de su diplomacia—. Estoy segura de que puede volver a serlo.

—Con un poco de trabajo duro y unos kilos de dinamita —repuso Natalie.

—No os va a costar nada —le recordé.

Mary Alice adoptó una expresión valiente.

—¿Las tuberías funcionan?

—A veces.

Estaba claro que Mary Alice y Natalie no estaban muy impresionadas. Me volví hacia Helen. Para mi sorpresa, esta sonrió.

—Es perfecto. Gracias por traernos aquí, Billie.

Mary Alice tuvo la decencia de aparentar sentirse avergonzada, pero Natalie se limitó a bostezar. Justo entonces, se abrió una puerta amplia, mal pintada de color turquesa, y por ella salió una chica alta y muy delgada. Antes de que pudiera presentarla, se me había lanzado encima, abrazándome hasta casi levantarme del suelo. Olía a jarabe de arce y a tostada quemada.

—Me asustaste. No vuelvas a hacerlo —dijo con firmeza antes de soltarme.

—Estamos bien —repuse—. Hiciste un gran trabajo.

Mantuvo una mano apoyada en mi hombro cuando se volvió a mirar a las otras con la cabeza inclinada a un lado, como si fuera una ardilla.

—¿Son amigas tuyas?

—Mary Alice, Helen, Natalie —dije—. Ella es Minka.

Las tres hicieron algo parecido a un ruido educado y ella les correspondió con un saludo antes de volverse hacia mí.

—He hecho el desayuno.

—Pero si no sabes cocinar —le recordé.

Ella se encogió de hombros.

—No he dicho que esté bueno. Pero deberíais comer algo.

Nos condujo a través de la puerta turquesa hasta lo que parecía la cáscara de una casa. Las paredes maestras seguían en pie, pero se habían quitado todos los tabiques que la dividían al igual que el suelo de la planta de arriba, por lo que el techo quedaba ahora a dos pisos de altura. Una puerta vieja tendida sobre una pila de ladrillos hacía las veces de encimera donde acumular los enseres básicos: la cafetera, un fogón y un horno. Mi única concesión al lujo era un calentador de agua carísimo para el té.

En el centro de la sala había una mesa que podría haber alojado un banquete de cuarenta personas, rodeada de varias sillas, todas distintas. Las ventanas mostraban vidrieras con escenas de la Biblia, y, en los lugares donde el cristal se había roto, este había sido reemplazado por vidrio barato. El resto estaba medio partido: una especie de cicatriz parecía cruzar el rostro de María Magdalena mientras ella se arrodillaba ante un Jesús resucitado.

—¿Qué es este sitio? —preguntó Mary Alice.

—Un antiguo convento —le dije al tiempo que les indicaba que tomaran asiento.

Sobre la mesa había una bandeja con tostadas frías y quemadas, y la mantequilla presentaba una capa de migas. Pero el café y el té estaban calientes.

Ocupamos las sillas. Cada una de nosotras se apropió de una taza, ignorando el pan quemado.

—Las monjas pertenecían a una orden asociada con María Magdalena —proseguí—. Bajando la calle hay un convento que perteneció a las ursulinas. Las que construyeron esta casa llegaron unas cuantas décadas más tarde. Era una orden dedicada a labores de enfermería y una epidemia de fiebre amarilla acabó con ellas.

—Es un sitio encantado —intervino Minka en tono alegre al tiempo que se unía a nosotras con una taza de café en la mano.

—¿Encantado? —preguntó Mary Alice.

—Hay fantasmas —especificó Minka.

—Espectros de las monjas —aclaré—. Han echado a unos cuantos propietarios, pero a mí nunca me han molestado, y al parecer a Minka tampoco.

Esta se encogió de hombros.

—No está mal tener compañía cuando vives sola.

—¿Así que vives aquí, Minka? —preguntó Helen educadamente.

Minka asintió.

—Sí, ahora ya soy ciudadana americana.

Sus rasgos eran netamente eslavos: pómulos anchos y ojos profundos. Cambiaba de estilo todas las semanas, pero aquel día iba vestida como si fuera una extra en una peli francesa, con un suéter rayado con cuello de barco y un fular de topos. Se había vuelto a cortar el pelo, muy corto esta vez, y se lo había teñido de negro azabache con reflejos de color cereza. Llevaba unas gafitas de montura redonda. Solo le faltaba la bicicleta con la baguette en la cesta.

Helen me dirigió una mirada cargada de respeto.

—¿La casa está a tu nombre?

—No. A nombre de una empresa con sede en las islas Caimán. No hay manera de relacionarla conmigo.

—No me fastidies. ¡Tienes tu propio refugio! —exclamó Mary Alice.

Me encogí de hombros.

—Una precaución razonable dado nuestro trabajo.

—Pues yo no tengo uno. —Natalie lo dijo en tono enfurruñado, pero Helen aún parecía estar pensativa.

No dijo nada más y Natalie se dirigió a Minka.

—Espero que Billie te haya proporcionado al menos un cuarto de baño interior. Es todo un poco rústico.

Minka entrecerró los ojos y le lanzó una mirada felina.

—Billie me lo ha proporcionado todo.

Siguió con nosotras un poco más, pero la atmósfera se había enfriado de repente, y cuando se ausentó de la mesa Natalie se volvió hacia mí.

—¿Qué le he dicho? —preguntó.

—No ha sido por lo que has dicho —le explicó Helen—. Creo que lo que le sentó mal fue tu crítica velada hacia Billie.

Antes de que Natalie pudiera poner los ojos en blanco, Helen se levantó y dijo:

—Estoy hecha polvo.

Me levanté yo también.

—Os mostraré dónde podéis dormir.

Mary Alice no se movió.

—Tenemos que pensar en todo esto. Necesitamos un plan.

Helen hizo ademán de volver a sentarse, pero a punto estuvo de caerse y apoyé una mano en su hombro para sostenerla.

—Sí, Mary Alice, está claro. Pero estamos agotadas y así no podemos pensar con claridad. Dormimos, luego comemos y después planeamos. Las reglas de Halliday.

Intuí que a Mary Alice no le parecía bien, pero se levantó y nos siguió hasta el edificio que había al otro lado del patio, el que tenía el túnel de ladrillo recorriendo la planta baja. A ambos lados del túnel había sendas habitaciones, una de ellas tan llena de trastos que era imposible entrar. La otra estaba vacía, salvo por una pequeña escalera de caracol. Arriba había un largo pasillo con una docena de puertas.

—El dormitorio de las monjas —expliqué—. Los cuartos son pequeños, pero al menos son privados.

Abrí la primera puerta. Los suelos estaban absolutamente limpios. Había un colchón doble, aún recubierto por el plástico, pegado a una pared, para dejar un poco de espacio para andar. Un hueco en la pared contenía la estatua de un santo de yeso sin cabeza.

Natalie abrió la boca, pero Helen le lanzó una mirada de advertencia.

—Es muy cuco —dijo Natalie débilmente. Fue directa al colchón y se echó encima, luego se cubrió la cabeza con su propio suéter.

—Nat, querida. ¿No vas a ponerle al menos unas sábanas? —preguntó Helen.

—No. —La palabra no sonó con acritud, pero el gesto de la mano estaba de lo más claro.

Cerramos la puerta. Mary Alice y Helen ocuparon las siguientes dos habitaciones sin decir nada. Yo fui a la mía y me dejé caer en la cama; me dormí al instante. Fue esa clase de sueño pesado que te deja embotada y aún peor que antes de dormirte. Desperté al atardecer, con las sábanas enrolladas a las piernas, sudando en pleno sofoco. Salí de la cama y me lavé rápidamente, luego fui a por las prendas que había dejado en la casa. Unos tejanos acampanados y una vieja camiseta de Janis Joplin me servirían para lo que quería hacer. Añadí mis viejas botas de vaquera, una cazadora bomber con más años que Minka y las gafas de sol. Cogí una gorra de béisbol de camino a la puerta. Estaba casi segura de que no nos habían seguido, pero no pensaba correr el menor riesgo.

Salí por la verja y bajé por Ursulines en dirección a Decatur. Al pasar por delante del Central Grocery las tripas me rugieron pidiéndome una *muffaletta*, pero al ver en la puerta el cartel de cerrado seguí adelante. Di una vuelta por el barrio, deambulando un poco y husmeando por algunos callejones, pero no hubo nada que alertara mi sentido arácnido. Me paré en el Café du Monde a pedir cinco raciones de *beignets*, los típicos buñuelos de Nueva Orleans, y volví a casa con los brazos cargados de bolsas de papel humedecidas por el vapor y el aceite que olían a gloria.

Helen debía de haberse dado una ducha. Llevaba el pelo húmedo y peinado en su moño habitual. Hojeaba sin prisas un ejemplar del *Vanity Fair* de 2009 mientras que Nat, envuelta en mi quimono favorito, tamborileaba los dedos sobre la mesa. Mary Alice me ayudó con los *beignets* y los fue pasando junto con las servilletas de papel y las tazas de achicoria.

Eché un vistazo a la sala.

—¿Dónde está Minka?

—Ha salido —respondió Mary Alice sin dar más detalles.

—Creo que acabo de ovular —comentó Natalie mientras cogía el primer buñuelo. Dio un mordisco a la masa caliente y al hacerlo levantó una nube de azúcar glas—. ¡Dios!

Me quité la cazadora y lancé la gorra sobre la mesa.

—Los *beignets* son un cliché de Nueva Orleans, pero al menos son uno bueno.

Todas seguían en silencio, comiendo con estudiado entusiasmo, y las observé para ver cómo estaban. Se las veía un poco hechas polvo, pero resistiendo. Justo entonces llegó Minka, con bolsas de la casa de comidas preparadas que había en la esquina. Había comprado *gumbo*, el célebre estofado de Nueva Orleans, y ensalada de patata, además de unas cuantas botellas de vino tinto. Había pan y una especie de roscón de reyes adelantado que solo podía salir de uno de esos puestos para turistas de Bourbon Street.

—Que Dios te bendiga, chica —dije mientras Minka abría las bolsas. Se volvió para coger platos y cucharas a la vez que yo abría el primer envase—. Podemos hablar mientras comemos.

Helen cogió una botella y el sacacorchos mirando a Minka de reojo.

—*Pas devant la petite fille* —me advirtió.

Minka no se giró.

—*La petite fille parle français, madame* —replicó.

—*Merde* —dijo Helen.

—Si no queréis hablar conmigo, me iré a mi cuarto —dijo Minka, ya de cara a nosotras.

—No es eso —terció Mary Alice para suavizar las cosas—. Todas sabemos que estamos en deuda contigo, Minka.

Lanzó una mirada de advertencia a Helen y esta le tendió una copa de vino con una sonrisa ligera.

—Está claro. Es solo que no sabía hasta qué punto querríamos aburrir a Minka con un relato de nuestros próximos pasos.

Aunque era una mierda de excusa, yo estaba demasiado cansada para hacérselo notar.

Minka se encogió de hombros y vertió su ración de estofado en el bol de la ensalada de patata. Lo removió todo con la cuchara mientras Nat la contemplaba fascinada.

—¿Está bueno?

—Pruébalo —respondió Minka.

Natalie obedeció y comió una cucharada.

—¡La madre que te parió! —exclamó poniendo los ojos en blanco—. Es delicioso.

Minka sonrió y ambas se aplicaron a la comida con entusiasmo adolescente.

—Luego vas a necesitar un antiácido —advirtió Mary Alice a Natalie cuando esta fue a coger la salsa picante.

—Pues dormiré sentada —replicó esta—. Merece la pena. —Luego se volvió hacia mí—. Bueno, ¿y ahora qué?

—Es hora de hacer un repaso —señaló Helen con brusquedad. Había comido un buñuelo a base de pequeños mordiscos y había apartado la bolsa. No había ni un grano de azúcar en sus manos. El plato de estofado estaba intacto, pero se había bebido media copa de vino.

—Vale —dije—. Repasemos. Está claro que el Museo ha decidido eliminarnos, aunque aún ignoramos el porqué.

—No dejo de pensar que tiene que tratarse de un malentendido —sugirió Helen—. A ver, hemos realizado el trabajo de manera competente y, en alguna ocasión, mucho más que eso. Y hemos terminado ya. ¿Por qué eliminarnos ahora?

—Esta es la pregunta del millón, ¿no? —dije—. Si averiguamos el porqué, todo el resto tendrá sentido. Ahora mismo, no tiene ni pies ni cabeza.

—¿Qué es el Museo? —preguntó Minka con la boca llena de estofado.

Natalie la miró con curiosidad.

—¿Sabes cómo se gana la vida Billie?

—Sí —dijo Minka—. ¿Sois amigas del curro? ¿También matáis gente?

—Así es —confirmé—. El Museo es la organización para la que trabajamos. Y da la impresión de que la Junta Directiva ha decidido cancelar nuestra existencia.

Minka inclinó la cabeza.

—Explícamelo.

La mesa estaba cubierta con un hule que había tenido días mejores. Los antiguos propietarios lo habían dejado atrás, probablemente después de echar un vistazo a las oscuras y repulsivas manchas y a las quemaduras de cigarrillos. Le pedí a Minka algo con lo que escribir. Encontró un rotulador; uno que escribía con tinta azul brillante con aroma frutal, algo que usaría el Pequeño Pony para firmar un libro. Coloqué tres cajas en un extremo del hule y garabateé un nombre en cada una.

—«Thierry Carapaz, Procedencia. Günther Paar, Adquisiciones. Vance Gilchrist, Exhibiciones» —leyó ella en voz alta.

—Correcto —le dije. Uní los tres nombres con un paréntesis y escribí encima: «Junta Directiva». Más arriba aún, escribí: «Museo».

—El Museo tiene una junta de tres directores, que se encargan de sus respectivos departamentos. —Rocé el primer nombre con el dedo—. Carapaz está a cargo de Procedencia. Son los genios de la informática. Realizan investigaciones, bucean en bases de datos. También se ocupan de la vigilancia digital. Su único trabajo es la recogida de datos.

—¿Con qué propósito? —preguntó Minka.

—Identificar a los dos tipos de gente que pueden ser de interés para el Museo —le explicó Helen—. Víctimas potenciales y agentes potenciales.

Minka asintió y yo proseguí con la explicación, trazando una línea desde Procedencia hasta la Junta.

—Procedencia informa a la Junta trimestralmente, presentando informes sobre personas que o bien deben morir o bien pueden ser entrenadas para convertirse en agentes de campo. La Junta mantiene sus discusiones a puerta cerrada y luego vota. Hace falta el voto unánime de los tres, es decir, que todos estén de acuerdo, ya sea para matar a alguien o para hacer una oferta de trabajo.

Señalé la siguiente caja.

—Una vez se ha dictado la orden de matar, Adquisiciones, bajo la dirección de Paar, pasa a responsabilizarse de todo lo que se refiere a la logística. Pueden hacer cualquier cosa, desde crear perfiles de redes sociales falsos a fabricar bombas. Proporcionan armas, ropa, viajes. Todo lo que hace falta para que la misión se lleve a cabo con éxito. ¿Me sigues?

Minka asintió y tocó la última caja.

—Exhibiciones. ¿Estos son los agentes de campo que se dedican a matar? ¿Esta eres tú?

—Esta soy yo —confirmé—. Todas nosotras. Trabajamos bajo la supervisión de Vance Gilchrist y somos las responsables de llevar a cabo las misiones.

—Te has olvidado de los comisarios —dijo Helen, mirando mi esquema a través de las gafas de cerca.

Dibujé tres cajitas bajo los nombres de los directores.

—Cada director tiene un comisario que lidia con el trabajo cotidiano del departamento. —Los rellené—. Naomi Ndiaye trabaja a las órdenes de Thierry Carapaz en Procedencia. Martin Fairbrother es el segundo de a bordo en Adquisiciones, por debajo de Günther Paar.

Vacilé antes de rellenar la caja vacía que había bajo el nombre de Vance Gilchrist.

—¿Quién ocupa ese cargo? —preguntó Minka.

—Ahora mismo, nadie —le respondió Natalie—. El último murió hace seis meses y aún no han logrado encontrar a la persona que lo reemplace de manera permanente. Vance puede ser muy quisquilloso.

—Quisquilloso es un adjetivo que solo se usa para las mujeres —repuso Mary Alice—. A los hombres se les llama «atentos al detalle».

Empujó el bol de comida vacío arrastrando la cuchara sobre la mesa.

—Avancemos. Necesitamos un plan. Y de manera rápida.

No era propio de Mary Alice mostrarse tan brusca, pero yo sabía que estaba pensando en Akiko. Cuanto antes deshiciéramos este embrollo, antes podría ir a buscar a su esposa para intentar arreglar las cosas.

—De acuerdo —dije—. Aunque hemos conseguido ganar un poco de tiempo, no podemos quedarnos aquí para siempre. Hay que averiguar por qué nos han sentenciado.

—No puedo creerme que la Junta la haya tomado con nosotras —dijo Natalie y su voz expresaba una amargura real—. Después de todo lo que hemos hecho.

—Quizá sea precisamente debido a lo que hemos hecho —replicó Helen—. Quizá matamos a alguien que no debíamos. O quizá vimos algo que no deberíamos haber visto.

—Hay mil razones por las que la Junta podría llegar a la conclusión de que somos un problema —dije—. Son los únicos con poder para dictar una orden de esa índole y tienen que haberlo hecho de manera unánime. Tenemos que descubrir por qué.

—Es una pena que no podamos preguntárselo directamente —comentó Natalie.

Mary Alice tomó la palabra:

—¿Y por qué no?

Era una idea audaz, y me alegró que fuera Mary Alice quien la sugiriera. Si pensaba en esos términos era porque aún le quedaban redaños.

—Pero ¿a quién le preguntamos? —dijo Helen—. No podemos dirigirnos a los miembros de la Junta. Son los que ordenaron el golpe.

Minka cogió el rotulador azul y tachó los nombres de Gilchrist, Paar y Carapaz con una fina línea.

—¿Y a los comisarios? —propuso Mary Alice.

—Ni hablar —respondió Natalie con voz neutra—. No confío ni un ápice en Naomi —añadió señalando su nombre—. Es ella quien está a cargo de Procedencia, lo que significa que fue la responsable de informar a la Junta. Lo que les dijo es la razón por la que van a por nosotras.

—Eso no podemos saberlo —empezó a rebatir Mary Alice, pero Natalie la interrumpió.

—¿Cuándo has oído que la Junta se embarque en algo que no responda a una sugerencia de Procedencia? Su trabajo es literalmente proponer objetivos —arguyó—. Además, yo intento mantenerme tan alejada de ellos como puedo. Me dan repelús, siempre espiando a la gente a través de sus teclados. Son unos bichos raros.

Yo me había reunido con Naomi un puñado de veces y, para ser sincera, no me había caído mal. Era una mujer de treinta y tantos años, con un par de hijos y el pie firmemente asentado en el peldaño siguiente. Cada miembro de la Junta adiestraba a su respectivo comisario, lo que significaba que ella era el reemplazo probable para Carapaz cuando este se jubilara, y no escondía sus ganas de llegar al puesto. No era de las que dicen banalidades con el único fin de escucharse y entendí perfectamente por qué ponía nerviosa a Natalie.

La taché de la lista.

—¿Y Martin? —pregunté.

—¿De verdad queremos hacerle esto? —intervino Helen—. Me da pena ese chico.

Martin Fairbrother no era ningún chico. Al igual que Naomi, había cumplido ya los treinta, pero aparte de eso poco más tenían en común. Si ella pisaba con fuerza sin aguantar ni media tontería, Martin tendía a divagar y prefería los objetos a las personas. En una ocasión me había sentado a su lado en una conferencia sobre hidroexplosivos y en todo el día me dijo una sola frase, «¿Tienes un boli?», porque el suyo había explotado y le había manchado la manga de tinta. Yo le di el mío y volví a dormirme. Pero su trabajo se le daba bien, y se aseguraba de que siempre contábamos con todo lo necesario para cada misión, por nimio que fuera. Si Mary Alice quería caramelos de menta o Helen pedía munición de punta hueca fabricada en China, Martin lo lograba.

—Añadió un suplemento de calcio en mi bolsa de trabajo porque me oyó quejarme de los resultados de la última densitometría ósea —añadió Helen con una sonrisa—. Nueces de macadamia con chocolate.

—Y a mí me consiguió la *yawara* más dulce la última vez que estuve en Nagasaki —dijo Natalie.

Me miraron y yo me encogí de hombros.

—A mí me hizo llegar una palmeta de cuero cosida a mano en Texas. —Era un arma pequeña y muy eficaz. Parecía un punto de libro, pero sus extremos eran lo bastante duros como para aplastarle la sien a alguien—. Es bueno en los detalles y muy considerado.

—¿Lo veis? Un chico majo —dijo Helen—. Mirad, está claro que la Junta cree que hemos hecho algo mal, algo terrible que nos ha situado en el punto de mira. Y a estas alturas ya están al tanto de que su primer intento de eliminarnos no ha funcionado. Se darán cuenta de que nuestra reacción lógica es formular preguntas, y vamos a poner en riesgo a cualquiera a quien nos dirijamos.

—Y Martin es la primera persona a la que recurriríamos dado que el comisario de Vance está muerto —terminé. Me pasé la mano por la cara—. Helen tiene razón. Contactar con Martin podría ponerlo en peligro.

—Eso no lo sabemos —arguyó Mary Alice.

Levanté una mano.

—Dejemos a Martin como plan B. Tiene que haber alguien más que esté al corriente de lo que pasa. Alguien menos vulnerable que Martin, pero con tendencia al cotilleo.

Estuvimos un momento calladas, pensando. Eché la silla atrás y la mantuve apoyada solo sobre dos patas mientras reflexionaba. Natalie se puso a dibujar con el rotulador en un extremo del hule mientras Mary Alice hacía trizas la servilleta de papel e iba acumulando los minúsculos pedazos. Helen se limitó a quedarse quieta, con la mirada perdida, y Minka se acabó el último *beignet*.

Hice bajar de golpe las patas de la silla.

—Sweeney hablaría.

—No le he visto desde hace veinte años —dijo Mary Alice.

Helen hizo ademán de estar de acuerdo conmigo.

—Merece la pena preguntar. Siempre nos ha tenido mucho cariño.

—Se jubiló el año pasado —dije en tono pensativo—. Ahora que ya cobra su pensión, es posible que no tenga especial interés en guardar los secretos del Museo.

—Si es que está al tanto de esos secretos —señaló Mary Alice—. Al no seguir en activo, quizá no esté enterado de los últimos cotilleos.

—Eliminar a cuatro agentes no es precisamente una historia fácil de ocultar —dije—. Creedme, seguro que circulan muchos rumores al respecto.

Nat levantó la vista de su dibujo: un desnudo masculino que se movía entre lo agradable y lo pornográfico.

—Sweeney nos ayudará.

La miré.

—Lo dices con mucha contundencia.

Su expresión era indescifrable.

—Es que es así. Me acosté con él el año pasado.

Cualquier testigo de lo que vino después nos habría confundido con un grupo de cotillas de toda la vida.

—Vaya, Nat, Sweeney…

—Pero si no te gustan los pelirrojos.

—¿Y qué tal se le dio?

La última pregunta fue mía. Natalie sonrió.

—Mejor de lo que creeríais.

—Pero ¿cómo? —preguntó Helen en tono quejumbroso.

Natalie se estiró un poco y puso cara de satisfacción mientras evocaba el momento.

—Fue en Osaka. Nos habían asignado a dos miembros de la misma familia mafiosa. Alguien de Procedencia la fastidió y no se dieron cuenta de que eran parientes porque los apellidos diferían. En ese caso habríamos coordinado las misiones. Al final, cuando nos cruzamos en el Ritz estuvimos a punto de echarlo todo a perder. Tuvimos que comparar notas, así que vino a mi habitación, y una cosa llevó a la otra... —Se encogió de hombros.

—Entonces ¿puedes ponerte en contacto con él? —pregunté.

Ella meneó la cabeza.

—Echamos un polvo rápido antes del trabajo y luego otro más relajado. Al amanecer ya había salido de mi cuarto. Volaba a primera hora.

Con una exclamación súbita, Helen se lanzó en busca de su bolsa.

—Yo sí —gritó con la agenda en la mano. Fue pasando páginas—. McSween, Charles. Kansas City.

Copió el número y se lo pasó a Natalie, que lo miró como si acabara de ofrecerle una tostada untada de veneno.

—No pienso llamarle.

—¿Por qué no? —preguntó Mary Alice—. Eres la última que tuvo contacto con él.

De no haber estado tan preocupada por Akiko, seguro que habría enfatizado la palabra «contacto». Dios sabe que incluso yo tenía ganas de hacerlo. Pero estaba angustiada, y su malhumor estaba a punto de alcanzar el modo de cabreo máximo.

Cogí el papel de manos de Helen.

—Ya lo hago yo. Hablar con un ex puede ser incómodo.

—Tú eres la experta —replicó Mary Alice.

No le respondí esa vez, pero tomé nota mental para vengarme en el futuro. Salí a la calle y me paré en el drugstore a comprar un móvil prepago que aboné en efectivo. Avancé por las callejuelas hasta llegar a Jackson Square. Ya anochecía, los adivinadores y los artistas callejeros ya habían cerrado sus chiringuitos para dejar las sombras a los mendigos. Pasé ante un par de bancos que servían de camas, al menos de momento. La comisaría de NOLA estaba a solo dos calles y los polis no tardarían en hacer una ronda para echarlos. Se desplazarían a otras calles laterales y entrarían en algún portal provisto de adornos de madera labrada donde extender el saco de dormir a resguardo del frío.

Uno de los bancos estaba vacío y me senté de cara al río. Respiré hondo antes de teclear el número que había garabateado Helen. Esperé. Tres timbrazos, luego otro más. Estaba a punto de desistir cuando Sweeney contestó con voz somnolienta. De fondo se oía el ruido de un partido de baloncesto en la tele. Debía de haberse dormido mientras lo veía. Eché un vistazo al reloj de la catedral. Eran las siete menos diez.

Le dije quién era y esperé a lo inevitable.

—¿Billie? Eh, cuánto tiempo… ¡Vaya! —exclamó marcando con fuerza ambas sílabas—. Deberías estar muerta.

—Puedes llamarme Lázaro —dije.

—¿Qué diablos…? ¿Qué di-a-blos exactamente? —Levantó la voz y el volumen del partido de baloncesto desapareció de repente. Debía de haberle quitado el sonido mientras esperaba mi respuesta.

—Es complicado. No puedo explicártelo ahora, pero creo que deberíamos vernos.

—Vernos —repitió él. Estaba ganando tiempo y le presioné un poco.

—Sweeney, no te lo pediría si no fuera importante.

—Si tú estás viva, ¿qué hay de las otras? ¿También viven? ¿Qué ha pasado con Nat?

Dios, era como estar en el instituto de nuevo. A continuación me pediría que le dejara una nota en su taquilla después de la clase de Educación Física: ¿TE GUSTO? MARCA SÍ O NO.

—Por teléfono, no —contesté—. Podemos quedar mañana en Nueva Orleans.

—¿Mañana? Ni hablar —dijo con voz átona—. Es Nochevieja.

—Mierda —exclamé. Había perdido la noción del tiempo—. Entonces el miércoles, día dos.

—Dame un minuto. Necesito algo donde escribir. ¿Dónde coño están las gafas? —rezongó.

—En tu cabeza —le dije.

—Vaya, ¿cómo lo sabías? ¿Acaso me estás viendo?

—Sweeney, no estoy en Kansas City mirando por tu ventana. Me limité a adivinarlo.

—Debo admitir que estoy un poco decepcionado —repuso él. Estuvo en silencio durante un minuto mientras le oía teclear—. De acuerdo, he encontrado un vuelo el miércoles por la mañana. Llegaré sobre las tres. ¿Dónde quieres que quedemos?

—En Jackson Square, a las cuatro.

—¿Cómo te encontraré?

—Aún no lo sé, pero no te preocupes. Yo lo haré. Si surge algo o el vuelo lleva retraso, reúnete conmigo en el Sazerac Bar del hotel Roosevelt a las nueve. Si no pudieras, deja un mensaje al encargado del bar. ¿De acuerdo?

—¿Por qué no puedo llamarte?

—Porque pienso tirar este teléfono tan pronto como cuelgue.

—Mierda, estás en un lío, ¿verdad?

—Eso creo.

Suspiró.

—Allí estaré.

—Que tengas buen viaje.

Presioné el icono rojo del móvil antes de que tuviera tiempo de contestar. Lo apagué mientras andaba hacia el Cabildo, el museo situado justo al oeste de la catedral. A su lado se abría un callejón con alcantarillas amplias. Ni siquiera tuve que apartar la rejilla para soltar el aparato, que se hundió en las aguas subterráneas.

Tomé el callejón que había entre el Cabildo y la catedral a modo de atajo. A ambos lados había portales alumbrados separados por largas sombras. La mayoría estaban ocupados por mendigos en sus camas de cartón, pero en el último me encontré a un payaso sentado en los escalones, aplicándose el maquillaje mientras se miraba en un espejo de mano roto. Saqué un billete de cinco dólares y lo metí en el cubo de las propinas. No había más que unos pocos céntimos ahí dentro. No era una gran semana para ser payaso, me dije. Me dispuse a alejarme, pero él me llamó.

—¡Eh, señora!

El payaso tenía algo en la mano. Era una estampa brillante, de esas que suelen comprarse en las tiendas de las iglesias. Esta se hallaba gastada y blanda por los años. La imagen mostraba a un hombre vestido de rojo que cruzaba un río con un niño en brazos, las cabezas de ambos rodeadas de halos de santidad.

—San Cristóbal —dijo, aunque yo ya lo sabía. La imagen encajaba con la medallita que yo llevaba al cuello.

—Gracias —le dije, y guardé la estampa.

—Feliz Año Nuevo de mierda —dijo el payaso.

—Lo mismo digo.

El viento arreciaba y me ceñí la bufanda. Luego volví a casa.

12

Enero, 1979

El bote de los tacos del escritorio de Constance Halliday se mantiene lleno gracias a Natalie y a Billie. Helen es demasiado educada para dejarse llevar por el lenguaje obsceno y Mary Alice usa las palabras malsonantes como si hablara un idioma extranjero.

Bajo la tutela de la señorita Halliday, las cuatro aprenden a comer pescado con dos tenedores y a tomar la sopa sin hacer ruido. Les enseña a salir de un coche sin que se les vea la ropa interior, a bailar valses como las debutantes vienesas y a arrancar un automóvil en menos de veinte segundos. Fabrican bombas, descifran códigos, aprenden a mover el culo y a matar. Se gradúan en estrangulamiento y apuñalamiento, dominan los secretos de todo tipo de venenos y del garrote. A Constance Halliday no le gustan las armas militares, las encuentra vulgares y llamativas, pero se asegura de que las cuatro aprendan todo cuanto puede saberse de armas de fuego, aunque no oculta en ningún momento su preferencia por usar las manos y otras armas improvisadas. Bolígrafos, cuerdas, agujas de tejer…, todo cuanto pueda utilizarse con fines letales.

Y cada una desarrolla una especialidad. Natalie adora todo lo que hace ruido: bombas, granadas y las armas más poderosas a las que puede echar sus pequeñas manos. Mary Alice descubre una afinidad por los venenos, desliza sustancias inocuas en la comida que sirve la señorita Halliday con el fin de ganar destreza.

Dedica el tiempo libre a preparar mezclas tan tóxicas que podrían paralizar a un ejército. Sorprendentemente, Helen resulta ser una gran tiradora: su natural atención al detalle contribuye a ello, ya que le permite captar los cambios de viento y la trayectoria estimada. Se le da tan bien, de hecho, que Constance le permite usar su pistola favorita, un pequeño y pulcro Colt 38 que va metido en una funda de martillo y puede llevarse sin problemas en cualquier bolsillo. Se ven marcas en la empuñadura, señales que, con toda seguridad, se corresponden a víctimas, pero ninguna se atreve a preguntar al respecto.

Sin embargo, Billie Webster se ha convertido en un desafío para Constance Halliday. Es bastante hábil con las granadas y maneja la pistola casi tan bien como Helen, pero no le gusta hacerlo. Su atención se dispersa, y le da por disparar lejos del objetivo solo para ver qué más puede destruir. El día en que le saca el ojo a la escultura de jardín favorita de Constance Halliday, un siniestro conejo de hierro, la señorita Halliday le da un brusco toque en el hombro con el bastón.

—A mi despacho, señorita Webster. Si no le importa.

Billie rezonga algo entre dientes, pero la sigue. No ha estado en ese despacho desde el día de su llegada y enseguida se percata de que no se trata de una visita social. La señorita Halliday no la invita a sentarse, así que Billie permanece de pie, con la vista puesta en el cuadro que hay detrás de la mesa de Constance: una especie de ninfa con estrellas en las manos y cara de remordimiento.

La señorita Halliday se pasa un largo minuto sin decir nada. En ese tiempo se sienta y va golpeando un abrecartas contra la superficie de la mesa dejando patente así el poder del silencio.

Por fin, Constance Halliday se olvida del abrecartas y dice, con un suspiro:

—Señorita Webster, empiezo a desesperarme. No es usted una mala incorporación…

—Gracias.

Sigue hablando como si Billie no hubiera dicho nada.

—Pero se está convirtiendo rápidamente en alguien prescindible. Tiene buena puntería, pero no tanto como la señorita Randolph. Se le dan bien los idiomas, aunque no llega a la fluidez que demuestra la señorita Tuttle. Su propia seguridad le importa poco, hasta un punto que podría calificarse de valeroso, pero no llega a ser tan indómita como la señorita Schuyler. En resumen, señorita Webster, no acabo de verle el punto.

Ahí se calla. No hay nada que Billie pueda responder a eso. Constance mide la pausa perfectamente, y luego prosigue, en tono amable. Esa manera de hablar, tranquila y afable, duele más que las palabras.

—Tenemos un acuerdo con un magnífico instituto de secretariado de Londres. Podríamos enviarla allí. Estoy casi segura de que sería capaz de dominar la taquigrafía y la mecanografía sin apenas dificultad. Le proporcionarían un buen empleo de oficina en cuanto obtuviera el título. ¿Quizá le guste la contabilidad? Me han dicho que hay personas que encuentran muy gratificante ese tipo de trabajo.

Solo un brillo apenas perceptible en los ojos de Constance Halliday indica a Billie que está haciendo todo esto a propósito, pinchándola para que reaccione de alguna manera. No acaba de entender qué es lo que Constance trata de azuzar. Tal vez la ira, o la negación… Pero está decidida a no concederle ese gusto.

Billie espera en silencio y Constance termina por ceder.

—Debe de ser difícil para usted, ya lo entiendo —dice con una leve sonrisa.

—¿Entender qué?

Constance la ha empujado a hablar, pero no se regodea en ello. Se limita a seguir en el mismo tono neutro mientras tamborilea los dedos sobre una de las carpetas de la mesa.

—Nunca ha tenido que esforzarse por nada, ¿no es así? Nunca la han puesto a prueba, no de un modo serio.

Billie evoca su infancia y sofoca la ira que empieza a crecer en su interior.

—Ignoro qué pone en su carpetita, pero yo no soy como las otras, ¿vale? A mí no me tocó el jardín tapiado y el golden retriever.

Constance se encoge de hombros.

—No me refería a las trampas de una infancia feliz, señorita Webster. Hablaba de lo que sucede ahí dentro: a su intelecto y a lo que ha hecho con él. O, mejor dicho, lo que no ha hecho. Sus registros muestran una inteligencia excepcional y unos resultados mediocres. La mediocridad es un lugar cómodo. Te libra de esforzarte al máximo para ver qué puedes conseguir. Te libra de enfrentarte a tus temores, y de tener que rebuscar en tu interior para hacer acopio de la última pizca de valor. Ni siquiera sabe de qué pasta está hecha… y, lo que es más, parece usted no sentir el menor interés en descubrirlo. Hace lo justo para ir tirando y, francamente, preferiría contar con media docena de reclutas con menos potencial y más corazón, señorita Webster. Me temo que mi hermano se equivocó con usted.

Sigue sonriendo, pero esta vez hay algo parecido a la compasión en la sonrisa.

—¡Y una mierda! —La frase sale por la boca de Billie antes de que pueda contenerse.

Constance hace un ligero gesto de asentimiento.

—Vaya, parece que hemos tocado un nervio ahí. —Se levanta y hace señas a Billie para que rodee la mesa. La coge por los hombros y la pone de cara al cuadro—. Me consta que no ha gozado usted de una educación clásica, señorita Webster —dice señalando el cuadro con el bastón—. ¿Sabe quién es?

Billie se encoge de hombros.

—Astrea. ¿Había oído ese nombre alguna vez?

Billie contempla la figura esbelta vestida con la vaporosa túnica blanca. Flota sobre el paisaje, rozando la hierba con los pies mientras se eleva en el aire. Una de sus manos está extendida hacia un grupo de compungidos pastores, a quienes dedica un gesto de despedida con una mano; en la otra sostiene una balanza.

—Creo que no. Suena a griego.

—Muy bien. Astrea fue una diosa, la hija del Crepúsculo y del Amanecer, dotada por los dioses con las herramientas de la justicia. Fue la última inmortal que vivió entre los hombres. Pero al final, desesperada por nuestra maldad, se marchó y voló a los cielos con su balanza. Hoy se sienta entre las estrellas como la constelación de Virgo, con la balanza de Libra a su lado. Dicen que espera el día de su regreso.

Billie observa con más atención a la diosa, su expresión de tristeza resignada mientras contempla a los humanos que a todas luces le ruegan que se quede.

—Todos los grandes poetas ingleses escribieron sobre ella —prosigue Constance—: Shakespeare, Milton, Browning. Los historiadores la compararon a Isabel I y a Catalina la Grande. Y Aphra Behn, la dramaturga que ejerció como espía al servicio de Carlos II, usó «Astrea» como alias en su honor. Siempre ha estado ahí, en las sombras.

Constance Halliday señala ahora los pies de la diosa. Una fina línea plateada yace sobre la hierba, casi oculta por el verdor, apenas visible. Olvidada pero no desaparecida.

—Mírela más de cerca. Astrea se llevó consigo la balanza, pero dejó la espada: la misma que le entregaron los dioses para hacer justicia. La pregunta, señorita Webster, es: ¿está usted dispuesta a recogerla?

No espera una respuesta. En su lugar, despide a Billie y la joven se dirige a su habitación, donde se tumba en la cama. Fuma cigarrillos a escondidas hasta que el sol se pone y el espacio se llena de sombras.

Al día siguiente, Billie se esfuerza. Le echa aceite a la pistola y lo frota sobre ella tal y como le han enseñado. La carga y alinea el alza con el cuadro de mira, efectúa siete disparos. Seis fallan. Sabe que tiene a Constance Halliday a su espalda, pero no se vuelve a mirarla. Lo intenta de nuevo; esta vez con un resultado un poco mejor, no mucho. Se sonroja y nota lágrimas en los ojos pugnando por salir. Si se dejara llevar, el resultado sería un llanto feo y pesado, cargado de mocos. Así que se traga la decepción de constatar que Constance Halliday tiene razón. Le falta disciplina y organización. Y esas son cosas que pueden suponer la muerte para un agente de campo.

Para su sorpresa, Constance Halliday la roza suavemente con el bastón.

—¿Todo bien, señorita Webster?

Ella cierra los ojos y siente el peso del arma en la mano. La carga de la vergüenza es pesada, pero ella la deja aposentarse en sus hombros, siente cómo la contrae. Y entonces lo entiende. Abre los ojos y pasa un dedo por el cañón reluciente.

—No me gusta confiar en algo que pueden quitarme —dice a su mentora.

Constance Halliday le dirige una mirada larga y evaluadora, luego asiente.

—Bueno, las manos no te las pueden quitar, ¿no?

Billie espera que la echen del programa, que la facturen a Londres con un cuaderno y una falda plisada. En cambio, al día siguiente, cuando llega a la zona de entrenamiento se encuentra con un hombre que está junto a Constance Halliday. Es fuerte y feo como un pecado, viste mallas y la expresión de su cara indica que tiene lugares mejores donde estar, que esto es en verdad un favor.

Constance Halliday esboza una ligera sonrisa.

—Puedes llamarle Perro Loco. Y vas a hacer lo que él te diga.

Sea lo que sea lo que se pierde ese tipo por el hecho de estar allí, se lo cobra a Billie, porque resulta que Constance lo ha traído solo para ella. Mientras las otras tres trabajan perfeccionando sus respectivos talentos, él enseña a Billie todo lo que esta ignora sobre el combate cuerpo a cuerpo. La derriba al suelo al menos cien veces ese día, haciéndola caer de espaldas y dejándola sin respiración cada vez.

Cuando se acaba el entrenamiento, ella siente que las piernas no la aguantan y sube la escalera apoyándose en las manos y las rodillas. Los dormitorios están helados, así que las cuatro chicas suelen quedar en el trastero de la colada, donde las tuberías mantienen el espacio lo bastante caldeado para las cajas de pollitos que Constance Halliday ha hecho comprar. A pesar de que están bastante apretadas, las chicas pasan las tardes en ese espacio diminuto donde el aire caliente huele a caca de pollo y a lavanda.

Billie no puede ni levantar los brazos, así que Mary Alice le da de comer mientras Natalie se entretiene con un surtido de cerraduras y candados y Helen se limpia la suciedad de debajo de las uñas. Todo el mundo en Bascombe tiene tareas asignadas, y la de Helen es ocuparse del huerto entre sesión y sesión de armas. También suele ir a la farmacia y se las apaña para conseguir unos analgésicos de los que se venden con receta para Billie mientras Nat engulle media botella de vino de la despensa.

Al día siguiente, los moretones han florecido y el cuerpo de Billie está entre negro y azul desde el cuello hasta los tobillos, pero ella se arrastra fuera de la cama para ir a por más. Y esta vez Perro Loco solo la derriba cincuenta veces.

Cuatro semanas más tarde, en una húmeda y penosa mañana en el jardín, Billie le agarra por debajo de su centro de gravedad y consigue echarlo al suelo, boca abajo; ella no se detiene y apoya la rodilla con fuerza en la parte baja de su espalda para dejarlo sin aire. Él levanta la cabeza, como acto reflejo para respirar, y cuando lo hace Billie le echa el brazo al cuello. Le habría resultado sencillo tirar bruscamente de la cabeza hacia su cuerpo, pero lo hace despacio, con cuidado de no perder el agarre. Él mueve las piernas, aunque eso solo sirve para agotarlo. Consigue ponerse de rodillas en el suelo y se incorpora, en un intento de zafarse de ella, pero ella aguanta, presionando sus riñones con la rodilla. La cara de él va mudando de color: rosa, rojo, luego morado. Le tiemblan las aletas de la nariz y no para de boquear, en busca de un aliento que no llega.

Por fin se rinde y se desploma en el suelo. Billie aguanta un segundo más solo por probar que puede hacerlo y luego se aparta. Él toma aire, jadeando tembloroso. Billie está de pie, con los pies separados y la sangre zumbándole en los oídos. Tiene los puños cerrados y está lista para seguir luchando. Quiere que se levante para seguir. Pero él yace en el suelo, derrotado.

Billie levanta la vista y se encuentra con Constance Halliday observándolos con una sonrisa en la cara, y entonces se da cuenta de que ella también sonríe.

—Por fin, señorita Webster —dice con suavidad—. Por fin lo entiende. No es la ira lo que la hará buena en este trabajo, sino la alegría.

La lucha que Perro Loco enseña a Billie no tiene nada de deportiva ni de justa. Es un combate sucio y callejero. Le enseña a ir a por los testículos y a por los ojos, a hundir la base de la mano en la nariz de alguien y presionar hasta que el cartílago se rompa con un crujido, como si fuera una rama de apio. Le enseña a encajar el desastre resultante en el cerebro para terminar el trabajo. Con la ayuda de un pollo le enseña a partir un cuello con un giro de muñeca rápido y decisivo, y a ahogar a alguien usando los muslos o el codo.

Cuando el entrenamiento termina, él camina con una acusada cojera y le ha quedado una oreja estropeada para siempre, pero a Constance Halliday se la ve satisfecha. Su reducida bandada de Esfinges ha evolucionado mucho, y están ya lejos de donde se hallaban cuando su hermano las encontró. Helen Randolph había sido una elección fácil. Su padre había sido uno de los miembros fundadores de la OSS y su abuelo, un diplomático con tendencia a las negociaciones secretas. Lleva el servicio clandestino en la sangre.

Natalie Schuyler también es un legado. Su abuela es una niña cuando su familia tiene que huir del Imperio ruso empujada por las balas y las bombas. Se instalan en Holanda, adoptan un nuevo nombre e intentan dejar el pasado atrás, pero la abuela de Natalie nunca olvida el fragor de la guerra. Cuando esta llega de nuevo a Europa, envía a América a su hijo, todavía un niño, con los abuelos y se queda en su país adoptivo ofreciendo sus servicios a la resistencia holandesa. Los ancianos Schuyler se pasan años buscándola después de la guerra, pero nadie llega a decirles nunca qué fue de ella y cualquier suposición es demasiado devastadora. No obstante, el mayor Richard Halliday lo sabe. Y el día que muestra a Natalie el informe sobre su abuela, ella de repente comprende el impulso hacia el caos que le late en la sangre.

Mary Alice Tuttle es un caso más simple. Es la pequeña de tres hermanos, la niña inesperada que se añade a la parejita. Su infancia se desarrolla en un torbellino de enaguas planchadas y rizos rubios; es la hija que llegó tarde, y nunca deja de ser consciente de que la familia ya estaba completa antes de que llegara. Todo cambia cuando su hermano se marcha a Vietnam, de donde ya no vuelve. Su mejor amigo llega a casa en un ataúd, y la hermana de Mary Alice, que era su prometida, se desmaya al verlo. Sus padres están destrozados, y a Mary Alice todo se le antoja muy simple. Las guerras las combaten hombres jóvenes que no tienen opción de escoger, y eso está mal. Ella está dispuesta a hacer lo que sea para detener la matanza. Quema la carta de admisión en Juilliard y en su lugar se matricula en Berkeley. Publica un artículo de opinión en el periódico universitario que resulta tan incendiario que un representante del estado llama para que sea detenida por traición. Pero es esta pieza escrita la que despierta el interés del reclutador del Museo.

Al igual que Mary Alice, Billie es elegida por su idealismo, por su voluntad de partirse los nudillos en una buena pelea. Es la que más lejos ha llegado en el entrenamiento, y a Constance Halliday le recuerda a otras chicas que conoció durante la guerra. A sus Furias. Apenas habían salido del huevo cuando las enviaron a luchar en una guerra que ellas no empezaron. Eran valientes e indómitas. Y murieron por ese coraje, piensa con amargura. Así es mejor. Las Esfinges usarán trucos y subterfugios; igualarán la balanza con las que las precedieron. Y sobrevivirán, eso es algo que Constance se ha prometido a sí misma.

Ha necesitado nueve meses de entrenamiento físico para que lleguen a estar en forma para el combate. Está también la academia de secretariado de Londres donde aprenden taquigrafía y mecanografía, y los rudimentos básicos para ser azafatas, porque ambas profesiones suponen una excelente tapadera. Han tomado cursos de cocina y de atención sanitaria por si tienen que hacerse pasar por criadas o enfermeras. La academia de conducción les ha enseñado los básicos de mecánica y de maniobras evasivas. Un cursillo de primeros auxilios las ha adiestrado para que puedan curarse a sí mismas durante una misión. Los cursos de idiomas y cultura general las han refinado: francés, árabe, ópera, vinos. Una clase de actuación les ha enseñado a desarrollar personajes y a llorar espontáneamente.

Y, como remate final, las han enviado a París para un cambio de imagen. Los rizos de Natalie son ahora una melena lisa, aunque ella se queja de que esto le roba la mitad de la personalidad. El diastema de los dientes de Mary Alice se ha corregido y ahora su sonrisa es menos memorable. Helen es tan guapa que los asistentes poco pueden hacerle salvo cortarle el pelo y darle unas gafas que enfatizan su seriedad.

Billie les deja cortarle las puntas, pero, cuando consultan a un cirujano plástico sobre la posibilidad de hacer desaparecer la cicatriz que tiene encima del labio, se levanta y se va. Helen parece desaprobarlo; la mira a través de las gafas con preocupación.

—Se supone que debemos librarnos de todo lo que pueda llamar la atención —le recuerda—. Esa cicatriz es un rasgo identificativo.

—A mí me gusta —tercia Mary Alice con lealtad.

—No es cuestión de gustos —protesta Helen—. Es algo fácil de recordar en una cara y eso es peligroso.

—Me arriesgaré —le dice Billie.

La verdad, pura y dura, es que Billie tiene miedo. Ya ha dejado que cambien demasiadas cosas de sí misma. Las clases de oratoria han pulido los dejes de su acento de Texas; las lecturas obligatorias han ampliado su vocabulario. Los conocimientos de arte y de historia han ampliado sus horizontes de un modo que nunca había imaginado antes. Ya no está del todo segura de quién es. Pero cuando lleva un dedo a la pequeña marca que tiene justo sobre el labio puede recordarse a sí misma.

Dos semanas después están en un vuelo con dirección a Niza.

13

La mañana siguiente a la conversación con Sweeney nos levantamos tarde. Nos quedaban horas de sueño por recuperar y teníamos una cita a la vista, pero también contábamos con el lujo de disponer de unos cuantos días para prepararnos. Durante el desayuno, Mary Alice hizo un esfuerzo heroico para actuar con normalidad y se peleó con el hornillo para servir los huevos al gusto particular de cada una. Luego me puse a hacer yoga: estiré las rodillas doloridas y lloré un poco por dentro al ver que mi perro boca abajo salía más parecido a una pila de escombros. Me sentía como si tuviera cien años y mi aspecto no lo desmentía, decidí mientras me inspeccionaba el cutis después de la ducha. Opté por aplicar un poco de aceite de rosas y esperar que surtiera algún efecto. Estaba poniéndome las mallas de cachemira cuando cambié de opinión y me decidí por los vaqueros. Las mallas eran suaves y abrigadas como una manta, pero los vaqueros me hacían sentir más ligera y llena de esperanza. Cruzaba el patio cuando oí un ruido en la verja, como si alguien intentara levantar el pestillo. Aunque la posibilidad de que la gente del Museo nos hubiera encontrado ya era remota, no estaba dispuesta a correr ningún riesgo. Cogí una barra de acero que había en la pila de materiales del patio y la levanté en el aire. Si hacía falta, era un arma tan buena como cualquier otra.

Avancé hacia la verja, apoyando el peso en los metatarsos. Llevaba la barra en una mano, asida con la suficiente firmeza para que se mantuviera recta. La mayoría de la gente sujeta un arma como esa hasta que los nudillos se les ponen blancos, pero eso solo sirve para que la mano se canse. Como cuando tocas el piano o le haces una paja a alguien, el truco está en la muñeca.

Miré a través de un hueco de la valla y casi solté la barra de la impresión.

—¡La madre que la parió! —exclamé mientras abría la puerta.

Al otro lado de la verja estaba Akiko, cargada con un trasportín para mascotas en cuyo interior algo se movía nervioso. Me lo endosó al entrar. Cogí su bolsa de viaje de la acera y miré a ambos lados de la calle vacía antes de volver a cerrar la verja.

Con la bolsa colgada al hombro, la seguí por el patio. Mary Alice salió volando de la casa, con los brazos abiertos, y se abrazaron entre sollozos contenidos a la vista de todas.

Se besaron y abrazaron durante unos minutos más; solo se separaron cuando el trasportín que yo llevaba en brazos tembló tanto que estuvo a punto de alcanzar la escala de Richter.

—¿Qué diablos llevas aquí? ¿Un poltergeist? —pregunté a Akiko.

Ella se secó las mejillas humedecidas.

—Ese es Kevin. No es nada fan de los viajes.

Incliné la cabeza para mirar a través de la rejilla delantera y algo en el interior siseó como un engendro satánico.

—¿Has traído al gato? —preguntó Mary Alice con una sonrisa de oreja a oreja.

—Claro que he traído al gato —dijo Akiko mientras se alisaba el pelo—. Es parte de la familia.

Después de que nos saludara a todas, entramos en casa.

—¿Se supone que debo soltar a esta cosa? —pregunté.

Akiko hizo un gesto vago.

—Limítate a abrir la parte delantera. Ya saldrá cuando esté de humor.

Dejé el trasportín en el suelo, levanté la parte delantera con un dedo y me aparté enseguida. El bicho de dentro no se movió y retorné mi atención a Akiko y Mary Alice que estaban sentadas a la mesa, dándose la mano. Helen y Natalie cogieron sendas sillas y me miraron expectantes mientras yo miraba a Mary Alice con la misma expectación.

—¿Nos lo explicas? —propuse.

Mary Alice podría haber jugado la carta de la vergüenza o la del descaro. Se quedó en un punto intermedio: habló con la barbilla erguida y la cara sonrojada.

—La llamé. Mientras recogíais el coche de alquiler en el aeropuerto de Birmingham. No me miréis así: le pedí el teléfono a una señora muy amable que hacía cola en reclamación de equipajes.

—Podrían haber pinchado el teléfono de tu casa —le recordé.

Mary Alice se encaró conmigo.

—No te atrevas a criticarme, Billie. Tomé todas las precauciones necesarias y le di instrucciones precisas sobre cómo asegurarse de que no la seguían.

—Sí —dijo Akiko alegremente—. Este rollo de los espías se me da bien.

—¿Espías? —pregunté con cautela lanzando una mirada severa a Mary Alice.

Esta enrojeció cincuenta tonos más y contempló a su esposa.

—Creo que te debo unas cuantas explicaciones.

—¿Ahora viene cuando me cuentas que no eres espía? —preguntó Akiko, aún sonriente.

—No lo soy —dijo Mary Alice.

Akiko se echó a reír.

—Eso es justo lo que diría cualquier espía.

—No somos espías —dije en tono neutro—. Ninguna de las cuatro.

Por primera vez la sonrisa de su cara flaqueó.

—¿Entonces qué sois? —preguntó mirando a Mary Alice.

—Asesinas —le espetó Natalie.

Akiko soltó una especie de carcajada que se quedó a medias, convertida en una especie de gárgara.

—¿Me estáis tomando el puto pelo?

—No, querida —dijo Helen—. No te estamos tomando el puto pelo.

Tal vez fuera la voz educada de Helen pronunciando el taco lo que convenció a Akiko. Apretó la mano de Mary Alice y preguntó:

—¿Nena?

—Es la verdad. Somos asesinas a sueldo. Nos reclutaron en 1979. Trabajamos para una pequeña organización internacional extragubernamental.

—¿Qué significa eso?

—Significa que nuestra organización está fuera del gobierno —empezó a explicar Mary Alice.

—Sé lo que significa «extragubernamental», no soy tonta —repuso Akiko al tiempo que le soltaba la mano—. Lo que pregunto es otra cosa. ¿A quién matáis?

—Traficantes de armas o de mujeres, algún dictador de vez en cuando, líderes de sectas, jueces corruptos. No son gente maja precisamente —respondió Mary Alice.

—Si te sirve de algo, la organización dio sus primeros pasos matando nazis —añadió Helen.

—Pero hace ya tiempo que no encontramos ninguno —prosiguió Natalie—. Así que en general son gente como la que ha citado Mary Alice. Además de narcos. Y de piratas: en los últimos tiempos hemos tenido bastantes.

—Pero ¿los matáis? —La voz de Akiko se elevó un par de tonos al tiempo que ella se ponía de pie—. Me vais a disculpar, pero necesito un minuto para procesar todo esto. —Cerró el trasportín del gato y se lo subió la cadera—. ¿Dónde está mi cuarto?

—Yo te acompaño —dijo Helen enseguida. La guio hasta que ambas desaparecieron, y con ellas el ruido del trasportín.

—Bueno, ha ido mejor de lo que esperaba —dijo por fin Mary Alice.

—¿De verdad? —pregunté.

—Oh, sí. Si estuviera enfadada en serio, habría cogido al gato y se habría largado al Marriott.

14

El día del encuentro con Sweeney me levanté antes del amanecer, pero Mary Alice se me había adelantado. La encontré en la cocina, preparando una tostada con manzana en el hornillo para acompañar al beicon que había cocinado en el microondas. Presentaba un aspecto luminoso, como si tuviera la sangre a flor de piel, y comprendí qué era lo que la animaba así: la anticipación. Fuera como fuese la reunión con Sweeney, habríamos dado un paso más hacia la posibilidad de retomar nuestras vidas.

Al menos, eso es lo que sospeché que estaba pensando. Nadie hablaba mucho esos días. Akiko, que seguía sin dirigirle la palabra a Mary Alice, se fue con Minka a un barecito de temática vampírica que había en Bourbon Street mientras las demás organizábamos el encuentro. Mary Alice puso platos para Helen y Natalie y las cuatro nos dedicamos a repasar el plan una y otra vez hasta que llegó la hora de vestirse. Era temprano, faltaban horas para la cita con Sweeney, pero queríamos llegar antes al lugar, fundirnos con el ambiente de Jackson Square.

Nos separamos para ocupar nuestros puestos. Helen había hecho una reserva en Muriel's, el restaurante ubicado en la esquina norte de la plaza, y había insistido en que le dieran una mesa en la primera fila de la terraza. Había ido en persona para asegurarse; le había dado un billete de cincuenta a la camarera bajo mano además de endosarle una historia lacrimógena sobre que era el primer aniversario de la muerte de su marido. Era un cuento chino, por supuesto, pero uno de los buenos, lo bastante auténtico para que Helen lograra parecer emocionada mientras lo soltaba. La camarera prometió que la sentaría allí para un almuerzo tardío que Helen pretendía prolongar con varios platos de elaboración lenta y un suflé fuera de la carta de postres.

Desde la ubicación de esa mesa redonda disfrutaría de una vista perfecta de la zona peatonal que había delante de la catedral. Le proporcioné una pistola y yo misma revisé las miras. Esperaba que no la necesitase, sobre todo a esa distancia, pero era la única opción: un rifle habría resultado imposible de ocultar. Mary Alice, por su parte, se instaló en el extremo más alejado del área peatonal, apoyada en la baranda de hierro que separaba el parque de la zona de tiendas. Había encontrado un violonchelo de segunda mano y lo había pulido y afinado hasta lograr que sonara medio decente. Habría preferido una viola, pero estas escaseaban. A sus pies colocó un sombrero de seda sobre una tela de color escarlata y le echó unas cuantas monedas dentro a modo de indirecta para los transeúntes.

En la misma tienda de segunda mano, Natalie había adquirido varios cuadros terribles, que mostraban paisajes deprimentes, y retratos todavía peores. Luego los sacó de los marcos y pintó encima una serie de imágenes toscas que evocaban escenas de Nueva Orleans sin demasiada convicción. Eran exactamente iguales que los que colgaban los artistas callejeros en la baranda de Jackson Square. Natalie completó el disfraz con una peluca canosa y una riñonera descolorida: era la viva imagen de una abuelita hippy de esas que tienen su lado creativo.

Para mi disfraz compré un juego de cartas del tarot en una tienda llamada Esotérica y me pasé un par de días manoseándolas para que tuvieran un aspecto usado; luego dibujé un cartel con un ojo diabólico para encima de la mesita. Con un par de sillas plegables ya tuve el negocio en marcha. Me puse mallas y botas bajo una falda larga y vistosa de algodón (el viento que venía del río traía consigo un frío polar) y unos pendientes baratos y horteras. Redondeé mi imagen con una generosa aplicación de kohl en los ojos y una melena falsa de rizos largos y oscuros rematada con un pañuelo a modo de diadema. Entre la cabellera y el maquillaje estaba irreconocible.

Me imaginé que no habría tanta gente en un día laborable de inicios de enero, pero los turistas resacosos posnavideños seguían de fiesta. Monté el puesto delante del Presbiterio, el estrecho edificio separado de la catedral por un diminuto pasaje llamado Père Antoine Alley. Si miraba a la derecha, podía ver a Helen; si lo hacía a la izquierda, a Mary Alice. Natalie estaba al otro lado de la esquina, de cara a los paseantes que se acercaban desde el río, exhibiendo sus horribles cuadros. Nos habíamos planteado la posibilidad de usar walkie-talkies, pero al final optamos por hacer las cosas fáciles y acordamos una serie de señales que servirían para alertar a las otras de cualquier peligro. A cada hora, justo cuando el reloj daba el primer cuarto, nos echábamos una ojeada de control, pero hasta el momento todo iba bien.

Distinguí a Sweeney antes de que él me viera. Charles Ellison McSween. Al verlo entrar en la plaza, con los hombros hundidos y encogido por el frío, pensé con tristeza que se le veía viejo. El aire del río le alborotaba los mechones de pelo que salían de la gorra de béisbol, una visera que antaño debía de haber sido roja pero que ahora tenía el color del óxido y estaba cubierta por una capa de escarcha. Le dejé pasar ante mí y luego me dirigí a él con la típica palabrería de las adivinadoras. Cuando se volvió, le invité a sentarse con un gesto.

—¿No quieres saber lo que dicen las cartas? —pregunté en cuanto se hubo girado del todo.

Me miró con los ojos entornados.

—¡La madre que me parió! —rezongó mientras tomaba asiento con cuidado, por si aquella silla frágil no soportaba su peso.

—Cierra el pico, estoy comunicándome con el otro lado —dije sonriendo mientras barajaba las cartas.

Él me devolvió la sonrisa.

—Dios, me alegro de verte. —La sonrisa se esfumó tan rápidamente como había llegado—. Billie, ¿qué cojones está pasando?

Barajé las cartas despacio.

—No uses mi nombre. Y deberías haberte disfrazado.

Se llevó una mano al borde de la gorra de los Yankees.

—Voy disfrazado. Todo el mundo sabe que soy un forofo de los Cards. —Observó con desconfianza las cartas—. ¿Qué diablos es eso?

—Es una baraja clásica Rider-Waite, reconocida por adivinadores y adolescentes emo de todo el mundo.

Di la vuelta a la carta que había quedado arriba y se la mostré. Era la estrella; una mujer desnuda que se inclinaba hacia un pozo con un cubo sobre el fondo de un cielo estrellado.

—Vaya, esta me mola —dijo sacándose un chicle del bolsillo—. Está buena.

—Representa la esperanza y la oportunidad. Quizá la escojas —dije mientras la devolvía a la baraja—. Hay setenta y ocho cartas, que se dividen entre arcanos mayores y menores.

—¿Qué acabas de decir? —Desenvolvió el chicle y se lo metió en la boca.

—Los arcanos mayores representan las grandes lecciones de la vida. Los menores son números y personajes de la corte, tipo reyes y reinas. Cuatro palos: bastos, copas, espadas y pentáculos.

—¿Penta qué? Me suena a algo satánico…

—No, nada que ver. Esos son pentagramas. Los pentáculos son como los oros. —Extendí la baraja en forma de abanico—. Coge tres con la mano izquierda y déjalas boca abajo.

—¿Por qué tres? —preguntó sin dejar de mascar chicle mientras se decidía.

—La primera representa el pasado y la segunda, el presente. La tercera se refiere a lo que está por venir.

—¿Y por qué tiene que ser con la mano izquierda?

—Es la mano del destino —respondí en tono solemne.

Se rio y cogió tres cartas. Yo recogí las otras. Las notas del chelo de Mary Alice flotaban por la plaza. Estaba tocando *Rhian-*

non de Fleetwood Mac y Sweeney se puso a llevar el ritmo con un dedo sobre la mesita.

Descubrí la primera carta.

—¡Eh! Creía que habías dicho que no era nada satánico —protestó él.

La carta representaba al diablo, con los cuernos y las patas de cabra de rigor; este, además, poseía unas alas de murciélago de lo más dramáticas.

—No significa lo que estás pensando —le dije. El diablo estaba sentado en un trono alto y a sus pies había una pareja desnuda sujeta con cadenas. Señalé a estos últimos—. Ellos representan algo que para ti empezó siendo un placer, pero que ha acabado siendo algo que te encadena... como una adicción. Pero eso ya es pasado.

Se llevó un dedo a la mejilla donde se notaba el bulto del chicle.

—Chicles de nicotina. Dejé de fumar hace un mes. Voy a dos paquetes por día.

—¿Ves? Ya lo tienes —dije, y pasé a la segunda carta—. ¿Qué has oído, Sweeney?

—Corrían rumores —repuso moviéndose en la silla, claramente incómodo.

—¿Qué clase de rumores?

—De que cogíais encargos aparte.

Enarqué una ceja. La primera regla del Museo prohibía expresamente el trabajo por cuenta propia. Era una de las cosas que nos diferenciaba de los sicarios. Solo matábamos cumpliendo órdenes, nuestros objetivos habían sido escrupulosamente estudiados y escogidos porque sus muertes beneficiarían a la humanidad en su conjunto. Bromeábamos diciendo que eran crímenes necesarios. Pero estábamos convencidas de que eso nos mantenía en el lado bueno de la balanza kármica.

—Ir por libre no está permitido, e, incluso si lo estuviera, yo no lo haría. Me conoces.

Se encogió de hombros y destapé la segunda carta. En el centro había un disco de color naranja marcado con símbolos. Unas criaturas aladas flotaban en las esquinas y una esfinge se sentaba encima del disco.

—La rueda de la fortuna —le informé.

—No veo a Vanna White—bromeó él—. Pero suena bien.

—Significa un cambio en las circunstancias. Podría ir bien o mal —dije—. ¿Qué más oíste?

Él se tomó su tiempo y luego se puso a hablar deprisa, como si quisiera sacárselo de encima antes de cambiar de opinión.

—Nada. Solo eso, que las cuatro habíais empezado a ir por libre y estabais matando por dinero.

—¿Y creíste que era verdad?

Levantó ambas manos como si intentara defenderse.

—Solo te cuento lo que oí.

Lo observé durante un momento, me fijé en las orejas enrojecidas y en una mirada que por un instante rehuyó la mía.

—Y una mierda. Lo creíste.

La voz me salió llena de rabia; ni siquiera intenté ocultarla.

Di la vuelta a la última carta. Mostraba a un hombre que yacía boca abajo con la cara oculta. Llevaba una capa roja y parte de esta, o tal vez un charco de sangre, se extendía sobre el naipe. Había diez espadas clavadas en su espalda.

—¿Qué coño es esto? —inquirió él.

—El diez de espadas —le dije—. Es tan malo como parece. Traición. Puñales por la espalda. Ruina absoluta.

Se quitó la gorra y se pasó la mano por el pelo, que ya raleaba.

—Joder, Billie. ¿La pusiste ahí a propósito?

—¿Yo? Las cartas no mienten —expuse con sencillez.

—Quizá no —dijo él.

No le cambió la voz, era un profesional. Pero había algo en su postura, una diferencia casi imperceptible en la tensión de sus brazos. No le veía las manos, pero lo supe. No había venido a hablar. Estaba aquí para matar.

—¿Por dónde andan las otras? —preguntó en tono ligero.

Entonces lo comprendí. Claro. Si la tesis oficial del Museo

era que nos habíamos saltado las reglas, habría establecido recompensas por eliminarnos. Y Sweeney no querría detenerse solo en una. Cuatro presas darían para muchas entradas de partidos de béisbol y muchas cenas en el Hungry-Man.

Por encima del rumor de la multitud me llegaba el sonido del chelo de Mary Alice. La melodía había cambiado. Ahora tocaba *Hazy Shade of Winter*. Lo hacía a un ritmo más rápido, en la versión de The Bangles, no la de Simon & Garfunkel. Eso significaba que había visto a alguien que no debería estar allí. O bien Sweeney había traído refuerzos o tenía competencia. En cualquier caso, no estábamos a salvo.

Sweeney no dio visos de saber que había sido descubierto. Siguió mirándome con la misma cara de inocencia que le ayudaba a desplumar al personal en la mesa de póquer. Recogí las cartas y les di dos golpecitos sobre la mesa antes de dejarlas a un lado. Era la señal para que Helen apretara el gatillo.

Contuve la tentación de mirar hacia donde estaba ella, presumiblemente observando a Sweeney a través de la mira del arma. Solo esperaba que no optara por dispararle en la cabeza. Sería una guarrada muy poco sutil. Un tiro en el cuello resultaría igual de eficaz y un poco más discreto.

Pero la bala no llegaba y comprendí que Helen debía de tener problemas para disparar. Necesitaba ganar tiempo.

Cogí la mano izquierda de Sweeney y la giré.

—Deja que te lea las rayas de la mano. Luego te llevaré con las otras. Se van a alegrar de verte.

Él sonrió y algo en sus ojos me indicó que se relajaba un poco. Estaba dispuesto a seguirme la corriente si eso implicaba la posibilidad de acabar con las cuatro. Recorrí las líneas con el dedo, inventándome chorradas sobre su vida y su corazón, sin dejar de esperar que Helen apretara el gatillo. Para cuando llegué al monte de Venus, que suena picarón pero solo es la zona que queda justo debajo del pulgar, ya estaba nerviosa. Miré hacia donde se encontraba Helen y la vi con ambas manos apoyadas en la barandilla de la terraza. No estaba en posición de disparo, ni siquiera había sacado el arma. Estaba paralizada, como un conejo deslumbrado ante los faros, y entonces comprendí que tendría que encargarme yo del tema.

Dejé la cantinela y lo miré con firmeza a los ojos.

—Dime la verdad. Han puesto precio a nuestras cabezas, ¿no? Recompensas por cada una de nosotras que muera.

Él se encogió de hombros.

—Lo siento, Billie. De verdad que lo siento. Pero sí.

—¿Cuánto?

Me lo dijo. Yo aún tenía la mano izquierda de Sweeney en la mía mientras él hablaba. Eso evitó que se percatara de que palpaba el bolsillo de la falda con la derecha. Cuando el dedo acarició el gatillo, apreté.

15

El tema de las pistolas es que no suenan como lo hacen en las películas. Es más bien un chasquido, como un petardo, más agudo y fugaz de lo que uno esperaría. Algunas personas que andaban por la plaza miraron a su alrededor con curiosidad, pero, tras un minuto sin que sucediera nada, volvieron a concentrarse en sus helados y sus pralinés. Yo tenía la pistola en la mano y había disparado desde mi lado de la mesa. Un tiro a ciegas en el que deposité todas mis esperanzas, pero la suerte me había sonreído. La bala, de pequeño calibre, había penetrado por su pecho y se había alojado allí, dejando un único orificio justo debajo del cuello, y una mancha húmeda y oscura se extendía por su chaqueta azul marino.

—¿Sweeney? —Seguía agarrando su mano, que ya no tenía pulso, antes incluso de que se le cerraran los ojos. Se quedó apoltronado en la silla, como si se hubiera dormido en mitad de la tirada de cartas.

Al levantar la mirada, vi a Helen observándonos con los ojos muy abiertos. De repente pareció recomponerse y se puso de pie, dejó dinero encima de la mesa y desapareció en el interior del local. Nat habría oído la señal de Mary Alice y habría abandonado su puesto de pintora, y ella y Helen regresarían a casa por las rutas que habíamos diseñado previamente. Mary Alice podía seguir tocando, amparada por el halo de invisibilidad que envuelve a los artistas callejeros. Me levanté la falda y corrí hacia Père Antoine Alley. Seguía sin saber a qué había obedecido la señal de Mary Alice, pero lo más probable era que hubiera descubierto a alguien que no debía estar aquí: alguien que estaba siguiendo a Sweeney y que ahora andaría pegado a mis talones. Me despojé de la falda y de la peluca, y las dejé tiradas junto a una mendiga que dormía en un portal. Llevaba las gafas de sol en el bolsillo y me las puse mientras me alejaba de la plaza.

Con el cadáver de Sweeney enfriándose a mis espaldas, me dirigí hacia Royal Street y giré a la izquierda para alejarme de la dirección de la casa. Esperaba dar un gran rodeo antes de llegar a mi destino, pero al cruzar Toulouse lo vi. Iba vestido de turista, con la camiseta remetida dentro de los vaqueros en plan sociópata. Encima llevaba solo un chubasquero fino, negro y dorado, con una vistosa flor de lis, pero en su cara se distinguía una ligera capa de sudor. Tenía una buena mata de pelo rubio, casi blanco, de ese color que la mayoría de la gente deja atrás al hacerse adulto pero que los noruegos conservan toda la vida.

Se me acercaba por la izquierda, y, llevada por el instinto, atajé por Saint Louis hacia Chartres, con un paso lo bastante rápido para dar la impresión de que llevaba prisa, pero no tanto como para parecer asustada. No me atreví a mirar atrás. No oía pasos a mi espalda, pero sabía que el tipo iría calzado con suelas de goma. Doblé a la derecha por Bienville y crucé la calle en dirección a la entrada del aparcamiento del hotel Monteleone. No llegué a entrar. Había un gran espejo convexo colgado justo sobre la acera y eché un vistazo en él al pasar; entonces lo vi, a unos cuarenta pasos de distancia. Parecía estar tomándose su tiempo. El capullo de mierda estaba gozando, me dije. Ignoraba que lo había descubierto y, al parecer, había decidido darme un poco de cancha, con la idea de atacarme cuando más le conviniera.

Giré bruscamente hacia Royal Street y aceleré el paso; corrí hasta el final de la manzana. La calle estaba llena de tiendas de antigüedades, de las caras, y en los escaparates relucían candelabros de cristal. Me atreví a volver la cabeza al entrar por la puerta principal del Monteleone y vi que él acababa de doblar la esquina. Dio un respingo de sorpresa al darse cuenta de que yo no estaba donde había previsto. Era la hora del *check in*, y la entrada del hotel estaba abarrotada de huéspedes, porteros, chóferes y mozos. Me abrí paso hacia el salón principal y enseguida giré a la derecha, tomando la corta escalera enmoquetada que subía hacia el bar Carousel. Un gigantesco tiovivo ocupaba el centro de la sala, dando vueltas despacio ante los clientes acodados en la barra. A pesar de que era temprano, el sitio ya estaba lleno y una mujer ya mayor mezclada entre la gente no llamaba la atención. Crucé el bar y salí por la puerta trasera a través del restaurante; me encontré con los ascensores. Llamé uno y contuve la respiración.

Estiré un poco el cuello y me arriesgué a mirar hacia el restaurante y a través de las ventanas. Allí estaba él, de espaldas al hotel, oteando hacia un lado y el otro de la calle. En un minuto se decidiría a registrar el vestíbulo y el bar, pero si me las apañaba para llegar antes al tejado, tenía opciones de darle esquinazo. Las puertas se abrieron y entré, obligándome a respirar con calma.

—¡Oh, espere un minuto! —gritó una mujer con un abrigo de visón mientras corría hacia mí. Llevaba un perrito contra el escote y yo ni siquiera me molesté en fingir que la esperaba. Apreté el botón de cerrar con el pulgar y la oí soltar un gruñido rabioso cuando las puertas se le cerraron en los morros.

Mantuve presionado ese pulsador y el de subir al tejado para que el ascensor no se detuviera por el camino. Cuando llegué arriba, pulsé varios botones al azar antes de salir. Si alguien del vestíbulo estaba mirando el panel del ascensor, vería encenderse los números de varias plantas.

Una larga pared de vidrio se extendía ante mí y miré hacia la zona de la piscina. A la izquierda, bajo un toldo, había un bar y una zona para comer. La piscina estaba vacía, rodeada de tumbonas y de grandes setos en macetas. Aunque hacía demasiado frío para nadar, el camarero estaba allí, sacándoles brillo a los vasos y escuchando con una sonrisa falsamente educada a un viejo que le estaba dando la lata. Yo había recorrido el hotel meses atrás, por si alguna vez me encontraba en esta situación, y sabía que la puerta de la zona de la piscina solo se abría con una llave magnética.

Pero también sabía lo dispuesta que está la gente a hacer favores si creen que perteneces a su círculo y, sobre todo, si eres mayor que ellos. Una joven con uniforme del hotel salió del spa y la abordé con cara de pena.

—Perdone, querida, se ve que he olvidado la llave y mi marido está demasiado ocupado aburriendo al camarero para abrirme —dije mirando con expresión agotada hacia el pesado de la barra.

—No se preocupe, señora —dijo ella con una sonrisa, y pasó la tarjeta.

Le di las gracias y entré como si estuviera en mi casa, luego pedí una bebida y la pagué en efectivo.

Detrás del último macetero, al final de la piscina, había una zona pequeña a resguardo de miradas, un rincón íntimo que resultaba absolutamente invisible para el resto de la terraza. Ocupé una hamaca allí y fui bebiendo a sorbitos hasta que el sol se puso con todo su esplendor mientras yo vigilaba las calles de abajo. Mi perseguidor caminaba con cautela, dibujando cuadrados, tomando las calles más cercanas al Monteleone. Unos minutos después de llegar allí, oí el ruido de las sirenas y me imaginé que habrían encontrado a Sweeney en Jackson Square, muerto en la silla. En cuanto retiraran el cadáver, revisarían las cintas de las cámaras de vigilancia y acabarían descubriendo adónde había ido yo.

Pero en una ciudad como Nueva Orleans existen muchas formas de desaparecer. Tras otro cuarto de hora de viento fuerte soplando desde el río, llegó hasta mí el ruido de un desfile que pasaba por la calle. Me dirigí al vestíbulo por la escalera, bajando los escalones de dos en dos y rezando para que las rodillas no me fallaran. En la tienda del hotel encontré unas gafas enormes típicas de carnaval y un montón de collares de cuentas, que me colgué del cuello sobre una sudadera decorada con un cangrejo de lentejuelas que gritaba al mundo: LAISSEZ LES BON TEMPS ROULEZ. Al salir tenía todo el aspecto de cualquier turista madura de Omaha de las que andan sueltas por Nueva Orleans.

Salía del hotel a tiempo de unirme al final del desfile. A la cabeza iban dos novios vestidos con sendos esmóquines de Tom Ford que avanzaban con las manos unidas en el aire, mostrando al mundo sus flamantes alianzas de boda. La banda tocaba *Breezin' Along with the Breeze*, y los participantes en el desfile coreaban la letra mientras agitaban pañuelos y brindaban con copas de champán con los mirones. Una dama de honor que estaba como una cuba bebía directamente de una botella de Veuve Clicquot, y me la ofreció.

—¡Eh, desconocida! ¡Vente con nosotros!

Cogí la botella y di un trago. El champán estaba caliente y casi sin gas, pero no me importó. Se la devolví y canté con ellos mientras descendíamos por Royal Street y nos perdíamos en la noche.

16

Abandoné el desfile justo detrás de la catedral, donde una cascada de luz enfoca la estatua de Jesús de la pared trasera del templo. El Jesucristo en sombras tenía los brazos extendidos, como si pidiera un abrazo, pero pasé ante él sin detenerme, tomando el camino más largo. Por fin llegué a Ursulines y abrí la verja. Las demás estaban en la cocina, sentadas en torno a la mesa y provistas de tazas de un café que se había quedado tan frío que tenía una capa de poso por encima.

Minka se abalanzó sobre mí, gritando en ucraniano, hasta que Mary Alice la apartó para abrazarme. Helen fue después, pero Nat se mostró más práctica y en lugar de un abrazo me dio una taza de té caliente.

—Bebe —ordenó, y la miré extrañada—. ¿Qué pasa? Yo también sé cuidar de la gente.

—Claro que sí —concedí, cogiendo la taza con los dedos helados.

—¿Estamos a salvo aquí? —preguntó Helen. Unía y separaba las manos, como si necesitara algo a lo que agarrarse.

—Por poco tiempo. Me seguían, pero le despisté. Era Nielssen.

Las bolsas estaban amontonadas junto a la puerta junto con el trasportín del gato. El mismo Kevin se hallaba en brazos de Akiko, lamiendo su taza de café mientras ella, con cara impenetrable, mantenía la vista al frente. Miré a Mary Alice e hice un gesto señalando a su mujer.

—¿Está bien?

—Estoy procesándolo —dijo Akiko con voz aguda—. Acabas de matar a alguien. Me han dicho que has matado a una persona.

—Iba a matarme. A las cuatro, en realidad —añadí para convencerla—. No sé si esto te sirve de algo, claro.

Ella asintió despacio.

—Creo que sí.

Me volví hacia las otras. Natalie observaba mi sudadera y los collares.

—Me gusta tu nuevo look. No todo el mundo puede disfrazarse de turista de mierda, pero tú realmente lo consigues.

—Gracias, mañana iré a comprarte un conjunto igual.

Helen me sirvió un plato de comida que ni me molesté en mirar. Empecé a engullir mientras Nat me preparaba otro té.

Seguía comiendo cuando Mary Alice nos miró a todas.

—¿Pasamos a la autopsia? —preguntó.

—Eso ha sido de mal gusto —objetó Natalie.

Mary Alice se quedó de piedra.

—Siempre lo hemos llamado así.

—Ha muerto un amigo —le recordó Helen—. Quizá deberíamos llamarlo discusión.

Mary Alice se encogió de hombros, pero no protestó.

—Un amigo que estaba dispuesto a matarme —corregí. Las puse al tanto de lo que me había contado Sweeney y obtuve las reacciones que preveía. Ofendida, Helen; furiosa, Natalie; y práctica, Mary Alice.

Lo único que me guardé para mí fue la falta de reacción de Helen cuando le di la señal de disparar.

Natalie se cruzó los brazos sobre su reducido pecho.

—¿Estás segura de que tenías que ocuparte tú de eliminarlo? Creía que habíamos quedado en que eso sería cosa de Helen.

Miré a Helen, pero esta no dijo nada.

—Fue una decisión súbita.

Natalie soltó un bufido.

—Bueno, no sería la primera vez que cazas a un objetivo.

—Cierto, Natalie, no lo sería. De vez en cuando he entrado en acción en una misión sin que fuera responsabilidad mía porque… —Distinguí la angustia visible y desesperada que se reflejaba en los ojos de Helen y alteré lo que iba a decir—. Porque lo decidí así. Él planeaba eliminarnos a las cuatro. Lo único que lo contenía era el hecho de que esperaba que yo le dijera dónde estabais —terminé.

—No tuviste opción —sentenció Mary Alice.

—¡Pobre capullo! —murmuró Natalie.

Helen bajó la vista y siguió muda.

Akiko se dirigió a mí entonces.

—Resúmeme la historia, por favor. Necesito comprender.

Me sequé los labios en una servilleta y la dejé en la mesa.

—Cuando comprendimos que la organización para la que trabajamos…

—El Museo —intervino Akiko.

—El Museo —confirmé—. Cuando descubrimos que la organización para la que trabajamos nos había sentenciado a la eliminación, nos pusimos en contacto con un antiguo colega para averiguar el porqué.

—¿Y el colega era ese tal Sweeney? —preguntó ella.

—Correcto. Nuestra cita con él debía proporcionarnos información sobre qué estaba pasando. Tuvimos la precaución de quedar con él en una ubicación neutral, pero al final ha resultado que no debimos fiarnos de él en absoluto. Vino a matarnos, Akiko.

—¿Y ahora qué pasa? —preguntó—. Intentaron mataros y fallaron. Supongo que no existe la posibilidad de que digan «mira, oye, mala suerte», se den por vencidos y os dejen en paz, ¿no?

Percibí una nota de esperanza en su voz, y Mary Alice también lo hizo porque se estremeció un poco al hablar.

—No podemos volver a casa.

—Nunca —dijo Natalie.

—¿Me estás tomando el pelo? —preguntó Akiko a su esposa—. ¡Mary Alice!

Esta se frotaba las manos, y los nudillos se le pusieron blancos y luego rojos. Era una de las mejores asesinas que conocía, pero sentada ahí, al lado de su mujer, se la veía frágil, aplastada por el secreto que había mantenido y que ahora les cambiaba la vida.

—Mary Alice, haz el favor de mirarme —insistió Akiko—. ¿Qué hacemos ahora?

Mary Alice respiró hondo.

—Necesitamos más información.

—Ya tenéis la información —repuso Akiko—. Has dicho que os querían muertas porque os habéis saltado el código… Porque habéis estado matando gente por dinero por vuestra cuenta.

—Pero no es así —dijo Helen en tono paciente—. Eso significa que sus fuentes son incorrectas. Alguien nos está tendiendo una trampa.

—Pues decidles la verdad —replicó Akiko—. Contádselo. Os escucharán. Tienen que escucharos.

Natalie se inclinó hacia ella con expresión compasiva.

—Me consta que todo esto te resulta difícil, pero la verdad es que no van a escucharnos. No es exactamente lo suyo.

Akiko se volvió hacia ella.

—¿Que si me resulta difícil? Estoy al borde del colapso nervioso. La mujer a la que más amo en el mundo ha decidido contarme, después de cinco años de matrimonio, lo que hace para ganarse la vida. Eso son cinco años de mentiras. Eso es un puto montón de mentiras.

—Intentaba protegerte —susurró Mary Alice.

—Mira, me parece que ese barco ha zarpado ya. —La voz de Akiko era amarga como el vinagre—. Estoy huyendo para salvar la vida con un gato que odia los viajes y no sé cuándo podré volver a casa. Así que haz el favor de ocuparte de esto, Mary Alice. —Se levantó, con Kevin forcejeando en sus brazos, y se acercó a su esposa—. Hablo en serio. Arréglalo.

Entonces se marchó y Mary Alice exhaló un lento suspiro.

—Se le pasará —dije.

Mary Alice me dedicó una mirada cargada de dudas mientras Helen carraspeaba.

—Bueno, necesitamos trazar un plan.

—Quizá la idea de Akiko fuera buena —dijo Helen—. Tal vez deberíamos intentar hablar con ellos.

Eso nos condujo a media hora de discusión sobre cómo podíamos abordar a una organización que estaba intentando matarnos de manera activa. Debatimos sobre cada uno de los miembros de la Junta Directiva con pelos y señales antes de llegar a la conclusión de que no tenía sentido.

—¿Y los comisarios? —sugirió Mary Alice—. Sé que ya lo habíamos hablado antes, pero quizá podamos darle otra vuelta a la idea.

—Descartemos a Naomi —dijo Natalie—. Si hasta ellos han llegado datos falsos sobre nosotras, la información tiene que salir de su departamento. Ella es quien hace los informes para la Junta, así que tuvo que ser ella quien les dijo que los habíamos traicionado.

—Estamos de acuerdo en eso —coincidió Mary Alice—. Pero ¿y Martin?

—Martin —afirmé.

Las otras asintieron y Helen sacó la agenda para mostrarme el número, escrito a lápiz. Nos jugamos a las pajitas quién llamaba y perdí. Estrené un nuevo móvil y marqué el número de su teléfono personal. Casi esperaba que saltara el buzón de voz, pero al segundo timbrazo respondió. Había una nota de cautela en su voz.

—Martin —dije—. Al habla Billie Webster.

Oí cómo inhalaba aire, el ruido fue casi como el de un jadeo.

—¡Dios mío! —exclamó él—. Dame un segundo. Estoy en un lugar público.

Cubrió el teléfono con la mano y el ruido se esfumó. Luego distinguí el ruido de platos y charlas típico de un restaurante, y luego el del tráfico: bocinas y una sirena lejana.

—Ya estoy en la calle —dijo por fin—. Joder, Billie, ¿estás bien?

—He tenido días mejores —respondí—. Supongo que sabes por qué te llamo.

—Sí, y no voy a hacer preguntas. Solo dime: ¿las demás también están bien?

—Sí.

Dio un hondo suspiro.

—Bien. Escucha, no puedo hablar durante mucho rato. No creo que estén controlando mi móvil, pero por si acaso…

—Lo único que te pido es un poco de información —le aseguré—. Un pajarito me ha dicho que la Junta recibió un informe que nos acusaba de aceptar encargos fuera de la organización. ¿Qué sabes de eso?

—Nada —respondió—. La Junta se ha mostrado de lo más discreta. Ya sabes lo paranoicos que se vuelven con todo lo que tiene que ver con el secretismo. Esto lo han cerrado a cal y canto.

—Martin —dije suavizando el tono para que sonara cálido y alentador—, sé lo buen profesional que eres. La Junta no pide ni un clip sin que te enteres. Y lo último que quiero es meterte en líos —le aseguré.

Él tomó aire.

—Lo único que sé es que alguien del Museo recopiló datos sobre vosotras cuatro y los hizo llegar directamente a la Junta. El informe no pasó por los canales habituales.

—¿No surgió del departamento de Procedencia?

—Ignoro si lo redactó alguien de allí, lo que me consta es que se envió sin seguir los protocolos regulares o yo me habría enterado de su existencia.

—¿Y no tienes la menor idea de dónde salió?

—Ninguna —admitió de mal humor—. Y créeme, lo he investigado. Se supone que nadie está autorizado a pasar por encima de Naomi o de mí, pero al parecer así fue. No puedo decirte más, Billie…

Su voz flaqueaba, así que intervine rápidamente.

—¿Existe alguna posibilidad de arreglar esto?

—Billie…

—No somos unas traidoras, Martin. Lo sabes.

—Claro que lo sé —respondió indignado—. Pero tú también sabes cómo funciona la Junta. Rescindir una orden sería admitir que se han equivocado. Y a todos nos consta que detestan equivocarse. Además… —bajó el tono de voz, que ahora sonaba arrepentida—, necesitarían pruebas de que las cuatro estáis limpias.

—Está mi palabra —le dije.

—Billie, con eso no basta.

—Habría bastado hace cuarenta años.

A eso no respondió, aunque tampoco era necesario. Los tiempos habían cambiado y que yo hiciera un juramento sobre un montón de Biblias no importaría nada.

—¿Y ahora qué? —pregunté.

Él vaciló.

—No debería decirte esto, pero saben que estáis en Nueva Orleans. Si se enteraran de que os he avisado me costaría algo más que el empleo. Van a enviar a Nielssen. Tenéis que salir de allí en cuanto podáis.

—Nuestros caminos ya se han cruzado —dije—. Y Sweeney también decidió hacernos una visita. Creo que pensó que podría ganarse esa recompensa.

No mencioné que habíamos sido nosotras quienes llamamos a Sweeney. Ese punto no contribuiría a ganarnos la confianza de Martin.

Respiró jadeante.

—Mierda, mierda, mierda. ¿Seguro que estáis bien?

—De momento sí.

—¿Y Sweeney y Nielssen?

—Sweeney ha pasado a mejor vida en Jackson Square y Nielssen no sabría encontrarse el culo ni con la ayuda de las dos manos y de Google Maps. Estamos bien.

Se rio, pero fue una risa breve y forzada.

—Deduzco que Sweeney fue el pajarillo del que me hablaste. —No esperó a que respondiera—. Esto no es el final, y lo sabes. No dejarán de enviar gente hasta que alguien lo logre. No van a parar, Billie. No hasta que os eliminen a las cuatro. Tienes que saberlo.

—Lo que me estás diciendo es que son ellos o nosotras.

—No —repuso en tono serio—. Lo que digo es que son ellos. Me consta que el Museo ya no es lo que era, pero sigue siendo una organización de élite. Saben lo que hacen, Billie. Y vosotras sois solo cuatro. Sin recursos.

—Bueno, dicho así no es que suene muy bien.

Él suspiró.

—Billie…

—No pasa nada, chaval —dije yo—. Ahora es cuándo te digo que ha sido un placer conocerte y tú me contestas que no puedes correr el riesgo de volver a hablar conmigo porque van a ir a por ti. —Recité un número de teléfono—. Es un servicio de mensajes que uso en casos de emergencia.

En realidad no era tanto un servicio de mensajes, sino Max, una trabajadora de una línea caliente en Scottsdale a la que no le importaba ganarse un dinerito por dejarme usar una de sus líneas de vez en cuando.

—Si alguna vez necesitas ponerte en contacto conmigo, deja un mensaje en ese número. Los reviso una vez por semana. ¿De acuerdo?

Oí una especie de suspiro al otro lado y me quedé sin saber si había tomado nota del número o no.

—Adiós, Martin. Gracias por todo.

Y, antes de que pudiera responder, corté la llamada. Referí a las otras lo que me había dicho, y, sobre todo, lo que no.

—Así que no sabemos quién montó ese dosier sobre nuestras «actividades» —dijo Natalie dibujando en el aire unas comillas con los dedos.

—No —repuse yo—. Ni tampoco por qué la Junta ha actuado con tanta dureza y con tanta rapidez.

—¿A qué te refieres? —Helen llevaba un rato sentada y en silencio, con las manos ocultas bajo las rodillas, pero pareció volver a la vida para formular la pregunta.

—La orden de matar es una reacción extrema. ¿Por qué no citarnos para un interrogatorio? ¿O enviar a alguien para que lo hiciera?

—El Museo es una organización internacional de asesinos —dijo Mary Alice con tono seco—. No se distinguen precisamente por conceder a la gente el beneficio de la duda.

—Claro que sí —replicó Natalie—. No se sentencia a nadie sin una investigación exhaustiva del grupo de Procedencia. Se invierten meses, e incluso años, en tareas de vigilancia e investigación. Pero aquí resulta que alguien les da un papel diciendo que las viejas brujas somos unas traidoras y solo con eso nos hacen la cruz… ¡Es de locos!

—Sí que parece un pelín precipitado —concedió Helen—. Tal y como señala Billie, al menos podrían habernos preguntado.

—Claro, porque seguro que, si fuéramos culpables, solo tenían que preguntar para que confesáramos la verdad, ¿no? —soltó Mary Alice en tono escéptico. Luego se volvió hacia mí—. Llama a Naomi.

—Pertenece a Procedencia —protestó Natalie—. Hasta donde sabemos, es la fuente del dosier.

—Martin no opina lo mismo —dije mientras pedía la agenda de Helen con la mano. Marqué el número de Naomi Ndiaye.

—Ndiaye. —La voz que respondió era seca y en absoluto afable. Me identifiqué y esperé unos segundos. Reconocí la música de la serie de televisión que sonaba de fondo.

—¿Estás viendo *Los asesinatos de Midsomer*? —pregunté cortésmente—. ¿La temporada del viejo Barnaby o la nueva?

—La nueva —contestó bruscamente—. ¿Ves series policiacas inglesas?

—Bueno, a veces me sirven de inspiración para el trabajo —dije—. Me cabreó bastante que se les ocurriera usar un queso de bola como arma homicida antes que a mí.

No se rio, y con eso se esfumó cualquier esperanza de conectar con ella a través de las series de misterio.

—¿Para qué me llamas?

—Necesito información y eres la única que puede dármela —dije.

—No voy a seguir con esta conversación. —Pero yo aún oía el episodio de fondo y eso significaba que no había colgado: aún me escuchaba.

—Naomi, sé que hay un informe contra nosotras y creo que sé lo que dice. Solo quiero averiguar por qué la Junta decidió que merecía la pena emitir la orden de matar en lugar de capturarnos vivas para interrogarnos.

La respuesta se hizo esperar.

—Estoy de baja, ¿sabes? No debería sufrir el menor estrés.

—Bueno, si la idea de que cuatro mujeres están en peligro de muerte por algo que no hicieron te estresa, bien por ti. Puedes contribuir a arreglarlo —repuse. Oí el tintineo de una cucharilla en un plato—. ¿Estás comiendo?

—Es sopa de fideos, el bebé no quiere otra cosa. —La cuchara sonó de nuevo—. Vale. Escoge uno.

—¿Un qué?

—Un tema. Puedes preguntar por el informe, por la orden de la Junta o por quién han enviado a por vosotras. Pero solo uno. No me va a dar tiempo de más porque pienso colgar el teléfono en quince segundos.

Pensé con rapidez. Teníamos bastante idea sobre a quién habían mandado a matarnos: básicamente, a cualquiera que quisiera ganarse un extra. Lo que necesitábamos saber era si existía la manera de lograr que se rescindiera esa orden.

—Diez segundos —dijo con la boca llena. De fideos, seguramente.

—¿Existe alguna posibilidad de que se retire esa orden?

—No. —Engulló otra cucharada.

—¿Eso es todo? ¿Un simple no? ¿Estamos condenadas a muerte?

—Más o menos. —Hizo una pausa—. ¿Podéis esconderos?

—¿Para lo que nos queda de vida? No, gracias. Prefiero enfrentarme a lo que sea. ¿Por qué están tan decididos a eliminarnos en lugar de permitirnos limpiar nuestros nombres?

Ella se mantuvo en silencio unos instantes.

—¿Sabes qué es una picota?

—¿Disculpa?

—Una picota. Una especie de jaula en un palo. La ley las disponía en los cruces de caminos y las usaba para colgar a asesinos, piratas, ladrones de ovejas. Y los dejaban allí, pudriéndose encadenados, para que todo el mundo se enterara de sus crímenes. ¿Sabes por qué?

—Para que sirvieran de escarmiento para el resto —respondí.

—Exactamente.

—¿Eso quiere decir que pretenden dar ejemplo con nosotras?

—Más bien quieren que nadie se atreva a hacer preguntas. Quieren que los dejen en paz y vosotras cuatro sois un peligro para su estabilidad.

Agarré el móvil con fuerza.

—¿Que los dejen en paz para qué?

—Los quince segundos se han terminado hace rato —dijo, y suspiró—. Me ha llegado un rumor. Alguien ha estado actuando por su cuenta, aceptando asesinatos a cambio de dinero. No sé de quién se trata. Pero están decididos a ocultarlo. Si circula la noticia, toda la organización corre un gran riesgo.

—Bobadas. No sabíamos nada de eso antes de que decidieran ir a por nosotras.

—Billie —dijo en tono paciente—. Piensa.

—La única razón que tendrían para ir a por nosotras… —Me interrumpí—. Mierda. Van a cargarnos el muerto y a dejar que el responsable se vaya de rositas.

—Bueno, has tardado un minuto entero, pero por fin has llegado —dijo ella—. Para la Junta sois prescindibles. La persona o personas que están haciendo negocios por su cuenta no lo son, así que la Junta ha decidido protegerlas.

—¿Por qué?

—Podrían ocupar un puesto demasiado elevado. Podrían estar chantajeando a la Junta. Podrían haberla implicado en los golpes. Esas solo son las primeras posibilidades que se me ocurren a bote pronto, pero podría sugerir media docena más.

—Y nada de eso importa mientras se mantenga la orden de eliminarnos —terminé yo—. ¿Quién es? ¿Quién está trabajando por cuenta propia?

—Ya te he dicho que no lo sé. Podría ser un miembro de la Junta.

—Podría ser alguien del departamento de Procedencia —dije en tono francamente malicioso.

Oí el ruido de una cuchara al caer en un plato vacío.

—Si quieres acusarme de algo, hazlo ya. Esta conversación se ha terminado. Se te acabó el tiempo.

Relaté a las otras lo que me había contado. Mary Alice permaneció sentada con la cabeza apoyada en las manos. Helen se tapó la boca y Natalie soltó una larga lista de improperios.

—Cabrones hijos de puta —terminó—. ¿Y si algunos de nuestros encargos formaban parte de esa mierda? Alguien podría haber estado usándonos para realizar sus trabajos de mierda como si fuéramos asesinas a sueldo vulgares y corrientes.

Resultaba demasiado fácil ver cómo podían haberlo hecho: dinero que cambiaba de mano, informes listos. La Junta recibía los posibles objetivos y se asignaba al agente de campo correspondiente. Una vez la orden llegaba a nosotras, no teníamos manera de saber si el trabajo era limpio o no. Nos fiábamos de Procedencia y de la Junta por lo que se refería a la identificación de esos objetivos. Cada dato, cada decisión, cada actuación era un eslabón más de una cadena que forjábamos juntos. Era impensable pensar que en esa cadena existía la corrupción.

—No es exactamente para lo que nos comprometimos con esto —dijo Mary Alice.

—Siempre me repetí que hacíamos del mundo un lugar mejor, más seguro —expresó Helen.

—Y así era —confirmé. Miré sus rostros desolados—. A ver, sé que parece una traición...

—¿Parece? —chilló Natalie.

—Es una traición —corregí—. Pero sea lo que sea lo que hayamos hecho, fue sin darnos cuenta. Creíamos en la organización. Confiábamos en ella. Si hemos cometido errores con esos objetivos, ya lidiaremos con ello. Ahora mismo el problema es la Junta. Han decidido convertirnos en cabezas de turco para salvar a quienquiera que ande detrás de todo esto. La pregunta es: ¿qué vamos a hacer al respecto?

Nos miramos; ya intuíamos que esta decisión iba a tener mayor calado de lo que habíamos previsto.

Llamamos a Akiko y a Minka, y las pusimos al corriente de todo en poco tiempo. Me comí un *bagel* de canela mientras Natalie destrozaba el suyo, reduciéndolo a bolitas que lanzaba por la habitación.

—¿Puedes parar? —preguntó Mary Alice cuando una se le metió en el pelo. Se la devolvió.

—Estoy nerviosa —dijo Natalie—. No me gusta verme en este extremo de la cadena.

Las miré a todas.

—Vamos a vernos en este lado para siempre si no tomamos el control —dije—. Nunca antes habíamos sido un objetivo, pero tampoco habíamos tenido poder de decisión sobre ellos. Alguien decidía por nosotras. Para bien o para mal, siempre hemos sido el instrumento, no el músico. No elegimos la melodía. Y vosotras dos —añadí mirando a Minka y Akiko—, no tenéis ni idea de lo que es ensuciarse las manos.

Minka me observó con frialdad.

—Quizá sepa más de lo que crees.

—Puede que sí, pero eso no cambia el hecho de que nos movemos en territorio inexplorado. Tenemos dos opciones. Una, podemos largarnos ahora mismo. Minka puede proporcionarnos papeles nuevos a cada una de nosotras. El mundo es muy grande y, con la documentación adecuada, podríamos desaparecer. Empezar una nueva vida y olvidarnos de esta.

—¿Y qué hacemos? —preguntó Natalie—. Yo estoy en la ruina. Gracias a la Junta, mi pensión explotó en medio del Caribe.

—Como la mía —dijo Helen—. Y Kenneth no dejó casi nada después de su enfermedad.

Mary Alice y Akiko no abrieron la boca, pero la mirada que se cruzaron indicaba que tampoco andaban muy boyantes.

—Podríamos encontrar empleos —señalé.

—¿De qué? —inquirió Natalie—. Llevamos cuarenta años asesinando gente, Billie. Es lo único que sabemos hacer, y diría que no es lo más buscado en LinkedIn.

—Craigslist funcionaría mejor para eso —intervino Helen.

Levanté la mano.

—Lo único que digo es que podemos intentar huir.

—Vale, ¿y eso cómo sería? —preguntó Natalie—. Nos pasaríamos lo que nos queda de vida mirando por encima del hombro, preguntándonos si nos han encontrado, si por fin ha llegado el día en que alguien se va a llevar una sustanciosa comisión por nuestro culo.

—No es que a mí me guste más que a ti —dije yo—. Si por mí fuera, ya estaríamos ideando un plan para eliminar a la Junta y terminar con esto. Pero creo que no deberíamos precipitarnos. Podemos dedicar un día a pensarlo con calma…

—Voto por eso —dijo Mary Alice.

Para sorpresa mía, Akiko tomó la palabra y dijo:

—Yo también.

—¿En serio? —preguntó Mary Alice esperanzada. Akiko no le devolvió la sonrisa, pero al menos era un comienzo.

—Muy bien. Mary Alice y Akiko se apuntan. —Miré a las demás. Minka asintió y Natalie se irguió en la silla y sonrió—. ¿Cómo lo dicen los chavales? ¿Pues sí, coño? Bueno, pues sí, coño. No sé cuántos años me quedan, pero no quiero pasarlos vigilando mi espalda en busca del último matón que la Junta decida enviar. Además, tenemos que igualar la puntuación.

Miré a Helen. Abrió la boca, la cerró enseguida y asintió con la cabeza. Podría no ser ya la que había sido en el pasado, pero seguía valiendo un huevo.

Cerré los ojos, tomé aire y lo mantuve en los pulmones durante seis segundos. Luego exhalé y abrí los ojos.

—Entonces, la decisión es unánime. La Junta Directiva morirá.

17

En cuanto se acabó la discusión me fui a mi cuarto a meter las cosas en la bolsa. No tardaríamos en largarnos de Nueva Orleans y me dije que ya podía ir haciendo el equipaje ahora que tenía tiempo. Estaba embutiendo la ropa en un macuto de lona cuando Helen entró y cerró la puerta.

—Es un crimen tratar así algo de seda —dijo sacando una blusa del macuto.

La tendió boca abajo sobre la cama, la alisó con suavidad y con un par de movimientos obtuvo un paquetito pulcro.

—Parece el paracaídas glamuroso de Barbie —le dije.

La metió en el macuto.

—Debería salir sin arrugas, pero si las hay solo tienes que colgarla en el cuarto de baño mientras te duchas. El vapor las eliminará.

—Ojalá funcionara también para el cutis —dije mientras metía unos vaqueros encima de la blusa.

Luego enrollé una camiseta hasta que le vi la cara. Me la quitó de las manos y la dobló de nuevo, poniendo cuidado en estirar la tela.

—He estado pensando, Billie. En Minka. Creo que no debería venir.

—No te cayó bien desde el primer momento y no has hecho nada para cambiar de opinión —solté, dispuesta a discutir.

—No es eso, Billie. Tenías razón al confiar en ella. Es una chica notable. Pero es una cría.

—Tiene la misma edad que nosotras cuando empezamos en el Museo —le dije.

Recuperé la camiseta y la metí en la bolsa.

—Y mi madre tuvo hijos a los veinte. ¿Qué quieres decir con eso? —dijo en tono amable—. Los tiempos cambian. Debería gozar de la oportunidad de ver mundo. Y no como lo hicimos nosotras.

Fui a coger la ropa interior, pero ella me tomó de la mano antes de que llegara.

—Billie...

Me detuve y dije:

—Ha visto más mundo del que puedas imaginar.

—Lo sé. Hemos mantenido unas cuantas charlas muy interesantes —dijo ella, su mano aún encima de la mía—. Sé dónde la encontraste y cómo la sacaste de Ucrania. No tenías por qué hacerlo.

—Sí, sí que tenía —me limité a decir.

Helen sonrió.

—Al contrario de lo que piensas, me cae bien. Muy bien, la verdad. Y no me gustaría que acabara como nosotras.

—¿A qué te refieres, Helen? ¿Crees que nos hemos perdido algo? ¿Que hemos malgastado nuestras vidas y que no somos más que un puñado de viejas fábulas?

—No. Pero ¿acaso no hay cosas que te gustaría haber hecho de otra forma? ¿Cosas para las que te agradaría haber tenido más tiempo? ¿Personas a las que desearías haber conservado?

Solté mi mano de la suya.

—Minka es parte del equipo y vendrá a Inglaterra. Fin de la historia.

Cerré la boca antes de decir algo de lo que me arrepintiera luego. Probablemente algo sobre cómo se quedó paralizada en Jackson Square.

Retomé la tarea de guardar la ropa en el macuto colocando unas botas encima de un vestido con botones que ni siquiera recordaba que tenía. Helen me observó durante un minuto y luego se levantó.

—En ese caso, no te molesto más —dijo en voz baja antes de salir por la puerta.

Aunque no había dicho su nombre, yo sabía exactamente en quién pensaba, y esa noche, cuando me metí en la cama sin desvestirme y esperé durante horas a que me venciera el sueño, no pude dejar de pensar en él. En Taverner.

18

Billie tiene la teoría de que todas las vidas cuentan con su propia banda sonora. Hay personas de big band y personas de jazz suave. Otras son pura teatralidad operística barroca. La suya no es tan estilosa. El día que su madre la abandonó, con doce años, sentada en una pizzería de barrio, sonaba *Delta Dawn* en la rocola. Nunca volvió a verla.

Y ahora suena *If You Could Read My Mind*, interpretada por una orquestilla en el bar de un hotel de Chicago donde ella está pasando el rato, esperando a que llegue su compañero después del desastre de Zanzíbar. Vance Gilchrist, el responsable del encargo de esta misión, ha sido de lo más generoso en su informe y ella comprende que estará bajo vigilancia para controlar que su anarquía no se convierte en un hábito. Tiene la oportunidad de redimirse y pretende aprovecharla.

Sentada en la barra, entretenida con una copa de chablis turbio mientras el cantante invoca fantasmas y despedidas, se siente algo mareada por los nervios cuando repasa la contraseña que deben usar para entrar en contacto.

—¿Está libre?

Ella levanta la vista y se enamora, o al menos esa es la sensación que tiene. Pasa un segundo, tal vez dos, antes de contestar. Pero dos segundos son mucho tiempo cuando te cambia la vida.

No es que sea guapo, no tiene nada que ver con los chicos monos y limpitos que atraen a Natalie. Necesita una segunda mirada, pero ahí ya estás perdida. Le saca unos buenos doce centímetros y muestra esa soltura de movimientos que solo procede de la confianza plena en saber que no temes a nada en el mundo. Lleva una camiseta Henley gastada y tejanos desteñidos, además de una cazadora de cuero envejecida y unas botas Frye que tienen al menos una docena de años. Luce una estrecha pulsera de plata en una muñeca y un cordón anudado de algodón en la otra. Tiene ese pelo castaño que se vuelve dorado si está demasiado expuesto al sol, lo bastante enredado como para poder enterrar los dedos en él cuando le estás besando con ganas. La barba y el bigote deberían haberse repasado hace un par de días, si nos ponemos exigentes. No es el caso de Billie.

Él ha estado mirando hacia la barra para llamar la atención del camarero, pero se vuelve hacia ella y da un respingo casi imperceptible: sus ojos marrones de mirada profunda se abren durante un instante y sus labios se separan.

—Oh.

No es un susurro, es más bien una exhalación, una afirmación. Le dedica una mirada larga que parece decir: «Por fin, eres tú».

—Sí —responde ella.

Él se vuelve hacia el camarero y levanta la mano al tiempo que se sienta en el taburete de al lado. Un minuto después el camarero le planta una cerveza delante; el líquido de la botella burbujea un poco. Él se la lleva a la boca y da un trago largo, luego clava la mirada en ella y bebe de nuevo.

—Creo que no se me da bien ir de guay —dice él al final, antes de dar otro trago.

—Ni a mí. O quizá es que he visto demasiadas pelis de Streisand. Ya sabes, esa manera que tiene de mirar a Robert Redford y cómo él le devuelve la mirada...

La frase queda en el aire. Entiende perfectamente lo que está sucediendo y el hecho de que él sienta lo mismo se revela casi como un milagro. Pero ella no cree en milagros. Se recuerda a sí misma que son solo un par de desconocidos. Desconocidos perfectos y ardientes.

—Mierda —dice él depositando la cerveza con cuidado encima de la barra—. Aunque me gustaría mucho olvidarme del trabajo ahora mismo, me temo que es imposible...

—Lo sé —contesta ella.

—Es la primera vez que dirijo una misión y existen reglas sobre la confraternización —dice él, más para sí mismo que para ella—. No puedo fastidiarla.

Pese a la ropa, de un rústico norteamericano, en su voz hay un levísimo acento inglés.

—No pasará.

Él vuelve a beber; ha engullido ya media botella mientras ella sigue degustando el chablis tibio.

—Ya ha pasado —dice mirándola a los ojos—. He olvidado el protocolo. ¿Te gusta el béisbol?

Ella se esfuerza durante un minuto en recordar la respuesta, hasta que lo consigue.

—Sí, pero me temo que soy fan de los Cubs. Y este año no vamos a clasificarnos para la final.

—Eso es porque cambiaron a Burris —dice él completando la contraseña.

Pasan los minutos siguientes bebiendo en silencio.

—Christopher Taverner —dice él después—. Kit.

—Billie Webster.

—Lo sé. —Él enarca una ceja y ella nota que se le encienden las mejillas. Claro que lo sabe. Si está a cargo de la misión, habrá recibido un dosier completo con fotos incluidas—. No te hacen justicia, por cierto —añade él, intuyendo sus pensamientos.

—Nunca me sacan el lado bueno.

Él se ríe; es una risa afilada y súbita, con un punto ronco, y ella desearía poder sumergirse en ella.

—¿Y ahora qué, inglesito? —pregunta ella.

Él vuelve a enarcar la ceja. Es un gesto que ella llegará a conocer bien: la ceja levemente inclinada siguiendo el mismo ángulo de su boca cuando algo le hace gracia.

—¿Inglesito?

—El acento. Soy muy observadora.

—Ya lo veo. Bueno, en circunstancias normales, esta conversación se trasladaría a un lugar más íntimo, como mi habitación —dice él con suavidad señalando hacia arriba—. Pero en este caso creo que no es una buena idea.

—Probablemente no —coincide ella.

Él sonríe: esboza una sonrisa torcida, con un punto travieso, que transmite la suficiente tristeza como para terminar de partirle el corazón. Dirige la mirada a su boca, hacia la diminuta cicatriz que hay en su labio.

—¿Qué pasó?

—Me peleé con un mapache.

La sonrisa juguetea en los labios de él y luego desaparece.

—¿Tengo que zurrarle a alguien?

Él marca pecho y al hacerlo ella distingue un colgante; es una especie de medalla pequeña, pero no logra verla bien. Aparta la mirada del vello dorado de ese pecho cuando le contesta:

—Ya lo hice yo.

—Bien. Puedes ser el músculo de nuestra relación.

—¿Relación?

—Claro. Supongo que nos pasaremos unas cuantas semanas fingiendo que no ocurre nada y luego lo mandaremos todo al cuerno para huir juntos y dedicar el resto de nuestra vida a hacer el amor y fabricar hijos.

Ella se ríe.

—No seas ridículo.

—Esa no es manera de hablar con el futuro padre de tus hijos.

—No pienso dejar mi trabajo —dice ella.

—Jesús, espero que no. Alguien tiene que ganar dinero. Yo me quedaré en casa y me ocuparé de la cocina. El delantal me sienta de maravilla.

—No lo dudo, inglesito.

Sonríen cual conspiradores y se terminan las bebidas.

Él respira hondo.

—Eso ha sido gracioso, Webster. Pero ambos sabemos que la cosa termina aquí. No puedo arriesgarme.

Ella pone los ojos en blanco.

—¿Tú no puedes arriesgarte? Si nos saltamos las reglas, ¿a quién crees que le pegarán la patada en su precioso culo? Aún no he demostrado nada. Soy prescindible y lo sé. —Ella hace una pausa—. ¿Nunca habías tenido este problema antes en una misión?

—Mi último trabajo fue con un irlandés de casi metro noventa que tenía halitosis y se pirraba por los batidos, lo cual le hacía cosas terribles a su sistema digestivo.

—Parece encantador.

—Te daré su número cuando hayamos terminado.

Él suelta unos cuantos billetes al lado de la botella vacía y se aparta de la barra mientras se guarda la cartera en el bolsillo delantero del pantalón.

—Cuando te pase el informe por debajo de la puerta llamaré con los nudillos. No contestes, y destrúyelo en cuanto lo hayas leído. Volveremos a vernos mañana por la mañana.

Él titubea y luego extiende la mano. Ella la estrecha, sintiendo exactamente lo que preveía: es una mano cálida y fuerte. Una mano segura, de esas a las que puedes agarrarte cuando el resto del mundo está fuera de control. La única sorpresa son los callos que nota en las puntas de los dedos.

—¿Alambre de acero? —pregunta ella en voz baja.

—Es de la guitarra —responde él—. Toco de vez en cuando.

—¿Cómo no? Ahora dime que tienes una moto y ya me habrás partido el corazón para siempre.

Él sostiene su mano un minuto de más mientras le brinda aquella sonrisa que le desbarata el corazón.

—Nos vemos mañana. A las nueve en la cafetería que hay enfrente del hotel. Que duermas bien, Webster.

—Buenas noches, inglesito.

Cuando pasa frente a ella, se detiene justo el tiempo suficiente para susurrarle al oído:

—Y tengo una Norton 850 Commando.

Ella suspira y él se marcha sin dejar de reírse. Cabronazo.

Al día siguiente llevan a cabo la misión: fingen ser recién casados para pedir una cita con un juez corrupto y su ayudante. Están a dos horas de la ciudad cuando se encuentran los cadáveres, y pasadas cuatro horas más se detienen a dormir en un motel de la autopista en habitaciones separadas.

Billie permanece mucho rato despierta, contemplando las luces fugaces de los coches de la autopista y pensando en un fenómeno extraño que los franceses llaman *l'appel du vide,* «la atracción por el vacío». Se da cuando te encuentras al borde de un precipicio, mirando abajo, y te invade el fuerte deseo de saltar, aunque puede tomar otras formas. Como cuando estás conduciendo y de repente sientes la tentación de dar un volantazo y colocarte en el carril contrario. O cuando paseas por la montaña y te entran ganas de saltar al vacío. No se trata de un impulso suicida. En realidad, es todo lo contrario. Los psicólogos dicen que tiene más que ver con las ganas de vivir de alguien. Cuando ese alguien percibe que algo amenaza su vida, piensan en esa amenaza porque desean con todas sus fuerzas sobrevivir.

Billie salta de la cama y sale de su cuarto antes de que la cautela le impida abrazar ese abismo. Va a llamar a la puerta, pero él la abre sin que haga falta. No lleva camisa, solo unos vaqueros bajos.

—No te quiero aquí —le dice con voz ronca.

—Bien —responde ella empujándolo hacia el interior—. Porque no quiero estar aquí.

Es lo último que se dicen durante un buen rato.

De un salto, ella le rodea las caderas con las piernas y los brazos de él la acogen con fuerza. Él cierra la puerta de una patada y la apoya contra ella. No llegan a la cama hasta una hora después.

A la mañana siguiente sus caminos se separan. Billie tiene que coger un avión y Taverner tiene que matar a un hombre. Antes de que ella se vaya, él le cuelga una cadenita al cuello: la medalla de san Cristóbal, que aún lleva el calor de su piel.

19

Tomar la decisión de abandonar Nueva Orleans no fue difícil. El Museo sabía que estábamos allí y no lograríamos trazar un plan para mantenernos a salvo si teníamos que estar vigilando todo el tiempo. Además, dos de los tres miembros de la Junta vivían en Europa. Teníamos una idea bastante clara de dónde encontrar a Carapaz y a Paar, así que decidimos empezar por ellos. Vance Gilchrist era un poco más huidizo, pero nos dijimos que ya nos ocuparíamos de él cuando llegara el momento. La primera parte del golpe era cargarnos a Carapaz y a Paar, y hacerlo rápido, antes de que se percataran de que íbamos a por ellos. Eso implicaba cruzar el Atlántico y encontrar un lugar seguro desde el que planear y ejecutar tres misiones. Debía ser un lugar apartado, pero con facilidad de transporte, lo bastante grande para las seis, y para Kevin, y con suficiente intimidad como para pergeñar varios asesinatos sin atraer atenciones indeseadas. No era difícil encontrar un lugar que cumpliera uno de esos requisitos, pero la cosa se complicaba si tenía que cumplirlos todos. Y eso con un presupuesto limitado. Empezaba a parecer un imposible hasta que Helen propuso algo.

—Podríamos ir a Benscombe —sugirió.

—¿Benscombe? —preguntó Akiko.

—Es una casa de campo situada en el sur de Inglaterra —le

explicó Mary Alice—. Fue allí donde nos entrenaron. Y no me parece una gran idea, precisamente por eso: está vinculada al Museo.

—Es un poco lo de huir del fuego para caer en las brasas —confirmó Natalie.

—Pero es que no tiene vinculación alguna con el Museo, ya no —repuso Helen—. Nunca fue propiedad suya. Siempre perteneció a los Halliday. A la muerte de Constance, la heredó un primo lejano y la vendió. Ha cambiado de manos varias veces desde entonces.

—Y en ese caso ¿cómo vamos a entrar? —pregunté.

—Bueno, porque ahora es mía —dijo Helen. Se apresuró a explicarse al ver nuestras caras de asombro—. Kenneth y yo hicimos un viaje por Inglaterra en nuestro trigésimo aniversario de boda y se me ocurrió que tendría su gracia enseñársela. Fuimos hasta allí y vimos el cartel que anunciaba su venta. En ese momento no me enteré, pero Kenneth escribió a la inmobiliaria interesándose por ella cuando volvimos a Estados Unidos. Usó su paga de jubilación para regalármela por sorpresa. Al parecer le salió barata porque nadie se ha preocupado en reformarla nunca. Creo que está igual que cuando murió Constance.

—¿Crees? —pregunté.

Ella se encogió de hombros.

—No he llegado a pisarla. Fue pasando el tiempo y, cuando ya estuvimos listos para ir a ver qué reformas necesitaba, Kenneth se puso enfermo y nos quedamos sin dinero. Pero lo que importa es que existe una propiedad en Inglaterra que ahora mismo está vacía.

—Si está a tu nombre no podemos usarla —dijo Mary Alice.

Helen meneó la cabeza.

—Kenneth adquirió la propiedad en nombre de una empresa de accionistas para evadir impuestos. Mi nombre no aparece por ninguna parte, ni tampoco el suyo. Haría falta realizar una larga investigación y tener mucha suerte para que alguien lo descubriera.

Miré a las demás.

—Pues entonces nos vamos a Inglaterra. Minka, Akiko necesita un pasaporte y deberíais ocuparos también de los papeles de

Kevin. Yo me ocupo de los vuelos. Preparen su equipaje, señoras. Mañana será un día largo.

Cuando nos separamos para hacer las maletas, advertí que Natalie salía por la puerta principal en actitud furtiva. Decidí seguirla: con una gorra de béisbol bien encajada y un fular en torno a la barbilla, avancé tras ella por las calles del Barrio Francés. Me moví con rapidez y la pillé justo cuando cruzaba la calle y desaparecía tras la entrada del museo del convento de las ursulinas. Esperé un minuto antes de abonar el tíquet; caminé entre las plantas del patio y entré en el edificio del convento. El espacio desprendía un fuerte olor a madera y a incienso. A la derecha se hallaban los cuartitos que habían sido convertidos en salas de exhibición y a la izquierda, el pasillo que desembocaba en la capilla. No había manera de saber adónde se había dirigido, pero, tras lanzar una moneda al aire mentalmente, opté por la izquierda. Tuve suerte: la encontré en la capilla dorada y azul, sentada en un banco, rodeada de esas estatuas de santos estilo rococó. El aroma a incienso era aún más penetrante allí, y se mezclaba con el de la cera de las velas que encendían los fieles como ofrenda. Me senté en el banco, a su lado.

Pasamos un minuto largo sin decir nada, tan solo contemplando el techo azul estrellado. A nuestro lado había una estatua de una mujer vestida de blanco y púrpura, con una corona de rosas ciñéndole la melena oscura. Llevaba una calavera apoyada sobre un libro y parecía llamarnos con la mano.

—¿Qué estás haciendo aquí, Nat?

—Charlando con mi amiga María —dijo señalando la estatua—. Dos buenas chicas judías pasando el rato juntas. Me gusta su calavera.

—Sí. Ya la veo. Salvo que se trata de santa Rosalía de Palermo y estoy bastante segura de que era católica.

—Joder —exclamó Natalie hundiéndose un poco en el banco—. Ni siquiera esto me sale bien.

—¿Qué te pasa?

Tuve la impresión de que mantenía una especie de discusión

consigo misma sobre si confiarse a mí o no. Decidió hacerlo, supongo, porque metió las manos entre las piernas y respiró hondo.

—Quería estar con mi gente. Pero la sinagoga más cercana está a una hora de camino, así que vine aquí. Los católicos entienden el sentido de comunidad, ¿sabes? Y también pillan lo de la culpa.

—¿Te ha dado por sentirte culpable a los sesenta? —pregunté. Era una broma a medias.

—Tengo sesenta años y nunca he dejado de sentirla —me dijo—. Soy una mujer. Llevamos la culpa al nacer. Nos sentimos culpables si queremos tener hijos, y también si tomamos la píldora o escogemos el aborto. Nos sentimos culpables si nos quedamos en casa con los niños y también si trabajamos fuera. Nos sentimos culpables si nos acostamos con un tío y si le decimos que no. Nos sentimos culpables si tenemos la suerte de sobrevivir sin razón alguna. Estoy harta de ello. Nunca he estado tan harta de nada en toda mi vida. Solo..., solo quiero acostarme a dormir para siempre.

—Eso no te librará de la culpa —le dije—. Estoy bastante segura de que en algún rincón del más allá hay una mujer que se siente avergonzada de sí misma porque su nube no brilla tanto como la del ángel de al lado.

Casi la hice sonreír, pero no llegó a hacerlo.

—Supongo que esa es parte de la razón por la que siempre te he odiado. Todo esto nunca te ha supuesto el menor problema.

—¿Como que siempre me has odiado? Pues ya iba siendo hora de decírmelo, Natalie. Nos conocemos desde hace cuatro décadas. Literalmente, te he confiado mi vida.

—Y puedes seguir haciéndolo. Eso es trabajo. Saltaría delante de ti para protegerte de una bala y lo sabes. Además, solo hay una pequeña parte de mí que te odia. Una parte pequeñita, pequeñita.

—¿Como una semilla de mostaza?

—De chía. Es una semilla de chía de odio. A ver si te pones al día —dijo sonriendo un poco.

—Vale. Tienes dentro de ti una semilla de chía de odio hacia mí. ¿Quieres hablar de ello?

Se mordisqueó una uña.

—Siempre me he preguntado cómo te las apañabas para pasar por todo sin que nada te afectara.

—¿Nada de qué?

—Del trabajo. De lo que hacemos. De quienes somos. Debería dejar alguna cicatriz, ¿no crees? Yo tengo alguna. Helen y Mary Alice también. Pero tú pareces inmune a ello.

—Venga, eso te viene de ese rollo de la marca de Caín, y yo no me lo trago. Nuestra manera de ganarnos la vida no nos despoja del alma ni nos convierte en personas horribles. Somos exterminadores.

—Lo ves así de verdad, ¿no?

—Sí.

—¿Duermes bien por las noches?

Lo medité un poco.

—La mayor parte del tiempo sí. Mira, si cuando jugaba al mercadillo de Barbie con siete años me hubieras preguntado qué quería ser de mayor, estoy segura de que lo de asesina no hubiera aparecido en los diez primeros puestos. Pero es lo que hago. Y se me da bien. Y, cuando concluyo un trabajo, el mundo es un lugar un poquito más seguro —dije mientras separaba el índice del pulgar apenas unos milímetros para señalar la medida—. Quizá haya evitado que un proxeneta le ponga las manos encima a una cría de once años que esa noche podrá dormir en su cama. Tal vez haya frustrado una venta de armas que habría arrasado un poblado entero lleno de campesinos cuya única preocupación seguirá siendo lograr una buena cosecha. O quizá haya desmantelado un cártel que aterraba a la gente para que abandonasen sus casas y así ocupar unas tierras para cultivar sus mierdas. Antes de dormirme pienso en la gente que he salvado.

Se mantuvo en silencio, mirando a su nueva amiga, santa Rosalía; luego se volvió hacia mí.

—Debería haberle llamado. Me refiero a Sweeney. Debería haberle llamado y haberle invitado a cenar. Debería haberle pedido que se quedara a desayunar. Mierda, al menos debería haberme acostado con él otra vez.

—¿En serio? ¿Tan bueno era?

Se encogió de hombros.

—Polla tamaño estándar pero realmente sabía qué hacer con ella. Me siento mal por haberle ignorado. Y ahora ya no tendré la oportunidad de decirle que estuvo más que bien.

Eché la cabeza hacia atrás y contemplé el techo.

—Ya sabes que la mayor parte de esta decoración son trampantojos. Todas esas molduras y estrellas no son de madera ni de yeso. Son solo pintura. No están aquí, solo lo parece, y a la gente le basta con eso.

—¿De verdad me vas a venir con metáforas ahora? —me preguntó.

—No puedo ofrecerte nada más.

—Sweeney está muerto —dijo ella entonces—. Y fue una mierda de muerte.

—Él escogió. Y se equivocó. A menos que creas que habrías actuado de manera distinta si te hubiera apuntado con un arma.

Se obligó a respirar hondo y a sacudirse la melancolía.

—Habría matado a ese gilipollas con mis propias manos. Hiciste lo correcto.

Apoyé la mano en mi oreja.

—Dilo otra vez. Eso de que hice lo correcto.

Me dio un golpe en el hombro con el suyo.

—Zorra.

—¿Me lo has dicho con cariño?

—Siempre. —Lanzó un suspiro, hondo y fatigado—. Ojalá pudiéramos quedarnos aquí, ¿sabes? Conseguir identidades nuevas gracias a Minka. Quizá encontrar un trabajo. Pasar página y escribir una historia nueva. Alejarnos de todo.

—Vale, llamemos a eso puerta número uno —dije con calma—. Pero ya hemos acordado decantarnos por la puerta número dos. Si mal no recuerdo, te sumaste a ello con bastante entusiasmo.

Observé la sonrisa dulce de santa Rosalía y sus extrañamente largos dedos de los pies. Luego llevé la vista a la parte frontal de la iglesia, donde estaba la estatua de san Miguel. Era un san Miguel bastante informal, con un brazo elevado como quien para un taxi y el cabello revuelto por un viento invisible. Pero su lanza atravesaba sin piedad el corazón del dragón que yacía a sus pies. El escultor había captado el estertor de la muerte: la cabeza echada hacia atrás, la larga lengua asomando mientras la bestia exhalaba el último suspiro. Se veía bastante cutre. Estaba segura de que podía conseguir algo mejor del catálogo de Toscano. Pero ese no era el tema.

—Él sabía en qué consistía el trabajo —dije señalando a san Miguel—. Vas, matas al malo. Sobrevives.

Natalie asintió.

—Puerta número dos.

Levantó el meñique y lo enlazó con el mío.

—Puerta número dos.

20

Amanecía sobre el Barrio Francés cuando las seis nos congregamos en la cocina. Allí, en torno a la mesa, con las maletas hechas, repasamos la siguiente etapa del plan.

—Muy bien —empecé—, hoy vamos a dar el primer paso real hacia nuestro objetivo. Si alguien prefiere abandonar, este es el momento. En cuanto hayamos cruzado esa puerta —dije señalando vagamente hacia la calle—, ya no habrá vuelta atrás.

Las contemplé una por una. Helen había adoptado una expresión fría, remota. Natalie temblaba de emoción y la mandíbula de Mary Alice expresaba decisión. Akiko y Minka asintieron, e incluso el propio Kevin parecía entregado a la causa (aunque eso tal vez se debía al Valium para gatos que Akiko le había metido por la garganta).

Hice una señal a Minka.

—Dado que viajaremos por separado, Minka ha conseguido teléfonos para todas. Llevan la información necesaria para que podamos contactar unas con otras.

Mary Alice fue la primera en encender el suyo. Presionó la lista de contactos y frunció el ceño.

—La agenda está vacía.

—Mira aquí —dijo Minka, y fue pasando por las aplicaciones hasta que encontró a una alegre gatita con un gran lazo amarillo que saludaba con la pata.

Helen observó la pantalla.

—¿Es uno de esos gatos japoneses de la suerte?

—¡Un maneki-neko! —exclamó Natalie al encontrar el mismo icono en su móvil. Miró la leyenda de la aplicación y presionó dos veces—. ¡Tiene que ser una broma!

Bajo la simpática gatita se leía la palabra «¡Menomiausia!» en una fuente que evocaba la escritura a mano. Natalie tocó a la gata y esta maulló y se rascó las orejas.

—¿Queréis explicarme qué clase de broma hormonal es esta? —inquirió Mary Alice. Abrió la app y fue pasando por las distintas categorías—. ¿Registro de sofocos? ¿Último periodo? ¿Nivel de sequedad vaginal?

Helen exhaló un ligero gemido de protesta y Minka retrocedió como si acabaran de abofetearla.

—¡Le he dedicado muchas horas a esto!

—Me lo imagino —dijo Helen, e hizo un esfuerzo por sonreír.

—Lleva una gráfica de encuentros sexuales —dijo Natalie.

Abrió esa página y la gatita aulló echando la cabeza atrás, lo que hizo que Kevin buscara refugio debajo de la mesa. Al poco rato todos los móviles maullaban, silbaban, se erizaban, haciendo más ruido que una manada de monos locos.

—Es horrible —dijo Helen con las manos puestas sobre las orejas.

Le cogí el móvil y cerré la aplicación: su gata se calló de repente.

—Es perfecto —repuso Mary Alice al entrar en el sistema de mensajería directa—. Mirad, podemos comunicarnos sin necesidad de mensajes de texto o e-mails. Minka ha creado un perfil para cada una de nosotras y ya estamos conectadas.

Mostró la pantalla: la gatita rosa caminaba ante un buzón azul moviendo el rabo hacia las cartas metidas en el buzón.

—Oh, eso es genial —dijo Natalie—. Mirad, le he pintado rayas a la mía. Ahora parece una pequeña tigresa.

—Podéis personalizarlas —dijo Minka, algo taciturna—. Las gatitas pueden adoptar distintos aspectos.

—Es una maravilla, Minka —dijo Akiko. Su gata había pasado a ser blanca y le había puesto gafas.

—Es exactamente lo que necesitábamos —dijo Mary Alice, y cerró la app después de ponerle a su gata calicó un diminuto sombrero de copa.

—¿Cómo es la tuya? —me preguntó Helen al tiempo que añadía un collar brillante a su gata, ahora siamesa.

Suspiré y apreté un botón. Mi animalito se tiñó de negro azabache y sus ojos adoptaron un color verde brillante.

—Ya está. Es una vulgar gata negra. Que quede claro, nos comunicaremos única y exclusivamente a través de esto —dije mirando con firmeza a Akiko y Mary Alice—. Si necesitáis hablar en privado, comprad un móvil desechable y enviad el número a través de mensaje directo por esta app. Y hacedlo solo en caso de emergencia real, ¿está claro?

Todas asintieron con varios niveles de entusiasmo.

—¿Cómo diablos desarrollaste algo tan complicado en solo dos días? —preguntó Mary Alice.

—Minka es diseñadora de aplicaciones —le dije—. Llevaba meses trabajando en esto y le pedí que nos instalara el prototipo con unos cuantos cambios.

—¿Y seguro que funciona? —preguntó Helen, con la frente surcada por una arruga de preocupación.

—Sin ninguna duda —le aseguró Minka—. Pero el aviso de las ETS no funciona y se carga toda la aplicación, así que no lo abráis.

—¿Y por qué una app para la menopausia? —preguntó Akiko.

—Porque los encargados de la seguridad son tíos —respondió Minka en tono resuelto.

—La mayoría de las veces —completé—. Y a la mayoría de los hombres les aterra el tema. —No sabría decir la cantidad de veces que habíamos ocultado armas en compresas gigantes, irrigadores o cremas para el picor vaginal—. Todas viajamos con papeles falsos y siempre existe la posibilidad de que paren a alguna. Si eso sucede, aseguraos de que la app está abierta, preferiblemente en la pantalla del nivel de flujo menstrual o en los días que han pasado desde la última menstruación.

—Con cada día que pasa sin que le baje el periodo, la gata va engordando —añadió Minka en tono explicativo.

Natalie contempló el cutis limpio y terso de Minka y sus jóvenes tetas.

—Nadie se va a tragar que necesitas una app de control de la menopausia.

Minka sonrió y mostró la suya.

—La mía se llama «Perrita menstrual».

Una alegre caniche con una gorrita trotó por la pantalla. «*Bonjour!* Estás en el día catorce. ¡Bienvenida a la ovulación!».

—¡Dios mío! —exclamó Helen en voz baja.

—Pienso subirla a la App Store cuando esto haya pasado —le dijo Minka—. Va a ser un bombazo. Ya lo verás.

Nos despedimos dentro de la casa antes de salir por parejas. La experiencia nos había enseñado que más de dos mujeres viajando juntas llamaban la atención y se nos antojó más sencillo dividirnos que inventarnos una excusa para disfrazar el viaje en grupo para las seis. Akiko y Minka salieron las primeras: con Kevin en su trasportín, tomaron un taxi hacia el aeropuerto para el vuelo con destino al aeropuerto de Gatwick, con escala en Toronto. Una vez en Londres alquilarían un coche y seguirían las instrucciones de Helen para llegar a Benscombe. Helen y Natalie fueron las siguientes: llegarían a Heathrow vía Newark. Mary Alice y yo nos sentamos separadas en la sala de espera mientras esperábamos el avión que aterrizaría también en Heathrow, pero haciendo escala en Boston. Desembarcamos a las siete de la mañana: habíamos fingido que viajábamos solas hasta que Mary Alice recogió el coche de alquiler y yo me reuní con ella poco después. Helen y Nat debían tomar un tren hasta Basingstoke; nosotras saldríamos de la M3 el tiempo justo para recogerlas. Estábamos agotadas después de una noche de vuelo en asientos de turista y el tiempo era el que cabía esperar para Inglaterra en enero: frío, gris y lluvioso.

Pero a pesar de la fatiga y del clima, estábamos casi radiantes de la emoción. Mary Alice revisó los mensajes en la app: Akiko había confirmado su llegada a Gatwick. Tecleó una respuesta y fue cambiando de emisora en la radio del coche hasta dar con una que ponía música de los años setenta. Sonaba ABBA, y fue tocando con las manos en el volante la parte de piano de *Waterloo* mientras las demás cantábamos el estribillo a pleno pulmón. Helen había buscado la ruta a pesar de que todas habíamos estado allí antes. Caí en la cuenta de que hacía una vida entera desde ese momento y muchas cosas habían cambiado…, principalmente, nosotras. No éramos las mismas chicas que habían tomado esa autopista en 1979.

No había áreas de servicio, pero encontramos un par de lugares donde parar para ir al lavabo y tomarnos un té acompañándolo de unos sándwiches de gruesas lonchas de beicon untados con una salsa marrón. Dirigimos el coche hacia el sudoeste, bordeamos Southampton y dejamos la autopista principal a favor de otras carreteras e incluso de caminos vecinales. Llegamos a las entrañas de Dorset, siguiendo las señales en dirección a Swanage que por fin nos llevarían a la costa de Purbeck. Andábamos cerca de Worth Matravers, un pueblo cuyo nombre parecía el lugar perfecto para que Miss Marple encontrara a un vicario asesinado, cuando Natalie gritó de repente:

—¡Gira por aquí!

Mary Alice pisó el freno y giró el volante hacia la izquierda. La verja estaba abierta, apoyada en ambos lados sobre sendos pilares de ladrillo rematados con una especie de florón de piedra. Gruesas trenzas de hiedra se entrelazaban entre los barrotes, anclándolos en su sitio. Uno de los pilares aún lucía una placa de bronce con una discreta inscripción que decía: BENSCOMBE HOUSE. El camino estaba prácticamente despejado de grava y se había convertido en algo parecido a un lodazal que Mary Alice tuvo que sortear para alcanzar la casa.

Según nos habían dicho, se trataba de un edificio posvictoriano, inspirado en la casa de Thomas Hardy de Max Gate. Antaño, el ladrillo rojo había resultado acogedor y sólido; ahora transmitía una impresión de dejadez y austeridad: el tejado se inclinaba un poco demasiado, las chimeneas destacaban más de lo necesario.

Mary Alice detuvo el coche enfrente de la casa y nos apeamos entre suspiros de agobio mientras estirábamos la espalda y devolvíamos la circulación a las piernas.

—¿No nos hará falta una llave? —preguntó Mary Alice.

Helen se paró en el umbral, absolutamente desconcertada.

—No había pensado en ello.

Intenté no recordar lo bien que se le habían dado siempre a Helen los detalles en los viejos tiempos. El tema de cómo entraríamos en la casa nunca se le habría pasado por alto. Pero la edad y el dolor son armas contundentes y ambos se habían ensañado con ella. Me volví hacia Natalie.

—¿Te ocupas tú de la cerradura?

—Claro.

Cogió una piedra de la calzada y la lanzó contra una ventana.

—Me refería a abrirla, pero vale —le dije.

Ella sonrió mientras se envolvía la mano en la manga y la pasaba por el vidrio roto, buscando el pomo. Lo encontró e hizo saltar el pestillo.

—Entraré por ahí y abriré la puerta —nos dijo antes de desaparecer en el sombrío interior.

Cuando abrió la puerta principal, esta cedió con un aullido de los goznes que asustó a los pájaros que sobrevolaban los laureles cercanos a los escalones de la entrada. Helen respiró hondo y entró, pero Mary Alice se quedó allí y me agarró de la manga. Señalaba las oscuras ventanas, la pintura que saltaba de ellas en tiras finas. A través del sucio vidrio pude discernir las siluetas de los muebles envueltos en sábanas polvorientas.

—¿No te parece un lugar encantado? —inquirió.

Tomé aire y aspiré el olor a humedad y abandono que procedía de la casa. Y a algo más, mucho más débil pero aún presente: aquel aroma familiar a cera de abeja y lavanda.

Me encogí de hombros.

—Bueno, si lo está, al menos conocemos al fantasma.

21

Abril, 1980

Esa mañana en Roma luce el sol y el apartamento del Trastévere tiene las ventanas abiertas para acoger la brisa primaveral que sopla desde el Tíber. En la diminuta cocina hace frío, pero es necesario que corra el aire. Mary Alice lleva unos guantes puestos para revisar su obra.

—¿Qué opinas? —le pregunta a Billie.

Billie contempla los pastelitos de fruta, aún en sus respectivos moldes, poniendo mucho cuidado en no tocarlos.

—Diría que tienen pinta de pastelitos de fruta.

Mary Alice los ha preparado como si fueran pastas de té, en cuatro moldes pequeños, y ahora los dispone en una bandeja para que se enfríen. La melaza les ha dado un tono oscuro y están rellenos de cerezas y albaricoques deshidratados, adornados con trocitos de almendra. Bajo la atenta mirada de Billie, Mary Alice descorcha una botella de whisky de Tennessee y vierte un chorro generoso en un cuenco. Junto al codo tiene una jarrita llena de un polvo blanco, y, antes de abrirla, se coloca una careta antigás sobre la nariz y la boca. Con un gesto le indica a Billie que haga lo mismo. La puerta que da al resto del apartamento está cerrada y las otras saben bien que no deben importunarlas.

El polvo blanco recuerda al azúcar granulado. Ha entrado en el país en un tarro floreado que luce la inscripción TALCO ÍNTIMO

LADY FRESH, metido en el neceser de Billie. En el aeropuerto, ella va preparada para coquetear con el agente de aduanas que revisa sus cosas, pero él nunca llega a abrirle la maleta. Ha sido idea de Constance Halliday que las cuatro viajaran fingiendo ser azafatas de vuelo, y Billie lleva el uniforme de la Pan Am, con un corte demasiado ajustado. El agente de aduanas está a punto de pedirle una cita durante el control cuando Günther Paar, ataviado con un flamante uniforme de piloto, le desliza una mano por la cintura. El agente de aduanas pone cara de pena y la deja pasar con el veneno.

Van directamente a los apartamentos que tienen alquilados, un estudio pequeño para Günther y otro más grande para las mujeres. Durante dos días juegan a ser turistas, hacen las visitas de rigor del Coliseo y del Foro, lanzan monedas a la Fontana di Trevi y pagan un riñón por un plato de pasta en un bullicioso café de la piazza Navona. Sacan las típicas fotos que hacen todos los viajeros, posando con las manos dentro de la Boca de la Verdad o colocándose en fila, ordenados por altura, en la monumental escalera de la plaza de España. Compran postales y servilletas con motivos turísticos, beben vino barato de botellas envueltas en paja.

Pero la tercera mañana Mary Alice se mete en la cocina para poner el plan en marcha. Prepara los pastelitos siguiendo la receta que le han dado, una que ha ensayado una docena de veces antes de este momento para que todo salga como es debido. La despensa del apartamento contiene todo lo necesario, incluso los ingredientes americanos que harán de estos pastelitos un postre único. Ya no logra olerlos a través del respirador, pero la fragancia a especias y a naranja flota por la ventana hacia el cielo de la ciudad.

Tomando el tarro de manos de Billie, Mary Alice echa el polvo dentro del cuenco del whisky. Cuando este se disuelve del todo, llena una jeringuilla e inyecta en los pastelitos una dosis de whisky envenenado. La idea de usar talio fue de la misma Mary Alice y le complace ver lo bien que se funde con la masa. Es un metal pesado, inodoro e insípido, pero letal cuando se inhala o absorbe a través de la piel.

Cuando termina de inyectar los cuatro pastelitos, los envuelve con esmero en papel satinado y los coloca en una caja de cartón cuya tapa lleva el logotipo dorado de un convento de aspecto más o menos gótico. Billie pone en marcha el ventilador para disipar cualquier resto que flote en el aire y ambas se quitan los guantes; los envuelven junto con el tarro vacío, la jeringuilla, los moldes y las caretas. El resto del whisky se vierte en el fregadero y la botella se añade al montón de basura. Todo cabe perfectamente en una bolsa: en esa pequeña cocina romana no puede quedar el menor rastro de esos ingredientes americanos.

Una vez tienen los pasteles envueltos, llaman a las demás. Las cuatro se visten con idénticos hábitos de una orden de monjas inexistente. Es un atavío discreto, de color gris oscuro, que las cubre desde las piernas hasta el cuello, con puños y collar blancos. Llevan las caras limpias de maquillaje y el cabello oculto bajo unas tocas en tono gris perla. Calzan zapatos cómodos y usan medias oscuras. Se han quitado todas las piezas de joyería, a excepción de unas finas alianzas y los relojes de pulsera; unos de aspecto barato pero provistos de caros mecanismos. No tienen nada que ver con el glamuroso cuarteto de azafatas que llegó tres días antes, y el cambio no atañe solo a la ropa y el maquillaje. Han sido adiestradas sobre la manera de presentarse como modestas novias del Señor. Caminan despacio, con las caderas rectas y las miradas bajas, mostrando la actitud prudente que se les supone. Cuando llega Günther, vestido con un traje negro con alzacuellos y una cruz tosca colgando en el pecho, le están esperando, obedientes y silenciosas.

—Me estáis acojonando con esas pintas —les dice mientras le siguen hacia la puerta con la cajita de pasteles.

Él está de buen humor, en gran parte porque en esta misión tiene que hacer poca cosa. Es un escaparate, necesario porque, aunque un grupo de monjas pasa desapercibido en una ciudad como Roma, el mismo grupo bajo la supervisión de un sacerdote resulta absolutamente invisible. Tras el éxito de su misión en Francia, se les ha permitido planear y llevar a cabo este trabajo, que requiere una gran dosis de ingenio. Cada uno de los pasos ha sido revisado y aprobado por la Junta Directiva. Su única interferencia ha sido el añadido de Günther, una molestia menor para el cuarteto, que esperaba completar la misión de principio a fin sin la ayuda de nadie. Pero la sonrisa de este es contagiosa y él dedica el corto paseo hasta el Vaticano a explicarles lo que piensa hacer con el generoso extra que debe recibir cuando se complete el trabajo.

—Iré a tomar las aguas a Courtempierre-les-Bains —les dice, trazando un mapa de Suiza con las manos mientras anda—. Siempre lo hago después de las vacaciones de Navidad: me regalo un proceso de desintoxicación de cara al nuevo año. Y luego repito después de cada misión. Soy suizo alemán, así que seguro que pensaríais que me decantaría por Berna, pero no. Soy un devoto de Courtempierre-les-Bains. En esos baños termales puedes soltar todos tus problemas y arreglarte el hígado —les cuenta, antes de hacer un listado del resto de tratamientos que pretende disfrutar—. Masaje, sauna, algas terapéuticas. Estas misiones son tóxicas y el cuerpo debe recuperar el equilibrio.

Es bastante educado y pasablemente atractivo, pero también sufre de una ligera hipocondría y su tema de conversación predilecto es el estado de su sistema digestivo.

—¿Qué clase de tratamientos te gustan más, Günther? —pregunta Natalie con los ojos muy abiertos—. Cuéntanos más sobre los enemas.

Helen le propina un buen codazo en las costillas, pero, con el apoyo de Natalie, Günther se embarca en una disertación sobre sus tripas que dura hasta que llegan a la plaza de San Pedro. Es un espacio impresionante, una sala al aire libre diseñada por Bernini. La inmensa columnata se extiende por todo el recinto, rodeando a los visitantes de una forma que no llega a ser tan acogedora como se pretendía. Es demasiado grande, demasiado imponente, pensada para inspirar asombro. Hay detectores de metal en la entrada, pero los guardias apenas les prestan atención y las hacen pasar. El grupito de cinco avanza por la enorme zona oval, pasando ante el obelisco, y se dirige a la fachada con aspecto de tarta nupcial de la basílica.

Una vez dentro, sienten el abrazo sombrío y marmóreo del templo; necesitan unos instantes para que sus ojos se adapten a la oscuridad. Motas de polvo flotan en los rayos de luz que se derraman a través de las ventanas de la cúpula: un limpiador con aspecto fatigado se halla subido a un altar, sin zapatos, moviendo sin ganas una mopa de tela. Bajo la superficie de mármol del altar, un ataúd de cristal acoge el cuerpo de un papa, cuyo rostro y manos son de un verde brillante. Se detienen para observar cómo el limpiador pule el cristal para borrarle las huellas de los fieles. Avanzan en el sentido de las agujas del reloj y dan la vuelta a la iglesia, bajo la observación poco interesada de la policía vaticana y la guardia suiza. Se funden sin esfuerzo con el resto de grupos: escolares, turistas, creyentes en busca de milagros. No son nadie en la grandeza barroca de la basílica.

Cuando completan la vuelta son ya las doce menos cuarto de la mañana. Todos los martes, a las doce en punto, el obispo Timothy Sullivan, de la archidiócesis de Boston, cruza por delante de la Oficina de Información Turística del lado oeste de la plaza de San Pedro. Las cuatro monjas, en actitud recatada, y el sacerdote que las acompaña se encuentran en un quiosco, a unos pasos de distancia, protegidas del miembro de la guardia suiza más próximo por una ristra de postales que muestran a un Papa sonriendo a todo color e innumerables rosarios de madera en venta.

Cuando el reloj da la hora, sonando doce veces, el obispo aparece: el pelo ralo peinado hacia atrás, la casulla ondeando a su espalda al andar. Es alto y esbelto, un poco encorvado, y, de no ser por su expresión, podría tomársele por un académico de una universidad de élite. Esboza una sonrisa débil en un intento de ocultar la rabia que anida siempre en él. Pero la sonrisa no le llega a los ojos, y tiene que hacer un esfuerzo por controlar su impaciencia cuando Mary Alice dice su nombre.

—¿Sí? —pregunta con brusquedad.

El tono está al borde de la antipatía, pero, dado que incluso una monja puede tener su utilidad, se acerca a ellas y se percata de que estas son jóvenes y notablemente bonitas. Algo le hierve en la sangre y se expresa a través de una sonrisa en sus labios. Se detiene y aguarda, las cejas enarcadas en un gesto de amable curiosidad.

—¡Obispo Sullivan! Ilustrísima, perdone esta irrupción, por favor. Pertenecemos a la Orden de las Hermanas de la Paz, nuestro convento se encuentra a las afueras de Knoxville, Tennessee. ¿Quizá ha oído hablar de nosotras?

Él no se molesta en fingir que sí, pero su expresión se relaja un poco más al percibir el suave acento sureño de sus vocales.

—Me temo que no —dice cortésmente.

—Hemos venido en peregrinación —explica ella—. Nuestra madre superiora fue al colegio con su hermana —continúa sin detenerse—. Y nos dio instrucciones estrictas de encontrarle para darle este presente.

El obispo no se molesta en preguntar a qué hermana se refiere la monja. Tiene seis, todas devotas católicas, viviendo entre Boston y Denver. Mary Alice le entrega la cajita y la sonrisa de él se hace más amplia.

—Qué amable —dice.

—Son pastelitos de fruta, Ilustrísima —interviene Natalie—. Los hacemos para recaudar fondos para la orden. Y todos están aromatizados con whisky de Tennessee.

—¿Pastelitos de fruta? —La cara del obispo se ilumina—. ¿Y borrachos? Adoro los pastelitos de fruta con licor, es algo que los italianos no consiguen hacer bien.

—Se lo prometo —dice Mary Alice en tono sereno—, van tan rellenos de licor como cabría esperar.

Ahora el obispo presenta una actitud casi jovial y por primera vez mira a Günther, que sobresale de esa pequeña bandada de monjas.

—Padre, ¿cómo es que viaja usted con las hermanas?

En la boca de Günther se dibuja una vaga sonrisa.

—La madre superiora estaba preocupada ante el viaje en solitario de las hermanas, Ilustrísima. Nunca habían salido de Estados Unidos, así que me ofrecí para ser su pastor.

—Es usted un buen hombre —le dice el obispo.

Contempla a las monjas y constata su expectación, lo jóvenes y radiantes que parecen. Su ansiedad casi raya en lo ridículo, pero le complace ser objeto de tanta reverencia. Resulta un bálsamo para un ego que ha quedado gravemente magullado durante la reunión financiera de la mañana. Los hábitos que llevan son atroces, bastos y sosos, pero su buen ojo le indica que la hermana que se dirigió a él en primer lugar esconde una atractiva figura bajo ese ropaje.

—¿Les gustaría visitar los jardines? —pregunta llevado por un impulso espontáneo—. Podría mostrarles mi fuente favorita y se ahorrarán uno de esos aburridos tours.

Los cinco se quedan muy quietos durante un instante, un gesto que el obispo interpreta como una señal de respeto. En realidad, es pura reticencia: no desean estar en su compañía más tiempo del imprescindible. Cuando muera, habrá preguntas. Se examinarán los registros de las videocámaras. Se interrogará a los testigos. Y ellos lo último que quieren es que algo los conecte con esa muerte.

—Oh, no querríamos que perdiera el tiempo —responde Helen en un tono tan asombrado que el obispo no puede sentirse ofendido.

—Sin embargo —insinúa Billie, en una voz casi inaudible por la timidez—, estaríamos encantadas de que probara un pastelito y nos dijera qué le parece, Ilustrísima. La madre superiora nos preguntará al respecto.

El obispo sonríe con sorna.

—Bueno, si hay alguien que me asusta en este mundo es una madre superiora —dice, y abre la caja. Contempla el contenido con evidente placer—. Tienen una pinta deliciosa.

Coge un pastelito y le quita el papel de cera para olerlo con fruición.

—Me llega el aroma de canela… y ¿eso es clavo?

Mary Alice asiente.

—Lo es, Ilustrísima. Tiene usted un gran sentido del olfato.

Él da un buen mordisco al pastelito. Lo mastica concentrado antes de dar otro y se termina el dulce antes de decir nada.

—Pueden informar a la madre superiora de que este es el mejor pastel de frutas que he probado en mi vida. Sobresaliente, hermanas.

Ellas intercambian unas miradas gozosas mientras él empieza a probar el segundo.

—Me consta que es una muestra de gula comérmelos yo todos —dice con la boca llena—, pero ya me confesaré por ello cuando corresponda.

Natalie le dedica una expresión de sorpresa.

—¡Oh, no, Ilustrísima! Los hicimos especialmente para usted. La madre superiora se disgustaría mucho si pensara que los ha compartido con otros.

Él termina el segundo pastelito y cierra la caja.

—Pueden tranquilizar a la madre superiora al respecto: no hay la menor posibilidad de que eso suceda. Son míos y pienso ocultárselos a todo el mundo. De hecho, como hoy no voy a tener tiempo de comer, creo que no quedará ni rastro de ellos antes de una hora.

Ellas vuelven a sonreír y Günther mira a su alrededor.

—¿Listas para que nos vayamos, hermanas? Creo que Su Ilustrísima ya nos ha dedicado bastante tiempo.

—Por supuesto —dice Mary Alice bajando la vista.

Se turnan para murmurar las gracias al obispo, quien las bendice con la mano antes de que se marchen.

Luego abre la caja y da un pellizco al tercer pastelito. Pasarán tres horas antes de que el estómago empiece a sentir unos terribles retortijones, que darán paso a la diarrea y a los vómitos. Cuando se encuentre en un avanzado estado de deshidratación y su mente inicie el delirio, lo ingresarán en un hospital de Roma bajo los cuidados de un médico al que nunca se le ocurrirá realizar una prueba en busca de talio. Si lo hiciera, le habría recetado dosis de carbón medicinal y de azul de Prusia para detener las náuseas y la pérdida de cabello. Pero, dado que no lo hace, el estado del obispo se agravará durante las tres semanas siguientes hasta que el corazón se rendirá y se producirá la muerte. El comunicado de prensa, dictado al teléfono por una fuente ajena al Vaticano, atribuirá el fallecimiento a un cáncer de páncreas. El médico que lo trata comprende el significado del ingreso misterioso que ha aparecido en su cuenta bancaria, así que se limita a firmar el certificado de defunción sin hacer preguntas. No efectúa la menor corrección al comunicado de prensa, ni tampoco lo hace el Vaticano. Pasarán otros dos años antes de que la quiebra de un banco italiano revele la magnitud de la corrupción en las finanzas de la Santa Sede, y los rumores de blanqueo de capitales continuarán circulando durante décadas. Pero el plan concreto de un obispo, que consistía en vender armas a un brutal régimen del sudeste asiático bajo la tapadera de una obra misionera, no se llevará a cabo, y una enérgica rebelión logrará establecer por primera vez una frágil democracia en ese país.

22

Tardamos casi todo un día en adecentar mínimamente Bens-combe. Daba lástima ver en qué se había convertido el lugar. Los jardines eran una jungla, en la casa había tanta humedad que el papel se caía a tiras de las paredes, y del estado de las tuberías mejor ni hablamos. Metimos nuestras cosas, repartiéndolas en los dormitorios más pequeños de la planta de arriba. Nadie se atrevió a insinuar la posibilidad de ocupar la antigua habitación de Constance Halliday. Los botes de pastillas aún estaban en la mesita de noche junto con el libro que leía cuando murió: *Cuentos de hadas de Angela Carter*. Decidimos compartir los dormitorios pequeños por parejas, barrimos la mayor parte de las telarañas y abrimos las ventanas para airearlos con el frío viento invernal.

Después de que llegaran Minka y Akiko, hicimos un viaje a Poole: fuimos a Marks & Spencer, a Boots y a una docena de tiendas más a comprar provisiones para convertir la casa en un lugar habitable. Comida, leña, vino, material de oficina, suéteres y calcetines gruesos… El maletero del coche iba a reventar en el trayecto de vuelta. Barrimos las cucarachas muertas y los ratones momificados de la cocina, y luego la fregamos hasta que los pies dejaron de pegarse al suelo. Helen había encontrado unos rollos de papel para envolver en una de esas tiendas de todo a una libra y los usamos para cubrir el rijoso empapelado de las paredes; nos daban una superficie nítida sobre la que escribir. Natalie calentó el pollo y los pasteles de carne que habíamos comprado mientras Mary Alice preparaba una ensalada, y las seis comimos, más por recuperar fuerzas que por disfrutar de la comida. Después de que Minka nos dejara para irse a jugar a un videojuego y de que Akiko se fuera arriba con Kevin (aún resacoso por los tranquilizantes administrados para el viaje), Helen abrió una caja de rotuladores que había comprado en la misma tienda. Eran imitaciones de los rotuladores de Barbie en impactantes tonos arcoíris. Debajo de nuestros nombres se puso a escribir la lista de cosas de las que cada una debía responsabilizarse, leyéndolas en voz alta mientras lo hacía.

—Akiko y Minka, mantenimiento del hogar y comunicaciones —dijo mientras tachaba «mantenimiento y comunicaciones» de la lista.

Nat y Mary Alice estaban sirviendo el helado.

—¿Lo estás escribiendo solo por el gusto de tacharlo? —pregunté.

Ella se encogió de hombros.

—No podemos dejar nada al azar. Además, tachar cosas me hace sentir productiva. Tras la muerte de Kenneth, había días en que escribía «salir de la cama» en la agenda solo para sentir que había cumplido con algo.

Dio un paso atrás y contempló su obra. Mary Alice y Nat dejaron el helado y se unieron a nosotras. Todo el plan estaba escrito en un brillante color rosa.

—Parece la estrategia criminal del Pequeño Pony —dijo Mary Alice—. Por Dios, ¿era necesario tanto brillo?

—A mí me gusta —afirmó Natalie con lealtad.

—Me cuesta tomarnos en serio como agentes vengadores cuando el plan que tenemos recuerda a un trabajo del parvulario.

Helen cerró el rotulador y se lo pasó.

—Si prefieres hacerlo tú, adelante, Mary Alice —le dijo.

—Estamos cansadas y con *jet lag* —intervine yo, cogiendo el rotulador de manos de Helen—. Vamos a sentarnos a comer helado y a beber vino mientras comprobamos que el plan no tenga ningún agujero.

Señalé las notas escritas bajo el nombre de Günther Paar. Estaban escritas en profuso detalle, a diferencia de las que había por debajo del de Thierry Carapaz, que eran mucho más vagas. Bajo el nombre de Vance Gilchrist brillaba un espacio en blanco.

—¿Eso qué es? —preguntó Mary Alice refiriéndose a esto último.

—El espacio en blanco representa lo que aún no sabemos. Ya llegaremos a ello.

El helado ayudó a calmar los ánimos, pero fue el vino el que remató la faena. Cuando nos hubimos terminado dos botellas de un rioja detestable, nos sentíamos mucho más animadas.

—Dios, este vino es atroz —dijo Helen apurando los restos de la botella. Incluso la puso completamente vertical para aprovechar las últimas gotas.

—Cumple su función —le dije.

Natalie cogió la botella y leyó la etiqueta.

—Monos Muertos. ¿A quién diablos se le ocurriría este nombre para un vino?

—No me digas que hemos estado bebiendo jugo de mono muerto —dije apartando el vaso.

Natalie se rio y soltó la botella.

—No está hecho a base de monos muertos —replicó Mary Alice—. Es una estrategia de marketing.

—Es asqueroso —repuso Natalie.

—Menos que el cuarto de baño de arriba —dije yo—. Tenemos que ocuparnos de eso y así podremos ducharnos sin miedo a pillar el tétanos o la enfermedad de Lyme o la rabia.

—Las cuales no existen en las islas británicas —dijo Helen y suspiró—. Sé que la casa está hecha polvo, que hace un frío que pela y estoy casi cien por cien segura de que hay una rata muerta debajo de mi cama, pero aun así me alegro de que hayamos vuelto. Echaba de menos este lugar.

Paseamos la mirada por la cocina. Mientras buscaba platos,

Natalie había encontrado un surtido de tarros de mermelada vacíos y les había colocado velas dentro a una docena de ellos. Los había dispuesto en la chimenea, cerca de un reloj de cuco feo y agresivo, una pastora de porcelana a la que le faltaban la mitad de los dedos (con lo que daba la impresión de estar mandándonos a tomar viento), y una cesta con sucios ovillos de lana y un par de agujas de aspecto letal. Pero la luz de las velas suavizaba las paredes rajadas y los vidrios sucios, y el fuego que había encendido Mary Alice en la chimenea había caldeado el ambiente y le había dado un aire casi acogedor.

Apurando la última gota de vino, Helen cogió un rotulador por estrenar —uno verde brillante que olía a sandía— y volvió a la pared. «Problemas», escribió con letra perfectamente legible.

Dedicamos la noche a revisar el plan una y otra vez. Por suerte, Günther era una criatura de costumbres. Siempre iba a su spa favorito después de Navidad para hacerse una cura de desintoxicación. La página web del lugar nos dio toda la información que necesitábamos en poco tiempo, incluyendo un mapa de las instalaciones y una foto sonriente del personal del spa vestidos con monos lisos de color negro: austeros y profesionales.

Cuando el amanecer proyectaba su luz grisácea por las ventanas de la cocina, habíamos terminado. Los detalles estaban consignados en la pared del crimen, el nombre que Natalie se había empeñado en ponerle. Retrocedimos un poco y lo revisamos, marcando algunos fallos y moviendo los pasos del plan adelante y atrás hasta que este quedó tan suave como un pedazo de mantequilla en un verano texano.

—La madre que nos parió —dijo Mary Alice sin apartar la vista de la pared—. Creo que va a salir bien.

—Por mis cojones —dije sonriente.

—Solo tenemos que decidir quién lo lleva a cabo —dijo Natalie.

Mary Alice levantó la mano.

—Yo.

Su cara expresaba obstinación y entendí el porqué. Si podía

salir de allí y hacer algo para arreglar el lío en el que estábamos, quizá podría empezar a sentir que sería capaz de recuperar su antigua vida.

Todas asentimos y ella continuó:

—Necesitaremos otro par de manos, Helen…

—Esas serán mías —dije cortándola.

Natalie tomó la palabra.

—Creo que eso debería decidirlo Helen.

—No. He dicho que yo me encargo —sentencié.

—¿Qué has desayunado, por Dios? ¿Cereales con miel La Zorra? —protestó Natalie.

Helen apoyó una mano en su brazo.

—No pasa nada. Si Billie quiere hacerlo, adelante.

—Así es.

Nadie discutió. No tenía la menor intención de delatar a Helen por su falta de reacción en Jackson Square, pero tampoco pensaba arriesgar el éxito de esta misión. Que se quedara en segundo plano hasta que se hubiera probado a sí misma.

Nuestro plan implicaba otro paso y un poco de preparación. Empecé con el recipiente que había encontrado en el cobertizo del jardín: una vieja garrafa de vidrio que alguien debía de haber guardado para elaborar sidra o conservar vino. La limpié bien con un cepillo largo y me puse unos guantes de vinilo. Llené el recipiente de agua del grifo exterior y abrí un paquete de cigarrillos, luego fui rompiendo los filtros. Usé un cuchillo para rasgar cada cigarro y fui vertiendo con cuidado el tabaco dentro de la garrafa. Las hebras marrones flotaban en el agua. El proceso de destripar los cigarrillos resultaba extrañamente relajante. Algunos pájaros cantaban con vigor y el sol invernal tenía el color de un limón pálido. Incluso creo que llegué a silbar un par de estrofas de *American Pie* mientras sacudía la mezcla de la garrafa y luego la tapaba. La dejé en la escalera, para que le diera el sol, como si estuviera preparando un té aromático. Pensaba bajarla al atardecer y colocarla detrás de la estufa para mantenerla caliente, macerándola con tanto esmero como si se tratase del mejor Earl Grey.

Cuando volví a la cocina, pisando con fuerza y soplándome en las manos, me encontré con que Helen estaba al teléfono.

—¿Qué haces? —susurré.

—Hemos intentado hacer una reserva en la web, pero el balneario está completo —murmuró.

Abrí la boca, pero ella me hizo callar con un gesto rápido ya que, al parecer, alguien acababa de responder al otro lado.

—Sí, ¿hablo con el spa de Courtempierre-les-Bains? —Helen había adoptado el altivo acento inglés de clase alta, pronunciando mal el francés de un modo que solo les queda bien a los aristócratas británicos—. Les habla lady Henrietta Ridley, y llamaba para preguntar por qué no he recibido el correo de confirmación de mi reserva. Ridley. Riddddley —dijo, alargando la sílaba en tono fastidiado—. ¿Qué? Claro que estoy segura. Mi secretaria, Cassandra, hizo la reserva la semana pasada. Hasta diría que habló precisamente con usted. Ahora, si es tan amable, haga el favor de confirmar dicha reserva.

Llegó a mis oídos toda una serie de graznidos secos que Helen cortó con brusquedad.

—Mire, buen hombre, no estoy para excusas. La reserva es para cuatro señoras, yo y tres acompañantes. Deseamos tomar las aguas y, tal vez, darnos algún masaje ligero, eso es todo. Nuestra intención es descansar. Supongo que eso no le supondrá un problema. —Más graznidos—. Comprendo que anden muy atareados en esta época del año, pero no creo que sea culpa mía que ustedes hayan extraviado la reserva. Desde luego que sí. Me mantengo a la espera —terminó en tono ácido.

—¿Tenemos habitación o no? —susurré.

Me miró frunciendo el ceño y se encogió de hombros. Toda la misión se basaba en conseguir acceso al spa. Minka estaba sentada enfrente con el portátil que le habíamos comprado en Poole. Le hice señales de que buscara el spa en las redes sociales. La última publicación mostraba la imagen de un paisaje nevado con una piscina termal cuyos vapores se fundían con el nítido azul del cielo.

Fui ojeando los comentarios —los corazoncitos, las manos

elogiosas, el emoji con albornoz— hasta dar con lo que buscaba. «¡Muerta de ganas de verte este finde en mi despedida de soltera!», tuiteaba una tal Debbi Williams, a lo que había añadido el emoji de una novia y unos ojos con forma de corazón. Fui a su perfil y descubrí que vivía en Cardiff. Con unos cuantos clics llegué hasta la foto de la pedida de mano: una flamante Debbi en los brazos de un tipo atractivo mostrando un anillo de compromiso con un rutilante y pequeño diamante. Unas fotos después aparecía Debbi con cinco chicas más: «¡Mis mejores amigas y damas de honor!». Seis chicas en total, lo que significaba dos habitaciones o quizá incluso tres. Nos serviría.

Pasé al perfil del spa y presioné el enlace que iba de la bio a su página web. Justo entonces Helen empezó a hablar de nuevo.

—Sí, claro que sigo aquí, y no tengo la menor intención de irme hasta que encuentre mi reserva. —Gesticulé para que siguiera hablando y ella se lanzó a pronunciar un florido discurso mientras yo intentaba por todos los medios encontrar el enlace al número de teléfono del spa, hasta que di con él y marqué el número.

Le indiqué a Helen que sonaba el teléfono y ella interrumpió su perorata.

—Conteste esa llamada, haga el favor. No logro oír ni mis propios pensamientos. Sí, espero.

El recepcionista atendió mi llamada en francés y alemán, pero cambió al inglés al instante. Se le notaba el agobio en la voz.

—Sí. Al habla Debbi Williams, desde Cardiff. Tengo una reserva de varias habitaciones para mi despedida de soltera de este fin de semana y me temo que debo cancelarla. No, no tengo el número de confirmación a mano, pero supongo que podría buscarlo. Podría tardar unos minutos… —Me callé, y el recepcionista insistió.

—Es política de la empresa usar el número de confirmación para cancelar cualquier reserva —me explicó. Los suizos y sus normas. Miré a Helen con los ojos en blanco.

—No es culpa mía que él haya anulado la boda —dije, y mi voz se quebró en un sollozo—. Ya he tenido que comunicárselo a todas mis amistades y ha sido de lo más humillante, y ahora usted pretende hacerme pagar por una reserva que ya no puedo abonar porque él se ha largado con todo el dinero de la boda...

El recepcionista probablemente era suizo, pero también era un hombre, y aún no he conocido a uno que sepa manejar a una mujer que llora, sobre todo cuando ya tenía a otra fémina irritada por la otra línea y yo le estaba poniendo unas habitaciones libres en bandeja de plata. Por si las moscas, añadí unos cuantos sollozos más.

—Me engañaba, ¿sabe? Con mi hermana —gemí. El pobre recepcionista estaba perdido.

—Supongo que en este caso podríamos hacer una excepción, señorita Williams —se apresuró a decir.

Empecé a balbucear mis gracias, pero me cortó enseguida.

—Su reserva ha sido cancelada. Muchas gracias y esperamos verla en el spa de Courtempierre-les-Bains en otra ocasión.

Colgó y volvió al instante con Helen. Incluso desde donde yo estaba noté el alivio en su voz y Helen casi ronroneó al responder:

—Sí, me alegro mucho de que hayamos podido arreglarlo. Sí. Nos veremos este fin de semana. Dos habitaciones. ¿Y un masaje craneal de regalo por este mal rato? ¡Qué amable!

Helen colgó el teléfono y se volvió hacia mí.

—¿Quién diablos es Debbi Williams? —preguntó.

23

Dos días después, la infusión de tabaco estaba lista. Colé los residuos y los enterré en el jardín. El líquido restante era veneno puro. Nos reunimos en la cocina, con los guantes puestos y con Kevin encerrado en la despensa para evitar un accidente. Trabajamos despacio las seis, utilizando embudos para decantar el líquido turbio dentro de una serie de botellitas para artículos de tocador. Limpiador facial, tonificador, astringente, colutorio…, todas quedaron llenas y luego bien cerradas: sellamos las tapas con cera caliente para evitar el menor derrame. Repetimos el proceso en unas cuantas miniaturas con etiquetas de whisky irlandés. Íbamos en tren y no en avión, pero no queríamos despertar la menor sospecha al pasar la aduana. En conjunto teníamos veneno suficiente para llevar a cabo el trabajo.

Al terminar, limpiamos la cocina y vertimos el resto del veneno por la pila. Natalie la fregó luego con agua caliente e hizo lo mismo con la garrafa original para borrar la menor traza de lo que habíamos hecho. Estábamos listas para el viaje; documentos nuevos, disfraces y todo lo que nos hacía falta metido en nuestras respectivas maletas de mano. Todas desviamos la mirada cuando Mary Alice y Akiko se dedicaron una tensa despedida. Akiko apenas había dicho dos palabras desde que llegamos a Inglaterra, pero yo esperaba que un tiempo de separación la ayudara a hacerse a la idea de que esta era su nueva normalidad, al menos de momento.

Minka nos llevó hasta la estación de tren y de ahí viajamos a Londres en vagones separados. Llegamos a Zúrich a través de rutas ligeramente distintas y nos reunimos de nuevo en la estación de tren, donde nos metimos todas en un coche alquilado: lady Henrietta Ridley nunca cogería un Uber. Helen se sentó delante con aire decidido mientras las demás nos amontonamos detrás. Habíamos saqueado algunas tiendas de segunda mano para encontrar ropa como la que llevarían unas señoras de la clase alta rural inglesa y unas pelucas de la casa que servía a Beyoncé. Natalie encontró un sujetador enorme que rellenó con globos de agua metidos en calcetines y yo me planté unas almohadillas en torno a las caderas para fingir esos kilos que se acumulan en el culo por la edad. Parecíamos un grupo de damas admiradoras de la reina, con tacones bajos y ondas en el pelo. Mary Alice llevaba incluso caramelos en el bolso, que repartía a los porteros en lugar de propinas.

Nos registramos en el spa sin contratiempos. El recepcionista a quien Helen había aterrorizado con amabilidad cuando llamó fingiendo ser lady Henrietta no se hallaba a la vista. Las llaves nos las entregó una chica delgada cuyo nombre, según la tarjeta, era Ji-Woo. Nos ofreció unos vasos de agua alcalina y Natalie fingió tropezar, derramando todo el contenido encima del impoluto uniforme negro de Ji-Woo.

—Oh, no sabes cuánto lo lamento —se disculpó.

Ji-Woo le sonrió.

—No pasa nada, señora. Si me disculpan, iré a cambiarme de blusa.

La animamos a ello y le aseguramos que ya encontraríamos el camino a nuestras habitaciones. En cuanto desapareció por la puerta que había detrás del mostrador, Natalie lo rodeó y se arrodilló delante del ordenador mientras las demás leíamos la tabla de tratamientos que ofrecía el spa sin perder de vista el ascensor, la entrada principal y la puerta por donde había salido Ji-Woo.

—Date prisa —murmuró Mary Alice.

Natalie se incorporó bruscamente, lo que provocó que sus rodillas protestaran con un crujido, y yo cogí un par de tarjetas de Ji-Woo del montón que había en el mostrador.

—Lo tengo —dijo Nat—. Se hospeda en la habitación 217.

Con las llaves y los folletos en nuestro poder, nos dirigimos a nuestras habitaciones, situadas en el tercer piso. Mary Alice y yo compartimos una, Helen y Nat ocuparon la otra. Ambas se comunicaban por una puerta, que dejamos abierta, y en un par de minutos estuvimos listas. En cada una de las habitaciones había un escritorio provisto de una gruesa cartera de piel con artículos de papelería estampados con el membrete del balneario. En una de esas hojas escribí una nota para Günther en la que le explicaba que al día siguiente se produciría un corte de agua durante un breve tiempo y que, para compensarle esa molestia, le proponía la posibilidad de disfrutar de un servicio en su habitación de envoltura en barro a las cinco de la tarde de aquel día. Firmé con el nombre de Ji-Woo y metí la hoja de papel en un sobre junto con una de sus tarjetas. Puse la dirección en la carta, asegurándome de cruzar el palito del siete como hacen todos los europeos. Se lo pasé a Natalie: ella lo deslizó por debajo de su puerta y volvió corriendo.

Estábamos sentadas en el borde de la cama de Helen cuando regresó.

—¿Estaba dentro? —pregunté.

—Oh, sí. Le he oído roncar como un tren de mercancías —dijo Nat.

—¿Y si no se despierta a tiempo para ver la nota? —preguntó Helen. Su voz recordaba a la de una niñita asustada y Nat le dio una palmadita de consuelo.

—He pensado en eso. Toqué a la puerta para despertarlo. Cuando abrió, ya estaba escondida en la escalera. —Se volvió hacia mí—. Billie, tu turno.

Descolgué el teléfono y marqué el número de su habitación. En cuanto respondió me puse a hablar con rapidez y claridad, en un acento inglés lo bastante vago para ser adjudicado a cualquier extranjera, desde Sudáfrica hasta Letonia.

—¿Señor Paar? Le habla Elsa, del spa. Le llamaba para confirmar su cita a las cinco de la tarde con Annike para una envoltura en barro. Sí, desde luego, es un regalo de la casa por cortesía de Ji-Woo, de recepción. La envoltura en de barro es uno de nuestros mejores servicios valorado en doscientos setenta y cinco euros. No, Annike llevará consigo todo lo necesario. Muchas gracias, señor. Servicio confirmado.

Luego miré a Mary Alice.

—Que empiece el espectáculo.

24

El reloj marcaba las cinco menos cinco cuando Mary Alice y yo salimos. Ambas íbamos vestidas con las batas negras que llevaba el personal del spa. La peluca de Mary Alice era un moño severo de un color blanco gélido y se había maquillado de manera que sus pómulos se veían marcados y angulosos. Se había fajado los senos y llevaba gafas de montura de acero fino. Su aspecto evocaba al de una institutriz nórdica, severo y chic a la vez. Yo había optado por una peluca castaña con canas plateadas y unas almohadillas que me hacían cara de pan. Unos polvos de tocador en tono pálido me daban un aspecto marchito y fatigado. El hecho de que fuera arrastrando una camilla plegable contribuía a la impresión de ser una mujer ya mayor y cansada que solo deseaba que terminase su turno. Mary Alice llevaba una bolsa con los materiales. Nos detuvimos ante la puerta de Günther y llamamos con suavidad.

Abrió al instante y tuve que bajar la vista para disimular mi sorpresa. Si me lo hubiera cruzado por la calle no lo habría reconocido. Hacía más de quince años que nuestros caminos no se encontraban y, pese a su obsesión por la salud, estaba hecho una mierda. Acumulaba varios kilos de más, algo que quizá no le habría quedado mal a alguien más risueño, pero que en él le hacían parecer hinchado. Tenía manchas en la piel y unas profundas ojeras. Llevaba puesto el albornoz del spa y este se le abría un poco, mostrando el vello blanquecino del pecho. Iba descalzo, y tenía unas uñas gruesas y amarillentas; cuando sonrió, me percaté de que lo mismo podía decirse de sus dientes.

—Buenas tardes, soy Annike —dijo Mary Alice con voz tímida—. ¿Está listo para el tratamiento?

—Sí, sí —respondió él, dando un paso atrás para que entráramos—. Y seguro que va a cuenta de la casa, ¿verdad?

—A excepción de la propina —dije.

Mary Alice me habría dado un codazo si hubiera estado más cerca, pero se limitó a indicarme que montara la camilla.

—Mi asistente me ayudará a prepararlo todo. ¿Va a estar desnudo? —preguntó al tiempo que señalaba su pecho.

—Sí —dijo él sujetándose el cinturón del albornoz con la mano.

—Cuando la camilla esté lista, se tumbará boca abajo bajo la sábana. Prepararemos los barros en el cuarto de baño.

Él asintió y me apresuré a asegurar las patas de la camilla y a extender una mantita y una sábana encima. Luego coloqué varias capas de envoltura de plástico, de la misma clase que se usa en los servicios de catering. Entré en el cuarto de baño detrás de Mary Alice y sacamos un cubo de la bolsa. Estaba lleno del lodo verde oscuro del spa en polvo y listo para la mezcla. Abrí el grifo para que oyera el ruido del agua desde fuera mientras nos poníamos los guantes y esas pinzas para la nariz que usan los nadadores. No eran tan buenas como las máscaras de oxígeno, pero evitarían que inhaláramos gran parte de la nicotina. Vertí el veneno despacio mientras Mary Alice lo mezclaba con una cuchara de madera hasta que la mezcla resultante fue una pasta densa y grumosa. Eché media botella de aceite de lavanda para disimular cualquier olor. Estábamos listas.

Nos quitamos las pinzas de la nariz y llevamos el cubo al dormitorio, donde Günther ya estaba tranquilamente acostado en la camilla. Le veíamos la nuca, y, cuando Mary Alice retiró la sábana, pudimos contemplarle en todo su esplendor. Hay hombres que envejecen bien, pero no era el caso de Günther. Empezamos a echarle pegotes de barro por la espalda, untándolo como si preparáramos un jamón glaseado.

—Huele raro —dijo él en una voz que nos llegaba amortiguada por la camilla.

—Es una nueva mezcla —respondió Mary Alice en voz baja.

—Solo para clientes exclusivos. Quizá terminemos incluyéndola en los tratamientos o quizá no —añadí.

Trabajamos con rapidez, cubriéndole con más y más barro hasta que la parte trasera de su cuerpo estaba untada desde la cabeza hasta los pies.

—Dese la vuelta —ordenó Mary Alice.

Le costó girarse y ella le echó una mano. Atusó discretamente la sábana en torno a su entrepierna y continuamos, extendiendo el barro por las piernas, el torso y luego los brazos. Cuando ya tenía todo el lodo en el cuerpo, le cubrimos con el plástico y le tapamos los pies con la sábana para luego remeter ambos lados en la camilla, dejándolo envuelto como si fuera un burrito.

Él abrió los ojos.

—¿Cuánto tiempo dura el tratamiento?

Mary Alice consultó su reloj.

—Treinta minutos. Luego volveremos a ver cómo está.

Pero no hicimos el menor ademán de irnos y él movió la cabeza, con los ojos parpadeando confusos.

—Esperen, no me encuentro bien. El corazón —murmuró—. Me late muy deprisa.

—Es por la nicotina —dijo Mary Alice con su propia voz.

Él parpadeó varias veces más.

—¿Qu…, qué? —Su voz era espesa y ronca. Por fin la comprensión asomó a sus ojos y soltó un gemido: sabía lo que estaba pasando.

—La nicotina —dije—. Está en el barro y te hemos untado todo el cuerpo con él. Es un veneno transdérmico, ya lo sabes. En realidad, se administra mejor a través de la mucosa bucal o del recto, pero ¿para qué molestarse cuando el adulto medio tiene casi dos metros de piel, con todos los poros listos para ser usados? Supongo que ya te estás mareando. Tranquilo, eso significa que funciona.

Abrió la boca, para gritarnos, supongo, pero solo logró emitir un borboteo ronco. Fui al escritorio, donde había un cuenco con manzanas, y me quité el guante para coger una. La limpié contra la bata y le di un mordisco. Era fresca y crujiente como la nieve recién caída. Me la comí entera mientras Günther luchaba por respirar.

—¿Por qué? —preguntó jadeante.

—Ya lo sabes —dijo Mary Alice—. Ordenaste nuestra eliminación.

—Tuve que… —rezongó—. Vance…

—No te preocupes —dije en tono alegre—. También nos ocuparemos de él.

Mary Alice volvió a mirar la hora.

—Está tardando mucho. ¿El veneno era lo bastante fuerte? —preguntó con el ceño fruncido.

—Sí, Mary Alice. Al menos eso creo. Tampoco es que dispusiera de un laboratorio, ¿no crees? Hubo que hacerlo a ojo. Lo hice lo mejor que pude.

No mencioné que ella, que solía ser nuestra experta en venenos, andaba demasiado liada con sus problemas conyugales para resultar de ayuda.

—Pues tal vez debamos acelerar esto un poco —sugirió—. Tenemos un tren que no espera y aún nos falta limpiar.

Entonces él emitió una especie de maullido, seguido de un estertor, pero seguía respirando. Me guardé el corazón de la manzana en el bolsillo.

—Vale. ¿Nos lo jugamos? Cruz.

Ella suspiró y ambas cerramos el puño.

—Un. Dos. Tres. Ya.

Abrimos las manos y Mary Alice sonrió.

—Cara. Tú pierdes. Acaba con él.

Él se removió un poco, aunque yo habría creído que ya no nos oía. Saqué una tira de plástico limpia y la apreté con firmeza sobre su cara. No duró mucho. Cuando hube terminado, doblé el plástico y lo guardé en el bolsillo junto con el corazón de la manzana. Entre las dos lo desenvolvimos y lo metimos en la ducha, donde lo fregamos con la esponja para quitar todo el barro. Había algunas marcas rojas en la cara: petequias, el síntoma clásico de la asfixia.

—Esto no formaba parte del plan —señaló Mary Alice en tono hosco.

—Yo lo arreglo —prometí.

Le secamos y le metimos en la cama antes de limpiar a fondo todo el cuarto de baño para hacer desaparecer cualquier resto del barro. Todo (sábanas, esponjas, envoltorio de plástico, guantes, los envases donde llevábamos el lodo y el veneno, la cuchara) fue a parar a una bolsa de basura. Encontré la falsa nota de Ji-Woo y la añadí al resto antes de hacerle un buen nudo a la bolsa.

Como gesto final, cogí otra manzana con el borde de mi camisa. Se la metí en la mano y apreté con fuerza para que las huellas quedaran marcadas en ella. Luego la llevé hasta su boca y maniobré con su mandíbula para que se abriera y diera un buen mordisco, dejando las marcas de sus dientes. Me costó un poco deslizar el pedazo de manzana por su garganta, pero me quedó la mar de bien. A primera vista, cualquiera pensaría que había fallecido de un infarto o de un ictus, pero al examinarlo de cerca concluirían que se había asfixiado, lo cual encajaría con las ligeras petequias.

—Hecho —dije a Mary Alice.

Ella puso los ojos en blanco y barrió la habitación por última vez.

—Ya estamos. —Me instó a salir, yo miré la hora.

—Son las seis cero cuatro. No está mal para un par de viejas —dije con una sonrisa.

Dejamos la camilla en la escalera. Algún empleado del spa se llevaría un tirón de orejas, pero era mejor que ir cargando con ella por ahí. Ya de vuelta en nuestras habitaciones, nos cambiamos y guardamos en las maletas las batas negras y las pelucas. Nos pusimos la misma ropa con la que habíamos llegado y bajamos las cuatro a recepción.

Una chica de denso flequillo estaba discutiendo con Ji-Woo, deshecha en lágrimas.

—Pero ¿cómo iba a cancelarlo? ¡Es mi despedida de soltera! ¿Qué quiere decir con que no tienen habitaciones libres?

Ji-Woo apretaba la mandíbula mientras intentaba aplacar las iras de la joven, que estaba rodeada por un puñado de irritadas damas de honor.

Helen se abrió paso entre ellas y soltó las llaves encima del mostrador.

—Me temo que las habitaciones no son de nuestro agrado —dijo con voz altiva—. Llame a un taxi, por favor. Nos marchamos.

Ji-Woo chasqueó los dedos para que el portero llamara a un taxi y se volvió hacia la llorosa novia.

—Buenas noticias, señorita Williams. Acaban de quedar dos habitaciones libres.

Las damas de honor lo celebraron a gritos y nosotras salimos a la calle. Natalie llevaba la bolsa de basura en la maleta, la tiramos en la primera papelera que encontramos en la estación. Cogimos el siguiente tren para Ginebra, donde debíamos alojarnos en un pequeño y discreto hotel. También habíamos hecho una reserva en la Taverne du Valais, un restaurante especializado en fondues y vinos tintos. Pedimos una copa por barba para brindar por nuestro éxito y volvimos al hotel a medianoche. A las siete de la mañana siguiente estábamos en el tren, viajando hacia Inglaterra vía Ámsterdam.

Uno fuera de juego. Nos faltaban otros dos.

25

—Zanzíbar —dice Mary Alice, prolongando la última sílaba—. ¿Te lo imaginas? No había oído nada tan romántico en toda mi vida.

—¿Romántico? Vamos a matar a una anciana —le recuerda Billie, aunque lo hace sonriendo.

Es su primer trabajo juntas desde el asesinato del obispo en Roma, quince meses atrás, y les sienta bien reunirse, aunque esta vez estén relegadas a papeles de apoyo. Ayudarán a Vance Gilchrist y a Thierry Carapaz, un francés al que conocieron en el aeropuerto de Londres. Carapaz llevaba unos documentos que los identificaban como a un grupo de estudiantes de arqueología que iban a excavar las ruinas de una antigua plantación de clavo en Zanzíbar. La plantación está situada al lado de la casa de su objetivo, la baronesa Elisabeth von Waldenheim, miembro prominente del partido nazi en paradero desconocido desde hacía casi cuarenta años.

Pero el departamento de Procedencia ha hecho un buen trabajo y ha identificado sin lugar a dudas a aquella baronesa que vive recluida gracias a la peluquera que va a lavarle el pelo y peinarla una vez por semana. La baronesa vive con su colección de arte y con un par de criados que han estado a sus órdenes desde que ella ocupaba un lugar central en el círculo de mayor confianza del Führer. La colección de arte (piezas robadas con la ayuda de

Hermann Göring) debe salvarse, pero los criados no. El dosier de Procedencia es detallado, y la culpa de los Volkmar queda fuera de cuestión. Sus crímenes, y los de la baronesa, están descritos con pelos y señales. El dosier también incluye los planos de la casa y sus alrededores, así como fotografías de los objetivos y de la colección de arte.

A Billie le ha llamado la atención una fotografía en particular. Es de mala calidad, borrosa y en blanco y negro, sin duda una fotocopia de cuarta o quinta generación, y escritas con tinta en el borde aparecen las palabras: «*La reina de Saba levantándose*, Sofonisba Anguissola». Según las notas, la foto fue hecha en 1931 y supone la última imagen que se conserva del cuadro. El tema de la pintura fue bastante común tanto en el arte barroco como en el del Renacimiento. Claude Lorrain, Tintoretto, Lavinia Fontana…, todos habían pintado a la reina de Saba ataviada con un exquisito vestuario acorde a la época de los artistas, suntuosos brocados y gruesos terciopelos que atestiguaban su riqueza legendaria cuando se presentó por primera vez en la corte del rey Salomón.

Pero Anguissola ha optado por un ángulo distinto. Para empezar, ha pintado a una mujer de piel oscura, piensa Billie. Mientras que los otros artistas habían escogido representar a la reina con los cabellos rubios que correspondían al ideal renacentista, Anguissola la presenta tal y como debía haber sido: una reina africana. Y si los otros la pintaron llegando a la corte de Salomón, y siendo recibida a bombo y platillo en una espléndida ceremonia, Anguissola ha preferido retratarla levantándose de la cama tras su tempestuosa noche con el rey, agarrándose a una sábana blanca que contrasta con el color de su piel. Sus manos y muñecas aparecen llenas de hermosas joyas, que Billie identifica como rubíes y esmeraldas, aunque resulta imposible saberlo con certeza a partir de esa reproducción en blanco y negro. Una perla enorme cuelga de una fina cadena que se enreda en sus rizos, descansando voluptuosamente sobre su frente. En sus ojos se aprecia una sabiduría que indica que ella entiende bien dónde está y sabe que tú también. Tras ella hay un lecho imponente con dosel y cortinajes de terciopelo. Y, apenas visible en la maraña de sábanas arrugadas, se ve el muslo desnudo de un hombre dormido, cuyos ropajes y partes de la armadura han quedado desparramados por el suelo. Las ojeras de la reina lo dicen todo. No ha dormido porque ha estado demasiado ocupada conquistando a un rey. Es sensual y a la vez doméstico, dos grandes personajes retratados en un momento íntimo, y Billie se alegra de que su trabajo consista en contribuir en la devolución del cuadro a sus verdaderos propietarios.

Ella no piensa en la baronesa ni en los Volkmar mientras realizan los preparativos. Están acampados en una plantación de clavo en las ruinas de la casa del supervisor y planean utilizar las celdas de castigo que hay debajo para acceder a un túnel que va desde la casa principal hasta el área que antaño alojó a los esclavos que trabajaban la tierra. Vance ha explicado que el propietario original, que no quería ver sus jardines estropeados por el trasiego de los trabajadores, ordenó excavar ese túnel para mantenerlos fuera de su vista. Han pasado décadas desde que dicho túnel se usó por última vez, pero disponen de una semana para adecentarlo y vigilar a la baronesa. Carapaz se ocupará de despachar a los Volkmar mientras que Vance se ha reservado a la baronesa. Es la primera nazi que el Museo ha encontrado en alrededor de una década y eliminarla le asegurará un ascenso. El dinero y el estatus son importantes para Vance, pero nada significa tanto como pasar a la historia del Museo como un asesino de nazis. Esa es la razón por la que existe el Museo y la fe de la Junta en él ha quedado patente al haberle concedido el liderazgo en esta misión. Las chicas solo están allí para avalar la coartada del grupo, que se hace pasar por una expedición estudiantil, y para hacerse cargo de los cuadros.

Los macutos de lona y las mochilas van llenas de prendas indescriptibles conseguidas en tiendas de segunda mano, aburridos libros de texto publicados por universidades (que se compraron nuevos, pero han sido envejecidos con esmero) y herramientas para la excavación. No hay ni armas, ni licor ni pastillas. Incluso el ejemplar de Natalie de la revista *Scruples* se ha quedado fuera.

Zanzíbar es un país islámico y no desean atraer la menor atención por parte de las autoridades.

Viajan en plan modesto, como lo haría cualquier grupo académico con fondos escasos. Los billetes se han adquirido en agencias de viajes baratas y la ruta ha implicado una escala en Nápoles, otra en El Cairo y una tercera en Mombasa, donde cogieron un autobús hasta Dar es Salaam y luego el ferry a Zanzíbar. Al llegar a su destino parecen universitarios con marcas del sol en las caras, cubiertos de polvo y oliendo a perro. Pero el aire marítimo es fresco y tienen una noche reservada en un albergue de Stone Town antes de la acampada. En su doble papel de líder de la misión y supervisor de la excavación, Vance les da unas cuantas horas para que hagan turismo. Exploran los mercadillos de Zanzíbar y admiran las puertas de Gujarati que hay por toda la ciudad, labradas en teca y profusamente embellecidas por adornos de bronce grabados. Sacan fotos de la Casa de las Maravillas y regatean con ahínco por los souvenirs, consiguiendo a buen precio zapatillas de piel y *sarongs*. Mary Alice compra un puñado de pulseras de cuentas de colores, una para cada una, y ayuda a Vance a encontrar un regalo para su novia: un diminuto zafiro en forma de estrella colgado de una cadenita.

A la mañana siguiente están listos para partir antes de la primera llamada a la oración. El trayecto hasta la antigua plantación de clavo que tomarán como base de la operación les lleva dos horas de carretera, de las cuales la última media transcurre sobre caminos en dirección nordeste, salpicados de hoyos y baches, que se alejan de la costa y penetran en el interior de la isla. Montan el campamento con facilidad; levantan tres tiendas: la de ellos, la de ellas y un espacio común. Por si alguien pasa por ahí, plantan un equipo de seguridad, cavan unos hoyos que les sirvan como coartada y los rodean cuidadosamente con una rejilla de cuerda.

Los días pasan; jornadas largas y de un calor despiadado. Están hartas de esperar, de tantas horas muertas y de las plagas. Carapaz las ha informado a conciencia sobre ellas, detallando con gran placer las cosas que pueden hacer las arañas de saco amarillo o los escorpiones rojos.

—¿Harías el favor de callarte? —inquiere Natalie durante la cena de la tercera noche.

—No seas así —dice él dándole un ligero codazo en las costillas—. ¿En serio no te interesan las tarántulas? ¿Ni las arañas tigre? ¿Sabías que su picadura es la más dolorosa que puede hacerte cualquier insecto a excepción de la hormiga bala?

Natalie arroja el resto de su cena al fuego y se larga. Ya no se aguantan, están hartas de hacer sus necesidades entre los arbustos y de no dormir por las noches. Y lo peor de todo es esta espera interminable, las horas eternas de fingir que están excavando en las zanjas que cavaron al llegar. De vez en cuando ven a los Volkmar dando vueltas por la propiedad: el hombre poda con desgana los lirios tropicales, la mujer cuelga la ropa en una cuerda de tender lacia.

Una tarde, Billie sale de la tienda común y respira hondo. El aire de Zanzíbar huele distinto al de cualquier otro lugar. La fragancia herbal ácida de las especias, la sal del mar. Y, por encima de ambos, el fino olor a tabaco. Sigue el aroma hasta un grupo de plataneros y separa las ramas. No se encuentra lejos de la galería de la baronesa, a unos veinte metros más o menos, y alcanza a ver a la anciana sentada entre las sombras, encorvada en su silla de ruedas. Alguien la ha sacado al exterior para que disfrute de la puesta de sol, o para que el humo del cigarrillo no se huela en la casa.

Mientras observa, la esposa del cuidador sale. La señora Volkmar mueve la mano y dice algo en alemán. No se trata del alemán del norte que Billie entiende. Usa un dialecto austriaco que suena a persona irritable. Mueve a la anciana hacia delante y saca un fino cojín para ahuecarlo y recolocarlo donde estaba, luego se marcha bruscamente mientras dice algo por encima del hombro.

La baronesa no responde. Se limita a permanecer sentada, fumando, manchándose el camisón de ceniza gris. Antaño fue una mujer hermosa. En el dosier hay una foto de estudio de ella:

cabello rubio peinado hacia atrás y sujeto por un clip de diamantes con forma de águila imperial. En el retrato su expresión es de satisfacción absoluta, la de alguien que sabe quién es y qué quiere. La tomaron en el punto álgido de su poder, aunque entonces ella lo ignoraba.

Resulta difícil conciliar aquella imagen con la figura encorvada de la silla de ruedas. No siempre se acuerda de sacarse el cigarrillo de la boca para tirar la ceniza a un lado, pero, cuando lo hace, un hilo de baba le corre por la barbilla. Billie casi siente ganas de compadecerla.

Casi. Es capaz de ver la indignidad de la vejez, cómo la vida va menguando hasta que no deja restos de independencia, de poder, de belleza o de libertad. Lo único que queda es la cáscara de un cuerpo que depende de los otros para todo. Es algo terrible de presenciar, pero es la suya, se dice Billie. Parezca lo que parezca ahora, esa mujer ha vivido su vida. Y esa es una posibilidad que les quitó a otros cuando tuvo la oportunidad de hacerlo.

La baronesa levanta despacio sus viejos ojos de reptil hacia Billie, sus miradas se cruzan a través de las hojas. Podría gritar o ponerse nerviosa, y eso le corta la respiración.

Pero la baronesa no hace nada. Sigue sentada, ensuciándose el regazo de ceniza, contemplando la plantación de plataneros y la figura que podría ser un fantasma. Son tantos los que la visitan ahora, fantasmas que van y vienen, recordándole cosas que preferiría olvidar. Ni siquiera reconoce a esta. ¿Se trata de una chica de los campos de concentración? ¿Una de esas que montaron en un furgón y nunca volvieron?

La baronesa no lo sabe ni le importa. Pasado y presente se confunden para ella. Odia a personas que llevan sesenta años muertas y se olvida de la chica que va a cortarle el pelo. Quizá sea esa la que se encuentra entre los plataneros, la joven que viene una vez al mes con sus tijeritas afiladas y le recorta los mechones ralos del cráneo. Diría que aún no le toca, pero tampoco está segura. Gira la cabeza y sigue fumando, y cuando vuelve a mirar la chica ya no está.

Billie deja que los plataneros la oculten y se marcha, nerviosa por lo que viene.

La baronesa morirá esta noche.

En algún momento después de la medianoche, Thierry Carapaz, que lleva fuera desde primera hora de la tarde, regresa a bordo de una furgoneta. Es un vehículo oxidado y abollado que lleva el logo de una marca de café de Tanzania. La ha alquilado con un puñado de billetes viejos de tres países distintos. Le ha crecido una barba morena y densa, y podrían confundirlo fácilmente con alguien del país. Existe una leyenda en Zanzíbar que cuenta que hubo un príncipe persa que desposó a una princesa suajili, y que de esa unión proceden los shirazi, comerciantes que habitan las islas del océano Índico. Las playas son de cremosa arena blanca, suave como el talco, y el agua es de un color turquesa brillante. En unos meses, cuando lo que está a punto de hacer se convierta en un recuerdo, volverá a la costa este para practicar el submarinismo y acostarse con turistas. Las nativas son más guapas, pero ya ha tenido que huir de demasiados padres y hermanos insultados. En su lugar, probará suerte con las modelos que viajan a las playas para las fotos de los catálogos. Por él se desatarán las tiras de sus biquinis y destaparán los frasquitos de cocaína, y él se sentirá en el séptimo cielo hasta que vuelvan a encargarle un trabajo. Thierry no es como Vance Gilchrist ni como las cuatro chicas. No mata porque se le dé bien, mata porque se lo pagan bien y porque tiene un plan, ascender en la organización y vivir rodeado de unos lujos que sus padres solo pudieron soñar.

Detiene la furgoneta cerca del grupo de plataneros, asegurándose de que queda oculto de la casa de la baronesa por si a alguien le da por asomarse. Pero la casa está envuelta en la penumbra y él se imagina que puede oír el sueño entrecortado e intranquilo de sus ancianos residentes.

Está fuera de la furgoneta, con un cigarrillo sin encender en la mano, cuando Billie se le acerca. Le pide fuego con un gesto, pero ella se encoge de hombros y él guarda el cigarrillo. Billie se apoya en la furgoneta con las manos metidas en los bolsillos.

—Si vienes buscando un polvo, tendrás que esperar a que termine el trabajo.

La voz de él es un susurro, tan bajo que no puede rebasar los árboles. La carcajada que suelta ella a modo de respuesta podría confundirse con el canto de un pájaro sobresaltado en pleno sueño.

—Dios, no necesitas abuela.

Él se coloca junto a ella. No es que Billie esté relajada del todo; ha aprendido a no bajar nunca completamente la guardia, pero él no hace el menor gesto para tocarla.

—Tengo un historial bastante bueno —dice él.

—Seguro que sí. Vance me envió a ver si había problemas.

—Dile a Vance que no es mi canguro. Si hubiera problemas, yo me ocuparía de ellos.

—Eh, si quieres competir con Vance para ver quién la tiene más larga, tendrás que ir tú a decírselo. No pienso hacerlo yo.

Ahora le toca a él reírse.

—Eres una tía dura, Billie.

—La dulzura está sobrevalorada.

—No donde yo nací.

Ella se calla y por un instante escuchan los sonidos nocturnos: pájaros, el viento agitando las hojas de los plataneros, y, a lo lejos, el ligero zumbido de un motor en el océano. Un pescador que se prepara para su sesión de noche.

—¿De dónde eres?

Él se encoge de hombros.

—De aquí y de allí.

Ella no dice nada y él aguanta el peso de su silencio hasta que no puede soportarlo más.

—Francia. De Borgoña, para ser exactos. Mi madre era argelina y mi padre español, de las islas Baleares. Por eso me gustan las islas —añade—. Lo llevo en la sangre.

—¿Eran? ¿Ya están muertos?

—Sí. Desde antes de que me uniera al Museo.

—¿Y creciste en Borgoña?

Él muestra su impaciencia con un gesto.

—Haces muchas preguntas.

—Me interesa la gente.

—Pues sí, crecí en Borgoña. En una finca vinícola. No te montes películas, no era de mi familia. Mis padres trabajaban para los propietarios. *Maman* les fregaba los suelos y se ocupaba de la colada. Mi padre trabajaba en el viñedo, pulverizando las viñas con alguna mierda tóxica que acabó por matarle. Fue una agonía lenta y fea. El cáncer de *maman* al menos fue rápido. —Se calla y le lanza una mirada escrutadora—. No pareces entristecerte por mí. Normalmente, cuando llego a este punto de mi trágica historia, la chica ya se está desabrochando la blusa.

—Tengo mis propias historias tristes —dice ella.

—Cuéntamelas y a lo mejor me desabrocho la blusa —sugiere él.

Billie sonríe.

—Me gustas un poco más de lo que querría, pero ni por asomo tanto como tú crees.

—Me parece justo. —Él inclina la cabeza para observarla mejor bajo la tenue luz del cielo estrellado—. Dime, ¿qué buscas en este trabajo, chica americana?

—Bueno, me gusta viajar y lo pagan bien.

Él asiente y ella le devuelve la pregunta.

—¿Qué buscas en este trabajo, francesito?

—Dinero. Tías. Un cochazo. Y una casa…, una casa en París. Incluso sé exactamente cuál. —Billie enarca una ceja y él continúa—. La familia de Borgoña, esa para la que trabajaban mis padres, poseía su propia casa en la ciudad. Esa familia de gilipollas vivió allí durante trescientos años, dando órdenes a diestro y siniestro. Ahora está abandonada. Y algún día tendré suficiente dinero para comprarla. —Se para y la mira de reojo—. Dime, ¿cómo te encontraron?

Ella se lo cuenta, resumiéndole la historia de su arresto por asalto a la autoridad, y él vuelve a sonreír.

—Igual que a mí. Solo que yo tenía dieciocho años y me

acusaron de provocar un incendio. Por eso el Museo decidió que debía especializarme en eso.

—¿Qué quemaste?

—El viñedo donde trabajaba mi padre.

—Joder.

—Y la casa. Con la familia dentro. Por eso la de París está abandonada.

—¿Murieron?

—Todos. Hasta el perro.

Él mira el reloj y se aleja de la furgoneta.

—Venga. Ha llegado la hora.

26

Vale, hemos tenido suerte con Günther. ¿Alguna idea sobre cómo encontrar a Carapaz?

Helen lanzó la pregunta sobre la mesa. Akiko se estaba peleando con el hornillo de Benscombe para hacer la cena mientras Minka fingía ayudarla sentada en un taburete. Las otras cuatro nos dedicábamos a arrojar propuestas al aire, pero nada tenía visos de funcionar. A Carapaz le gustaban las mujeres y el vino, pero eso no ayudaba mucho. Las direcciones de los miembros de la Junta del Museo no eran de las que aparecían en el listín de teléfonos.

—Empecemos por lo que sabemos —dijo Mary Alice con sensatez—. Vive en París.

—Junto a otros tres millones de personas en ciento cuatro kilómetros cuadrados. Eso estrecha mucho la búsqueda —repuso Natalie.

Mary Alice le lanzó una sonrisa maliciosa.

—Puedes ser constructiva o tendré que graparte los labios. Cualquiera de las dos opciones me vale.

Natalie le sacó la lengua, y me apresuré a intervenir antes de que la discusión pasara a mayores.

—Siempre quiso comprarse una casa en París, una en concreto. Pertenecía a la gente que poseía la finca donde trabajaron sus padres.

Helen se animó.

—Eso podría ser útil. ¿Cómo se llamaban?

Me encogí de hombros y paseé la mirada por la mesa. Como tampoco nadie lo sabía, señalé el portátil.

—Tanto su padre como su madre murieron en Borgoña. No creo que el apellido Carapaz sea muy común por allí. Creo recordar que es un apellido español.

Mary Alice suspiró y cogió el portátil. Se puso a teclear durante unos minutos, murmurando algo entre dientes, hasta que Minka se apiadó de ella. Se oyó un ruido como de llaves y de repente la impresora barata del rincón empezó a escupir páginas. Salían un poco borrosas y estaban escritas en un francés provinciano, pero no me costó traducirlas.

—Es la esquela de su padre. En ella consta la dirección como Château d'Archambeau, en Borgoña. Ahora búscanos una propiedad de París que perteneciera a la misma familia —dije dirigiéndome a Minka—. Empieza por el distrito séptimo.

Ella trabajaba con una mano mientras sostenía un pastel de carne con la otra. Cuando no quedaba ni una miga del hojaldre de manzana de postre, ya lo había encontrado. No dijo nada; se limitó a imprimir la información junto con un mapa de los barrios de París y lo dejó todo encima de mi plato vacío.

—Está en el decimoquinto —dijo con una sonrisa. Señaló el punto donde el decimoquinto distrito dibujaba una especie de U, limitada en un lado por el séptimo, en otro por el sexto y en último lugar por el decimocuarto—. Cerca del cementerio de Montparnasse. Perteneció a la familia D'Archambeau hasta 2008. Luego fue vendida a una empresa con sede en Panamá.

—Carapaz —aventuró Mary Alice.

—Es muy probable —asintió Natalie—. Ese año lo nombraron director y eso va acompañado de una jugosa paga extra. Habría podido permitírselo entonces.

—Y ningún director la hubiera comprado a su nombre —añadió Helen—. Una empresa inversora resulta muy convincente.

Me volví hacia Minka.

—Mira a ver si encuentras algo más sobre esa dirección en cualquier base de datos. Buscamos un vínculo con el nombre de Carapaz.

Ella asintió y volvió a su tarea. Las demás recogimos y nos marchamos a hacer nuestras cosas. Conocía lo bastante a Minka para saber que no debía presionarla mientras trabajaba. Tardó otras tres horas, pero, justo cuando íbamos a preguntar, lo consiguió.

Minka me pasó una hoja impresa y yo intenté leer el denso texto con Nat apoyada en mi hombro.

—¿Qué es esto? Parece la transcripción de un chat.

Señalé el plano que nos había proporcionado Minka con la casa de los D'Archambeau rodeada por un círculo rojo.

—Es una especie de tablón de mensajes para la gente del barrio, pero al parecer está orientada a los extranjeros. Todos se quejan de sus vecinos franceses. —Recorrí el texto hasta dar con una línea interesante—. Aquí, una de ellas se queja de su vecino de al lado, monsieur Carapaz, porque da de comer a los gatos callejeros. Los animales entran en el jardín de la señora y ella le echa la culpa de eso a Carapaz.

Natalie apoyó un dedo en el texto de la mujer.

—Dice que reside en el número 20. ¿Qué número era la casa de los D'Archambeau?

Sonreí.

—El veintidós. Lo tenemos.

Nos pasamos toda la noche imprimiendo información. Encontramos planos detallados de la zona, descargamos una breve historia de la mansión de un libro sobre arquitectura parisina descatalogado y nos dimos un paseo a través de Google Earth por la rue d'Archambeau, un diminuto callejón ciego, que salía de la avenue du Maine. Fue Mary Alice la primera en detectar el problema.

—La entrada del callejón es colindante a la estación de tren —dijo.

Helen enarcó las cejas.

—¿Y qué?

—Pues que se trata de una estación con trenes de alta velocidad, moderna y dotada de la mejor tecnología. Estará petada de cámaras de CCTV.

Helen siguió mostrándose escéptica.

—¿De verdad crees que Carapaz ha hecho que alguien pirateara las cámaras de seguridad en beneficio propio?

—No le ha hecho falta —dijo Mary Alice. Estaba revisando las imágenes de Google Earth y se detuvo para señalar un puntito negro situado encima de la puerta principal de la casa—. Tiene las suyas propias.

A través de la pantalla fue rodeando la casa, observándola

desde todos los ángulos, y luego pasó al otro lado de la calle para mirar la vivienda vecina.

—Diecisiete. Al menos he contado diecisiete cámaras —dijo—. Está claro que algunas pueden ser falsas y estar ahí solo para aparentar, pero al menos un puñado deben de estar activas y controladas, sobre todo ahora que Günther ha muerto.

Natalie se había mantenido callada; estudiaba un viejo plano de París que había desenterrado de entre los papeles del estudio de Constance Halliday.

—¿Qué haces con eso? —pregunté—. Está desfasado. No hay ningún Starbucks en él.

Ella sonrió.

—Sí, pero es exactamente lo que necesitaba. Ya sé cómo entrar.

Mary Alice le lanzó una mirada irónica.

—¿Nos dejamos crecer las alas y volamos?

—No, lista —respondió Natalie con aire de suficiencia—. Precisamente al revés. Iremos bajo tierra.

Las primeras reacciones no fueron positivas.

—¿A qué te refieres con eso de ir bajo tierra? —preguntó Helen.

Natalie colocó el plano encima de la mesa y trazó una ruta con el dedo.

—La casa está aquí, en la rue d'Archambeau con la avenue du Maine. La avenue du Maine se cruza con la rue Froidevaux. Y fijaos dónde desemboca esta.

Señaló un lugar en el plano con aire triunfal. Mary Alice dobló el cuello para leer el nombre, que le quedaba al revés.

—Las catacumbas de París. Oh, por Dios, no.

Se cruzó los brazos encima del pecho, pero Natalie no se amilanó.

—Es una idea brillante —dijo.

—Es una idea grotesca. ¿Has estado alguna vez en ese lugar? —inquirió Mary Alice—. Son kilómetros de túneles llenos de huesos. Huesos sobre huesos montados sobre... ¿lo adivinas? Más huesos.

—La parte esencial de tu frase es la de «kilómetros de túneles» —replicó Natalie—. Además, ¿a qué vienen tantos remilgos con los huesos?

—No me gustan —dijo Mary Alice en tono obstinado—. Las calaveras me dan pánico. Parece que te están mirando, pero no tienen ojos. Es antinatural.

—Pues yo diría que es algo completamente natural —arguyó Natalie—. En realidad, es la pura definición de lo natural. Es lo que pasa cuando uno se muere.

—No en mi caso —dijo Mary Alice—. Me incinerarán y Akiko meterá las cenizas en una bonita urna. Algo comprado en Pottery Barn, tal vez. Puedo quedarme en la repisa de la chimenea y que ella me ponga una guirnalda por Navidad.

Observé el plano.

—No es una mala idea —dije despacio.

Natalie sacó pecho.

—Gracias.

—¿Cómo se te ha ocurrido? —pregunté.

—La última vez que estuve en París tuve una cita con un catáfilo.

—¿Con un qué? —preguntó Mary Alice—. ¿Ahora te van las cosas raras en el sexo?

Natalie puso los ojos en blanco.

—Los catáfilos son un grupo de exploradores urbanos de París.

—¿Nada que ver con el sexo duro?

—Esos son parafílicos —dijo Helen acudiendo en su ayuda.

—Quienes tampoco tienen nada de malo, por cierto —añadió Natalie, antes de volver a concentrarse en el plano—. Hay más de cien kilómetros de túneles debajo de la ciudad. Se hacen tours guiados por ahí abajo, pero el tipo con el que salí prefería ir por libre: se salía del recorrido y exploraba los túneles por su cuenta. Nos encontró una boca de inspección muy agradable a la altura de Le Marais.

—Parece romántico —dije.

Ella asintió y, por unos instantes, la expresión de su cara fue evocadora.

—Lo fue. Estuvimos caminando durante horas, luego cenamos algo y pasamos un tiempo desnudos. No volví a quedar con él. Fimosis —dijo haciendo una mueca y se puso la manga por encima del puño para ilustrar el concepto.

—Demasiada información —la regañó Mary Alice.

—Volvamos al plan —ordené—. Nat, ¿qué es lo que sabes sobre los túneles de esta zona? ¿Adónde conducen? ¿Se meten dentro de las casas?

—Sí. Muchos van directos a los sótanos. Hay mucha gente que los utiliza para almacenar barricas de vino, leña, carbón…, todo lo que resultaría molesto guardar en casa. También los usaron como escondrijos o vías de escape durante las revoluciones o en la Segunda Guerra Mundial. Y para confinar sus objetos valiosos. Aquí radica parte del interés de los exploradores: creen que puede haber un tesoro perdido allá abajo.

—¿Y hay mucha gente al tanto de eso? —preguntó Helen.

—Muchísima —le aseguró Natalie—. Se celebran incluso fiestas. No son legales, pero las multas son bajas, así que la gente se arriesga sin pensárselo mucho.

Helen meneó la cabeza.

—Parece peligroso.

—Bueno, claro que hay peligro —dijo Natalie—. Puedes encontrarte con problemas ahí abajo. Algunas rutas están inundadas o inutilizadas. Y será mejor que no os mencione a las ratas.

Helen palideció.

—Odio las ratas.

Natalie le acarició la mano.

—No pasa nada, corazón. Tú no puedes bajar ahí de todos modos.

—¿Por qué no?

—Tuviste una neumonía el año pasado —le recordó Natalie—. Ahí abajo hay al menos cinco variedades de moho que no se encuentran en ningún otro lugar del mundo. Hacen falta unos pulmones muy sanos para aguantar ese aire.

—Oh, cuánto lo siento —dijo Helen. Pero su cara expresaba alivio.

—Vale —dije cruzándome de brazos y con la vista fija en Natalie—. Eso nos deja a ti y a mí. En primer lugar, deberíamos hacer un reconocimiento para ver si podemos llegar hasta su casa por los túneles. Y luego tendríamos que ver si existe la manera de meternos dentro.

Natalie se encogió de hombros.

—Por mí, cuando quieras. Que empiece la fiesta.

28

La fiesta empezó de verdad dos días más tarde. Los preparativos y las maletas llevaron su tiempo. Akiko no se tomó muy bien que volviéramos a marcharnos y Minka reaccionó con un inmenso mohín de decepción.

—¿Por qué no me dejáis ir con vosotras? Soy muy fuerte.

—Lo eres —confirmé mientras terminaba de meter cosas en la bolsa—. Tanto que es mejor que te quedes aquí para proteger a Akiko. Ella no es tan dura como tú —dije, y mentía solo un poco—. Hemos tomado todas las medidas de precaución posibles para asegurarnos de que está a salvo aquí, pero, por si sucede algo, podría necesitar que alguien se ocupase de ella. Puedes hacerlo, ¿verdad?

Milka se enfurruñó, pero a la vez estaba secretamente emocionada de que la hubiera puesto al mando.

—Le enseñaré unos duetos —dijo Minka buscando *Frozen* en el ordenador portátil—. Ella será Anna y yo, Elsa.

Akiko aún parecía un poco aturdida, así que la idea de un karaoke Disney tal vez no fuera tan mala. Además, alguien tenía que cuidar de Kevin.

Usamos documentos nuevos para tomar el ferry de Dover a Calais y allí cogimos un autobús hasta París; llegábamos a la capital francesa en una noche gélida con el cielo escupiendo aguanieve.

París puede ser una ciudad preciosa cuando le apetece, pero ese día estaba de mal humor. Todas llevábamos mallas de running, zapatillas blancas y riñoneras, cual grupo de turistas alemanas dispuestas a la caza de las rebajas de invierno. Habíamos dado con un hotel de precio razonable al borde del distrito decimocuarto, a pocas manzanas de la entrada de las catacumbas. A la mañana siguiente de nuestra llegada, Natalie y yo nos pusimos las pelucas canosas de rizos y, provistas de nuestras respectivas riñoneras, nos acercamos a la entrada principal de la plaza Denfert-Rochereau. Tuvimos que hacer cola para el control de seguridad bajo la mirada escrutadora de un guardia vestido con un abrigo negro.

—Ese tipo se parece a Tom Hardy y yo aquí vestida como Jessica Tandy —rezongó Natalie.

—Estás trabajando —le recordé, y le di un ligero empujón para hacerla avanzar en la cola.

—Se rumorea que Tom será el próximo James Bond. Podría sacudirme el martini tantas veces como quisiera —dijo ella moviendo las cejas. Se las había teñido de blanco a base de polvos, pero seguían teniendo su gracia.

—Dale un descanso a tu libido —repuse—. Y haz el favor de hablar en alemán.

La guía de París que llevaba en la mano tenía una bandera alemana impresa en la cubierta y le di un golpecito con ella.

—*Ja, meine herrische Dame* —dijo ella en tono marcial.

Volví a empujarla. Unos minutos más tarde habíamos rebasado el control de seguridad. Sentado en una banqueta, un empleado con pinta de estar aburrido registraba las entradas con un contador plateado mientras nos volvíamos a abrochar las riñoneras. En ellas lo más interesante que había eran monederos llenos de cupones y tarjetas de crédito, algunos productos de cosmética y un par de souvenirs artesanos. Yo también llevaba un par de ponchos de plástico con la torre Eiffel impresa, comprados a bajo precio a un vendedor ambulante del Pont des Arts. Habíamos hecho una parada en una tienda de ropa de deporte para comprar algunas cosas, entre ellas unas rodilleras que llevábamos discretamente ocultas bajo las mallas. El tour por las catacumbas no se hacía con guía, y lo empezamos bajando la alta escalera circular: ciento treinta y un escalones hasta llegar abajo. El aire era húmedo y frío, y flotaba un olor que no tenía nada que ver con cualquier otro que yo hubiera percibido antes.

—¿A qué coño huele? —murmuré al oído de Natalie.

—A muerte, cariño —dijo ella.

Pero no se trataba de la misma muerte a la que yo estaba acostumbrada. Lidiábamos con ella de una manera rápida y limpia. El olor variaba según si la víctima había recibido un disparo, una puñalada o una dosis de veneno. La sangre despedía un olor agudo y metálico; el del veneno podía hasta ser agradable (yo sentía debilidad por los botánicos). Si te quedabas más tiempo por ahí, el olor ya empeoraba a medida que el cuerpo asumía la relajación de la muerte. Pero en los primeros minutos podía ser perfectamente tolerable si no tenías demasiados remilgos ante el olor de la sangre.

La sangre era algo que yo podía aguantar. Pero Mary Alice tenía su punto de razón en eso de los huesos. Había una breve exposición sobre la historia de las catacumbas, donde se explicaba que, en la época de la Revolución francesa, los abarrotados cementerios se habían convertido en vectores para la propagación de enfermedades, y que por ello se había trazado un plan para exhumar a los difuntos y recolocarlos en un osario. Alrededor de seis millones de cadáveres habían dado con sus huesos en esta ciudad mortuoria. Luego doblamos una esquina y ¡plaf! Ahí estaban los huesos. Las catacumbas eran una serie de cámaras bajas y anchas con huesos acumulados contra las paredes hasta alcanzar casi los dos metros de profundidad. Cada sala daba al menos a otra, con montones de huesos encerrados detrás de vallas. Algunas salas eran temáticas: solo contenían calaveras que sonreían a los visitantes. A su lado había una placa que rezaba: STOP: ESTE ES EL IMPERIO DE LA MUERTE. Esperé que hubiera réplicas de ella en la tienda de regalos porque quería comprarle una a Mary Alice para que la colgara en la cocina.

—Esta debe de ser la sala de los fémures —dije cuando, tras

girar en un recodo, nos plantamos ante un montón de huesos largos de extremos nudosos.

Hicimos un descanso, fingiendo observar con interés un conjunto de huesos mientras los turistas canadienses seguían su camino haciendo fotos por doquier. Una chica se quedó un poco rezagada para postear su selfi (#amorxlosmuertos) y tuve que contener las ganas de ponerle la zancadilla.

Cuando todos pasaron a la sala siguiente, Natalie miró hacia atrás, en dirección a de donde veníamos, y me hizo una señal rápida. Me guio en torno a un pilar repleto de vértebras hasta una portezuela de la pared de piedra. Saqué unas agujas de hacer punto de la riñonera. Tenía a medias una bufanda de Moebius tejida en una lana de un tono piedra bastante insulso. Mary Alice la había dispuesto y me había explicado cómo desplegar la bufanda, soltando los puntos, hasta que las agujas quedaran libres. Con un giro rápido, desenrosqué el extremo de las agujas. En su interior había dos trozos de hilo de alambre muy resistente y los saqué mientras Natalie extraía una tarjeta de crédito de su cartera. Apreté una esquina y se encendió; era una linterna en miniatura que habíamos comprado en la misma ferretería donde conseguimos el alambre. Ella se puso a la tarea, metiendo los alambres en la cerradura. Cerró los ojos y tanteó mientras la alumbraba con la linterna.

De la sala de al lado llegaban los ruidos de un guía que recitaba datos en japonés. No le metí prisa a Nat; me limité a mantener la luz firme y a escuchar el ruido, cada vez más alto, del grupo guiado. Distinguía los clics de las cámaras de sus móviles, el rumor de sus chubasqueros.

Natalie soltó un juramento en voz baja.

—Te quedan unos cuatro segundos —le dije por fin.

Volvió a cerrar los ojos y respiró hondo mientras seguía moviendo la muñeca. La cerradura cedió y ella empujó la puerta. El metal emitió un chirrido horrendo, pero ya habíamos llegado demasiado lejos. Nos metimos dentro, cerramos la puerta a nuestras espaldas y nos tumbamos en el suelo. Había una leve depresión en el terreno y la puerta quedaba oculta por las sombras. Si nadie se acercaba a curiosear, podíamos esperar a que pasara el tour y luego seguir nuestro camino.

Permanecimos tumbadas una al lado de la otra, con los ojos cerrados, sin casi respirar. De repente, supe que no estábamos solas. Unos pasos sonoros se aproximaban, y cuando entreabrí los ojos vi dos zapatillas de talla pequeña con luces que parpadeaban en las suelas.

Una carita se agachó para mirar entre los barrotes de la puerta. Era un niño de unos siete u ocho años.

—¿Quién eres? —preguntó en japonés.

—Un demonio. Y me voy a comer tu alma —dije sonriendo.

Convertí la mano en una garra y él salió corriendo, llamando a su madre a gritos. Tiró del bajo de su abrigo y señaló hacia nosotras, que seguíamos tumbadas en la oscuridad, pero la madre le regañó por inventarse cuentos y lo empujó hacia la sala siguiente.

Natalie se puso de pie.

—¿Eso era necesario? —preguntó mientras se sacudía la ropa.

—Nos ha librado de él —dije. Até el extremo del ovillo a la puerta y le pasé a Nat uno de los ponchos de plástico—. Y, ahora, empecemos la exploración.

29

Cuatro horas y cincuenta giros equivocados después, nos detuvimos. Natalie revolvía el interior de su riñonera en busca de un botellín de agua y unas barritas energéticas que habíamos comprado en la tienda de deportes. Eran asquerosas, pero cumplieron con su función y nos fortalecieron mientras observábamos los alrededores.

Natalie comparaba una docena de mapas distintos que había impreso, superponiéndolos, con el contador de pasos que habíamos cogido y con una diminuta brújula que llevaba colgada del cuello.

—Ahí está —dijo señalando un pequeño tramo de escaleras tallado en la piedra.

Subimos por ahí, esquivando algunos escalones rotos, hasta llegar a una antigua puerta también tallada en la piedra. Le habían puesto un marco y la puerta era sólida, de roble antiguo. La cerradura estaba oxidada y los goznes se deshacían en montañas de polvo rojo. Natalie se dispuso a abrir la cerradura, pero yo estaba demasiado cansada para eso y cogí un trozo de piedra que quedaba a mano. Con dos buenos golpes, la cerradura saltó.

—Muy delicada —dijo ella.

—Natalie, estoy exhausta. Voy cubierta de un barro que, al menos en un setenta por ciento, está formado de muertos y tengo hambre. No me pongas a prueba.

Los goznes estaban tan encallados que tuvimos que abrir la puerta entre las dos. No la dejamos abierta de par en par; no tenía sentido anunciar nuestra presencia por si a alguien le daba por pasar por allí. No nos habíamos cruzado con nadie en todo el camino y así queríamos que siguiera siendo. Nos metimos en una bodega, hace tiempo abandonada, con las barricas vacías y cubiertas de telarañas. Enfoqué la linterna sobre el nombre que aparecía escrito en las barricas y casi solté un grito. D'Archambeau. Natalie me brindó una mirada petulante.

—Natalie, a veces eres más lacia que la masa de un cruasán, pero nadie puede negarte un sentido de la orientación de la hostia —le dije.

En una muestra de tacto, olvidé entonces las horas que habíamos pasado equivocándonos de camino y avanzando por pasillos sin salida. Lo único que importaba era que habíamos encontrado lo que buscábamos.

Avanzamos por la bodega y subimos otro tramo de escaleras que daba al sótano propiamente dicho. Estaba lleno de cunas rotas, damajuanas vacías y montañas de ejemplares de *Paris Match* y otros periódicos, roídos por los años. La única muestra de vida era algún ruido sospechoso: ratones, seguramente. Avanzamos con cuidado en torno a las revistas hacia la puerta de la pared de enfrente. Todo empezaba a parecer un poco demasiado sencillo y cuando nos encontramos con un inconveniente casi sentí alivio. No es que sea pesimista, pero en todos los trabajos surgen complicaciones, y, cuanto antes te las quites de encima, mejor. La nuestra era una flamante y reluciente cerradura biométrica puesta en una pesada puerta de acero reforzado.

Natalie se volvió hacia mí y soltó uno de sus tacos.

—No sé abrir eso, y, aunque pudiera, no tengo las herramientas necesarias para ello.

Busqué una vía de acceso alternativa. A veces, ante una cerradura imposible, los dioses te sonríen y las bisagras quedan en tu lado de la puerta. Martillear el clavo es un trabajo duro, y no llevábamos martillos, pero eso no importaba. Las señales en el marco mostraban dónde se había engarzado la puerta, y los goznes quedaban en el interior de la casa, como debía ser.

Meneé la cabeza.

—Esto está más cerrado que una virgen baptista. Vamos.

Nos pasamos un rato deambulando por la bodega, en busca de cualquier otra vía de entrada. Ya estábamos a punto de desistir cuando Nat la vio. Con un gruñido de satisfacción, se puso de rodillas y empujó a un lado un montón de revistas. Unos cuantos huesos de roedores quedaron a la vista y los aparté de un manotazo.

—No quiero ver un solo hueso más en toda mi vida —dije mientras me arrodillaba a su lado—. ¿Qué has encontrado?

Estaba metiendo los dedos en un panel dispuesto en la pared de piedra. No debía de medir más de un metro y era de una madera frágil que saltó a la mínima. Un aire viciado y húmedo salió de la oscura cavidad.

—Natalie, si acabas de abrir el séptimo sello y provocado el apocalipsis, avísame.

Enfocó la linterna hacia el interior del espacio y metió en él la cabeza y los hombros. Cuando regresó, sonreía.

—Es un hueco por donde pasan las tuberías —me informó, enfocando hacia la maraña de tubos que se perdía en la oscuridad—. Voy a meterme por ahí. No te muevas; si en quince minutos no he vuelto, ve a pedir ayuda.

—¿Que vaya a pedir ayuda? ¿No debería entrar a buscarte?

—No —dijo ella, ya con medio cuerpo metido en el hueco—. Si no vuelvo es porque me he quedado encallada, y, si yo me encallo, tú seguro que no pasas.

—¿Me estás llamando gorda? —pregunté cuando ya se había introducido en el orificio.

La luz débil de su linterna desapareció segundos después y me quedé sentada en el suelo, sin perder de vista el dial luminoso de mi reloj de pulsera. Apagué la linterna y esperé en la oscuridad. No merecía la pena gastar pilas. La única amenaza que podía cernirse sobre mí era la de algún ratón diligente o la de una araña que confundiera mi peluca con un buen lugar donde pasar el rato.

Comprobé el reloj cada cinco minutos, probándome para ver si mi sentido del tiempo era exacto. Resulta sencillo despistarse cuando no te apoyas en indicios visuales. Los minutos pasaban y no había ni rastro de Natalie. Ya había descartado sus instrucciones de ir a pedir ayuda: ¿cómo diablos iba a explicar todo esto a las autoridades? Y ni Mary Alice ni Helen eran muy duchas en lo de manejarse en espacios estrechos. No es que a mí me encantaran, pero nunca había renunciado a un trabajo que me exigiera el esfuerzo de poner a prueba mi resistencia a la incomodidad de no tener libertad de movimientos. Era una manera de fortalecerme y ya casi había decidido ir a por ella cuando vi la luz de su linterna. Venía hecha un asco, con el poncho hecho trizas y las zapatillas cubiertas de telarañas, pero con una sonrisa en los labios.

—¿Sí? —pregunté mientras la ayudaba a salir por la abertura.

—Sí —dijo ella, y su sonrisa se hizo mayor—. Y no se lo esperaría nunca.

Salimos del sótano por la bodega y volvimos a las catacumbas; allí seguimos el hilo que había ido dejando hasta que alcanzamos la puerta. El trayecto de vuelta fue mucho más rápido, no más de veinte minutos ahora que sabíamos el camino. Nos quitamos los ponchos maltrechos y nos los guardamos en el bolsillo. Nos pusimos otros nuevos para cubrir la mayor parte de la suciedad y nos sacudimos las pelucas; nos limpiamos la mugre de la cara con toallitas húmedas. Cuando accedimos a la tienda de regalos desde las catacumbas presentábamos unas mejillas sonrosadas y un aspecto relativamente decente. Charlábamos en alemán sobre el ambiente. Un vigilante medio dormido dio dos clics al contador y nosotras nos despedimos de él con una fugaz sonrisa.

Mientras volvíamos al hotel, paseando tranquilamente por el boulevard Raspail, Natalie diseñó el plan. Lo puse a prueba a base de preguntas, pero ella tenía respuesta para todo.

—Es una gran idea —admití por fin—. Pero nos va a costar un huevo llevarla a cabo.

Natalie sonrió.

—Como en los viejos tiempos.

30

Nos pasamos la mayor parte del día siguiente durmiendo antes de salir hacia las catacumbas a media tarde. Íbamos las cuatro, vestidas con mallas y con los bolsillos llenos de provisiones. Agua, comida y unos ponchos nuevos comprados a nuestro vendedor favorito. Mary Alice y Helen nos acompañaron esta vez. La noche anterior, cuando nos reunimos para cenar y celebrar el consejo de guerra en la habitación de Helen y de Natalie, les explicamos la necesidad de contar con un par de cuerpos de más. Nat y yo nos habíamos duchado dos veces y llevábamos el pelo aún húmedo cuando les expusimos el plan.

—El personal de las catacumbas controla las entradas y las salidas con esos contadores plateados —dijo Natalie entre bocado y bocado de comida vietnamita.

Mary Alice frunció el ceño ante su *bún bò huê*.

—¿Como en las atracciones de las ferias?

—Exactamente —respondió Natalie—. Tecnología básica. Tienen cámaras, pero no hay razón para que comprueben las grabaciones si los números encajan.

Helen picaba con desgana de su envase de *gòi cuôn*.

—Mary Alice y yo nos ocuparemos de eso. Es lo menos que podemos hacer ya que no participamos en el golpe.

—Yo me encargué del último —señaló Mary Alice mientras

cogía uno de los rollitos de primavera de Helen y lo sumergía en su caldo de ternera. Miró mi comida y yo la protegí con la mano.

—Como toques mi *bún cha* te vas a enterar —le advertí al tiempo que pescaba otra empanadilla de cerdo.

Ella gruñó, pero me hizo caso.

—¿Y por qué vosotras —preguntó apuntándonos con el rollito primero a Natalie y luego a mí— no podéis hacer lo mismo que habéis hecho hoy y salir por las catacumbas? Así no habría problemas con el contador.

—Porque las catacumbas cierran a las ocho y media y no podremos ponernos a trabajar hasta bien pasada la medianoche —le dije—. Para que esto funcione, Carapaz tiene que estar dormido.

Natalie relató el resto del plan y nos centramos en resolver los detalles mientras comíamos unas gelatinas con sabor a coco y forma de caritas sonrientes. Mary Alice redactó la lista de cosas que debíamos conseguir y las tiendas donde encontrarlas. Pero Helen no dijo gran cosa. Se dejó la mayor parte de la gelatina en el plato y Mary Alice me miró con inquietud cuando volvimos a nuestra habitación.

—¿Qué pasa? —Yo estaba hecha polvo y notaba un olor débil pero desagradable en la estancia.

—Estoy preocupada por Helen. Apenas come. Es como si se le hubiera apagado la luz.

—Está de duelo —dije. Respiré de nuevo. Sin duda olía raro. Fui a las cortinas y olisqueé. Nada.

—No es solo eso —repuso Mary Alice mientras se ponía la camiseta de dormir. Había perdido la de Snoopy en el Anfítrite, pero la había reemplazado con una de fútbol larga hasta las rodillas—. Pero no sé cuál es el problema.

—Ha perdido el toque —dije sin pensarlo mucho.

—¿El toque?

—Es un término deportivo. A veces los jugadores pierden habilidad. Siempre habían controlado los movimientos y, un buen día, se levantan y ya no pueden… Da igual lo que hagan. Han perdido el toque. A Helen le pasa eso.

—¿Crees que tiene que ver con el trabajo?

Me acerqué a la cama y olí las sábanas.

—Me consta que es así.

Cuando me incorporé, me encontré con la mirada interrogativa de Mary Alice por encima de las gafas.

—Vale. En ese momento no dije nada, pero cuando estábamos en Jackson Square le hice la señal acordada a Helen para que disparara.

Mary Alice parpadeó.

—¿Sí?

—Sí. Y ella no reaccionó. Se quedó helada. Por eso me lo cargué yo.

Ella soltó un silbido largo.

—Mierda. Y te acusamos de actuar por tu cuenta. ¿Por qué no protestaste?

Me encogí de hombros.

—Haberla expuesto no le iba a hacer ningún favor. Hay que tener cuidado con el toque. Es un asunto delicado.

Cogí la almohada y también la olí. Solo despedía olor de detergente.

—¿Y cómo recuperan el toque?

—No hay manera. Les toca esperar hasta que, con suerte, un buen día se despiertan y vuelve a estar ahí.

—¿Y si no es así?

—En ese caso te mandan al banquillo hasta que finaliza el contrato y terminas entrenando un equipillo de monstruos de seis años.

—Los niños de seis años no pueden ser monstruos —dijo Mary Alice—. El hecho de que lo pienses dice mucho de ti.

—Lo que dice es que no has conocido nunca a un chaval de seis años.

Fui hacia el extremo de la colcha para olisquearlo.

—Billie, no quiero ofenderte, pero no tengo más remedio. Ese olor viene de ti. Ve a darte otra ducha, haz el favor.

31

Al día siguiente seguimos la rutina que había dispuesto Mary Alice. Comimos bien y dedicamos el día a cumplir con las compras y los preparativos de manera metódica. Natalie y yo nos llenamos los bolsillos con todo lo que necesitábamos y cogimos dos riñoneras en lugar de una. Los chubasqueros ocultaban la segunda. El tiempo había empeorado: hacía más frío y más humedad, y nos plantamos en fila, cada una con su poncho de vivos y estampados colores. Nos habíamos colocado las pelucas canosas y con unos cuantos minutos de maquillaje habíamos envejecido una década. Un grupo de adolescentes italianos se nos colaron delante de nuestras narices y miré de reojo al cabecilla de la pequeña manada cuando me pisó para unirse a sus colegas. Estaba sacando las agujas de punto, pero Mary Alice me cogió del brazo.

—Tranquila —murmuró.

—No pensaba matarlo —susurré a mi vez—. Pero un pinchacito le enseñaría modales.

—Céntrate en el trabajo. Le pondré la zancadilla cuando estemos dentro —me prometió.

—Eso es una amiga —le dije.

Pasamos por el control de seguridad y avanzamos por la sala de exhibiciones hacia los osarios. Helen estaba pálida, le costaba respirar, y le di un codazo a Mary Alice.

—Llévala rápido al final. Aquí el aire es un asco y tiene mala cara.

Helen me oyó y consiguió esbozar una sonrisa.

—Estoy bien, Billie. Es solo el olor.

—Son huesos mohosos —dijo Nat en tono animado. Miró a su alrededor—. ¿Listas?

—Listas —coreamos las demás.

Tras despedirse con la mirada, Mary Alice y Helen se alejaron y se pusieron a andar en torno a los huesos. Tardaron un poco en encontrar las marcas correctas, pero, media hora más tarde, un par de chicas con sudaderas de Disneyland París entraron. Se quejaban en voz alta de la suciedad del lugar y casi sentí la alegría de Mary Alice desde el otro lado de la sala. Eran perfectas. Se acercó a ellas con un par de ponchos y les dio conversación. Al principio las chicas parecían recelar, seguramente pensaron que les pedirían dinero, pero poco después aceptaron los ponchos y se los pusieron. El plan requería que Mary Alice y Helen cogieran el contador de manos del vigilante y añadieran dos rápidos clics, pero si eso fallaba y se percataban de que faltaban dos personas por salir, recurrirían al vídeo. Y este mostraría a cuatro mujeres entrando vestidas con ponchos de la torre Eiffel y cuatro mujeres vestidas igual saliendo. Llegados a ese punto, harían una ronda y, cuando no encontraran a nadie, se encogerían de hombros y darían el tema por zanjado.

Esperamos un poco, dejando que pasara la última hornada de turistas antes de la hora de la cena. Habría otro pico cuando entraran los tours nocturnos, pero allí ya nos habríamos ido, aprovechando el lapso entre ambos momentos para deslizarnos de nuevo por la puerta. Resultó mucho más difícil cerrarla de lo que había sido abrirla, pero era esencial no dejar ningún rastro de que nadie hubiera salido por ahí.

Recorrimos los túneles, subiendo y bajando, siempre en dirección noroeste. Nos detuvimos en un rincón acogedor para cubrirnos con las mantas y comer algo: allí abajo hacía frío. Nos entretuvimos con juegos de palabras y echamos alguna cabezada por turnos hasta que llegó la hora de volver a ponerse en marcha.

Cuando llegamos a la bodega de los D'Archambeau, nos paramos a revisar el equipo por última vez antes de acceder al sótano. Una rápida ojeada nos aseguró que nada se había movido desde el día anterior. Las telarañas estaban intactas, los montones de *Paris Match* seguían deshaciéndose. Natalie arrancó el panel de madera y nos tomamos el tiempo necesario para sujetarnos unas linternas frontales. Luego nos deslizamos por el hueco, con Natalie delante, marcando el camino.

No había mucho espacio y teníamos que avanzar de lado, con la espalda pegada a la pared de piedra y la parte delantera rozando las tuberías. Cuando llevábamos unos seis metros, las tuberías doblaron en vertical y lo mismo hizo el hueco. Esa parte debió de haber sido una chimenea en algún momento: los ladrillos viejos y la mezcla de mortero deshecha así lo atestiguaban. Saqué una bolsa de magnesio en polvo y metí los dedos en ella antes de pasársela a Nat. Las dos llevábamos zapatillas de escalada, de suela fina antideslizante, y, a medida que ascendíamos, buscando asideros para manos y pies en las paredes, casi podía imaginarme que estaba en el muro de escalada del gimnasio. No tuvimos que ir muy lejos, apenas unos cinco metros, antes de que Nat se parara, con los pies apoyados en un saliente. Las tuberías dibujaban un ángulo de noventa grados; estábamos justo en el exterior de un cuarto de baño. Delante de Natalie había una rejilla, casi del mismo tamaño que la abertura del sótano, prendida con una serie de grapas.

Nat sacó una navaja suiza y la convirtió en un destornillador plano. Acababa de apoyarlo en la primera grapa cuando oímos el silbido. Nat se paralizó, herramienta en mano, y me miró con los ojos muy abiertos. Al inicio fue solo una nota baja, que fue tomando la forma de una melodía. Tardé un minuto en reconocerla, pero cuando lo hice casi solté una carcajada.

—*Uptown Funk* —dije solo con los labios.

Esperamos a que las notas desaparecieran. Hubo un silencio, un ruido metálico y luego el chorro de la cisterna del retrete. El agua corría por la tubería a nuestro lado y Natalie puso cara de asco.

—Dios, espero que fuera solo pis —murmuré.

Me dedicó un gesto amenazador y yo dibujé una cremallera sobre mis labios. Miró el reloj y asentí. Eran la una de la madrugada pasadas y, con suerte, ese viaje al cuarto de baño significaba que Carapaz iba a acostarse.

Para asegurarnos, esperamos media hora antes de que Natalie se pusiera a la tarea. Tardó un montón en sacar las grapas. Fue cambiando de lado y luego se concentró en la parte de arriba. Cuando hubo terminado con eso, me hizo una señal, subí y me apreté a su lado. El panel metálico no era solo una rejilla, sino la parte trasera de un armario: el botiquín del cuarto de baño de Carapaz. Juntas lo desencajamos despacio. Lo peor fue manejarlo para apoyarlo sobre el lavabo sin hacer el menor ruido. La abertura donde se hallaba empotrado el botiquín era ahora un rectángulo vacío y Nat asomó la cabeza. Echó un vistazo al baño y levantó el pulgar. Pasamos entonces a la fase dos. Entrelacé los dedos para que Nat se subiera encima y la empujé hacia arriba. Lo logró a la primera y, un minuto después, vi asomarse una mano, de nuevo con el pulgar levantado.

Al ser un poco más alta que Nat, me resultó más fácil subir. La encimera del lavabo era una moderna pieza de hormigón con incrustaciones de diminutos fósiles y estaba vacía de todo producto. Un impecable lavamanos de vidrio ahumado descansaba sobre ella, y me senté a horcajadas encima de él antes de ponerme de pie sobre la encimera. Nat tendió una mano para ayudarme a bajar. Caí de pie sobre la alfombra flokati. Permanecimos en silencio, atentas a cualquier sonido. Se oyó un rumor de sábanas procedente del dormitorio de Carapaz y luego un pedo largo seguido de un ronquido.

Dios, me encantan los hombres, pero son asquerosos. Esperamos unos cuantos minutos más para asegurarnos de que seguía dormido antes de salir del cuarto de baño. La luz de la mesita de noche seguía encendida, con una intensidad muy suave. Había una carpeta abierta sobre la cama y él aún tenía las gafas de leer apoyadas en la nariz. Natalie entró primero, avanzando sin hacer ruido por el suelo de madera. Tras la moderna atrocidad del cuarto de baño, yo me esperaba que hubiera remodelado toda la casa, pero me alegró comprobar que conservaba los suelos originales. Había un trecho largo hasta llegar a la cama: una muy grande, estilo californiano, que parecía excesiva para un dormitorio parisino. La habitación estaba caldeada: sin duda había instalado la calefacción central en algún momento. Quizá por eso, la colcha estaba arrugada entre sus piernas, como si hubiera intentado retirarla mientras dormía. Eso me hizo preguntarme si dormía bien.

«¿Tienes mala conciencia, perro?». Me moví a la sombra de Natalie hasta que llegamos al extremo de la cama, donde nos dividimos. Ella fue a la derecha, yo a la izquierda. Él estaba tumbado boca arriba, roncando con suavidad y con una mano metida detrás de la almohada. Hice un gesto rápido con la cabeza hacia Natalie. No hacía falta ser un genio para darse cuenta de que ahí guardaba una pistola, y que la agarraba con esa mano, incluso mientras dormía. Una persona bien entrenada y en estado de alerta podría reaccionar a cualquier situación en no más de un segundo y medio. A eso había que añadirle los segundos que tardara en despertar, y uno o dos más por el tema de la edad. Aun así, seguía sin gustarme. Cinco segundos no eran mucho tiempo para desarmarlo, sobre todo a nuestra edad. Yo había llevado bien la escalada, pero los brazos y las piernas me temblaban del esfuerzo, y me figuré que Nat debía de estar más o menos en el mismo estado.

Nat miró hacia su brazo y asintió. La mano con la pistola quedaba en mi lado, lo que significaba que me tocaba a mí neutralizarlo mientras Nat terminaba con él. Sacó de nuevo la navaja suiza y esta vez escogió la hoja más larga. Apenas tenía cinco centímetros, pero estaba afilada como una navaja de afeitar. Mientras dejábamos pasar el tiempo en los túneles, habíamos debatido largo y tendido sobre dónde debía darle. Yo me decantaba por la arteria subclavia, pero Natalie prefería la carótida.

Nos miramos y contamos con los labios.

Uno. Dos. Tres.

Probablemente deberíamos haber acordado si había un «ya» después del tres. En mi cabeza era «un, dos, tres, ¡ya!», pero Natalie se lanzó al llegar al tres y yo la secundé apenas medio segundo después. Se abalanzó sobre la cama, llevando la hoja a su cuello y haciéndole un tajo firme. Él abrió los ojos y un gemido salió de su boca justo cuando me precipité sobre él. Seguía teniendo la mano bajo la almohada, pero sus dedos debían de haber apretado el gatillo en un acto reflejo, porque una bala agujereó la almohada y llenó el aire de plumas. Aunque de su garganta manaba un chorro de sangre se las apañó para agarrar a Nat del cuello con la mano que tenía libre; ella le hizo un corte en el brazo que rajó la manga de su pijama, con tanta suerte que el tajo le segó la arteria ulnar y la sangre salió disparada formando un arco.

Todo sucedió en unos segundos, pero bastaron para que se iniciara el caos. Él se desangraba, sentado en un manantial de sangre, y aun así consiguió apretar un botón de la mesita de noche. El sonido de una alarma, vibrante y agudo, recorrió el aire y a mis oídos llegaron los ladridos de un perro guardián que recordaba al sabueso de los Baskerville. Oímos pasos que se acercaban por la escalera y nos alejamos de la cama. Por razones que no sabría explicar, en la huida cogí la carpeta. Aunque se estaba muriendo, Carapaz no se rendía con facilidad. Todavía conservaba la pistola y abrió fuego dos veces; una de esas balas me acarició el hombro mientras corríamos desesperadas hacia el cuarto de baño. Natalie cerró de un portazo y pasó el pestillo mientras yo iba a abrir la ventana.

Nat se había vuelto a meter en la abertura y desde allí susurró:

—¿Qué coño estás haciendo? ¡Date prisa!

Me guardé la carpeta dentro de la camiseta usando el sujetador para que no se cayera. Luego me metí en el hueco, justo cuando sonaban los primeros golpes en la puerta del baño. Recolocamos el botiquín en su sitio. No había tiempo para clavarlo, lo único que podíamos hacer era cruzar los dedos para que aguantara en su sitio.

Nos deslizamos hacia abajo, casi cayéndonos con las prisas para llegar al fondo. Natalie ya estaba en el sótano cuando una ráfaga de disparos se cargó el botiquín. El cristal delantero se hizo añicos contra los ladrillos, cubriéndome de trocitos de vidrio. Yo había llegado casi al fondo, pero los guardaespaldas de Carapaz ya se asomaban. Eran grandullones, gruesos como jugadores de rugby, y no había manera humana de que pudieran meterse en el hueco. Pero tenían pistolas, que empezaron a disparar de inmediato. Disparaban hacia la oscuridad y las balas rebotaban sobre los ladrillos, partiéndolos en trocitos que me caían sobre el pelo. Era cuestión de tiempo que a alguno de ellos se le ocurriera usar una linterna, pero, antes de que llegaran a hacerlo, unas manos me agarraron de los tobillos y tiraron de mí con fuerza. Natalie me arrastró al sótano y ambas nos pusimos de pie, jadeantes. No nos atrevimos a parar por si alguno de aquellos tipos se percataba de cómo el hueco encajaba con la estructura de la casa.

Corrimos por el sótano, tropezando con los montones de revistas. Al verlas caer se me ocurrió una idea y encendí el mechero. El papel estaba húmedo y mohoso, pero el fuego prendió. Cuando salíamos, la bodega estaba llena de humo. Cerramos la puerta y seguimos nuestro camino, avanzando durante horas por pasillos que eran demasiado estrechos para que ellos nos siguieran si les daba por intentarlo. El aire se hacía más frío y más húmedo, y apestaba a cosas en las que prefería no pensar.

Nos detuvimos para que Natalie recuperase el aliento. Estaba pálida y se aguantaba el costado con la mano como si tuviera una herida. Yo llevaba la camiseta empapada en sangre por la rozadura del balazo en el hombro y Nat señaló hacia él.

—¿Estás… bien? —preguntó.

—Solo es un rasguño —dije sin más explicaciones. Miré en derredor, pero nada de ese lugar me resultaba familiar—. ¿Tienes idea de dónde estamos?

Meneó la cabeza y yo habría soltado una maldición si me hubieran quedado fuerzas para hacerlo. En su lugar, le puse una gelatina energética en la boca y volvimos a empezar. Llegamos a un túnel bastante ancho que casi podría haber sido un camino vecinal, con muchas puertas. Al empujar la primera me encontré con un tramo de escaleras. Arrastré a Natalie hacia arriba hasta que dimos con una puerta cerrada. A pesar de que estaba casi exhausta, se frotó las manos para que entraran en calor y logró maniobrar con el alambre para abrir la cerradura.

La puerta daba a una cabaña de piedra, pequeña y sin ventilación alguna, donde solo había unas cuantas herramientas oxidadas y un montón de macetas.

—Parece el cobertizo del enterrador —dije.

Había otra puerta en la pared de enfrente y esta no estaba cerrada. No me sorprendió: no había nada dentro que mereciera ser robado. Cuando la abrimos, notamos la caricia helada del aire. Era aire fresco. Salimos hacia un paisaje de otro mundo, un mar de cruces pálidas que se extendía hasta donde nos alcanzaba la vista. En el centro, sobre un ligero montículo, se alzaba una torre circular.

Sonreí.

—Bienvenida al cementerio de Montparnasse —dije, echándole un brazo sobre los hombros—. Lo hemos logrado.

32

Julio, 1981

Vestidos con ropa oscura y zapatillas de suela de goma, salen de las
tiendas y se dirigen al foso de la excavación. La entrada al túnel ha
sido apuntalada con madera y entran con facilidad. Thierry Carapaz va provisto de una mochila pequeña; el resto llevan linternas
y unas herramientas lo bastante pequeñas para caber en los bolsillos. El aire del túnel está viciado y huele a humedad; para cuando
llegan al sótano todos están sudados. Se mueven en fila india a la
luz de la linterna de minero que Vance Gilchrist lleva prendida a
la cabeza. La apaga cuando llegan al sótano de la casa principal,
donde esperan unos minutos, agachados en la penumbra y dejando que los ojos se acostumbren a ella. Es la tercera vez que han
ido al sótano en misión de reconocimiento. Aparte de un montón
de latas de aceite y un enjambre de moscas muertas, no hay nada
más en aquella sala de paredes de piedra. La línea telefónica desciende por una de esas paredes y Mary Alice la corta. La casa de
la baronesa ha quedado aislada del mundo exterior.

Unos cuantos escalones llevan a la puerta de la casa, y Natalie es enviada con las herramientas necesarias para untar los goznes de aceite y abrir la cerradura. Trabaja por tanteo, y al terminar suelta un silbido bajo. Se unen a ella en la escalera y esperan a
que Vance les haga la señal, otro silbido que imita el canto de los
pájaros del jardín. Cuando se produce, entran una por una en la

cocina, donde hay una luz encendida. Es una estancia pequeña y sucia, separada del comedor por un tabique fino. El hornillo es diminuto y está unido a la bombona de gas a través de un cable. Carapaz se arrodilla a su lado. En silencio va sacando sus herramientas mientras Vance y las mujeres se separan. Mary Alice debe proporcionar a Carapaz todo el refuerzo que necesite, y Natalie y Helen aguardan la señal para empezar a ocuparse de las obras de arte.

Tres meses antes, un agente de Procedencia que fingía ser fontanero logró acceder a la casa y luego dibujó un plano de memoria, plano que ellos han memorizado. Billie ha caminado mentalmente mil veces por estas habitaciones oscuras y cuenta los pasos mientras sigue a Vance por el comedor, y luego hasta el amplio vestíbulo que da al dormitorio de la baronesa. Vance se detiene, con la mano en el pomo de la puerta, esperando a oír el rumor de los muelles de la cama y la respiración baja y ronca.

Abre la puerta y cruza el umbral. Al instante, la luz de la mesita de noche se enciende. La baronesa está despierta, con un revólver en una mano y el teléfono en la otra.

Vance levanta las manos, sonriente.

—Buenas noches.

No la tranquiliza con cuentos ni finge que no pasa nada, y Billie le respeta por ello. La baronesa suelta una letanía en alemán, escupiendo las consonantes mientras avisa a gritos por teléfono a sus cuidadores. Pero no viene nadie, y en el último momento ella parece entenderlo.

Deja el teléfono y lleva esa mano al revólver para mantenerlo firme. Apunta directamente a Vance y Billie entra en la habitación. Es el procedimiento estándar en esta clase de situaciones y así se les ha entrenado. Dos objetivos confunden al tirador, y eso les concede un tiempo precioso.

—Tranquila —dice Vance seguro de sí mismo—. Si aún no ha disparado, ya no lo hará.

Casi acaba de pronunciar la última palabra cuando la baronesa abre fuego, acertándole en el cuello.

—Mierda —murmura él llevándose la mano al punto donde la bala le ha rozado la piel, quemándosela antes de acabar metida en un cuadro que cuelga detrás.

Antes de que pueda volver a apretar el gatillo, Billie pone la mano encima de la de la baronesa. Es como coger unos huesecillos de pájaro: una piel fría e inerte, apenas un poco de carne recubriendo el esqueleto.

La vieja levanta la vista hacia Billie y la mira con ojos negros, cargados de odio. Dice algo que Billie apenas oye, ya que los oídos aún le zumban por la detonación del disparo en aquel cuartito. En el tiempo que ha tardado en llegar hasta el lado de la cama de la baronesa ha echado un vistazo a la mesita de noche y ha visto la cesta de costura, unos ovillos de lana atravesados por unas largas agujas de tejer.

Billie levanta la mano y la baronesa no siente nada, apenas un ligero pinchazo en la parte baja del cuello. Cuando Billie retira el puño, llega un calor líquido y viscoso. La arteria subclavia, conocida como «el pozo» por la cantidad de líquido que contiene, está severamente cortada. Una persona joven y sana se desangraría en menos de dos minutos por una herida así, pero la baronesa ya agoniza. Abre la boca varias veces sin llegar a pronunciar palabra. No cierra los ojos: contempla a Billie mientras la vida se le escapa, y lo último que ve es a una chica rubia que sonríe satisfecha por un trabajo bien hecho.

Vance se presiona el cuello con la mano, la sangre se le cuela entre los dedos. Su cara es la viva imagen de la rabia y Billie se da cuenta demasiado tarde de lo que acaba de hacer. Ha pasado más de una década desde que el Museo encontró al último nazi y esta debería haber sido una presa de Vance.

—Era mía —dice con voz ronca.

—Te disparó…

Vance se cierne sobre ella, colocando su rostro tan cerca del de Billie que ella puede verse reflejada en sus pupilas, boca abajo y muy, muy pequeña.

—Era. Mía.

Por un momento Billie piensa que va a golpearla y sus dedos agarran con firmeza la aguja de tejer que conserva en la mano. No piensa ser la primera en atacar, pero, si se atreve a tocarla, no va a rendirse sin luchar.

Él posa la mirada en la aguja y esboza una sonrisa fría y desganada.

—Mira, bonita, si quisiera castigarte por esto, estarías muerta antes de verme venir. No eres mi igual, y no cometas el error de pensar lo contrario. He olvidado más cosas sobre cómo matar de las que tú aprenderás en tu vida, así que termina el trabajo y desaparece de mi vista. —Señala el cuadro que hay en la pared—. Bájalo. Consta en el manifiesto.

Ella descuelga el cuadro de la pared y se apresura a ir hacia el comedor, donde Natalie está envolviendo el resto de los cuadros. Trabajan en cadena, metiendo las obras de arte en el sótano, protegidos por la oscuridad, hasta que la casa queda desvalijada. Transportan las pinturas por el túnel y colocan un montón de escombros a modo de barrera para cerrar el sótano. Amontonan los cuadros con cuidado y organizan otro montón de escombros para protegerlos de la zona de la excavación.

Sucias y agotadas, se desplazan hasta los plataneros y observan desde ahí. Carapaz ha medido el tiempo a la perfección, y, justo cuando se colocaban detrás de las grandes hojas verdes, la bombona de gas explota. Ha dejado un rastro de gasolina en torno a la casa, por lo que el fuego prende rápido, escalando por las paredes e incendiando el techo. Se oye un rugido amortiguado cuando el fuego alcanza la habitación de la baronesa. Las ventanas estallan debido al calor y este casi les llega a la cara.

—Joder —murmura Natalie.

Las paredes de la casa parecen inhalar y luego exhalar nubes de humo que ascienden hacia el cielo nocturno. Billie se inclina hacia delante, pero entonces el tejado se desploma entre chispas. Las vigas se parten con un crujido y la noche entera parece arder.

Pero la plantación está aislada, y el vecino más próximo queda a kilómetros de distancia. Nadie acude. Cuando el fuego se convierte en cenizas ardientes, regresan con los cuadros. Vance Gilchrist va tachando de la lista cada una de las obras de arte a medida que las identifican.

—*Muchacha en el bosque*, de Van Gogh. *Medusa*, de Caravaggio. *El doctor de la peste*, Bruegel.

Para enviar las pinturas han comprado un juego de puertas de Gujarat, de madera profusamente labrada pero sin gran valor real. Cada puerta tiene un panel anterior y otro posterior, que se unen con unas tiras clavadas en torno al perímetro. Han dedicado las tardes a extraer con cuidado los clavos que sujetan las tiras del fondo, la parte en la que menos se fijan los inspectores de aduanas. Usan la misma palanqueta para liberar los cuadros de sus pesados marcos y para deshacer los tacos que sujetan los lienzos en los bastidores. Dichos lienzos, ya libres de marcos y bastidores, se introducen en el interior de la abertura de las puertas, que serán embaladas y enviadas a una empresa de importación de muebles que el Museo posee en Milán. Una vez allí, los cuadros serán restaurados, enmarcados y devueltos con discreción a las familias a quienes se los robaron. El departamento de Procedencia se enorgullece de encontrar a los propietarios perdidos, buscando en los registros de inmigración y en los catálogos de las galerías hasta que se aseguran de cuadrar la obra con su auténtico propietario. Todas las obras que no pueden reintegrar a sus dueños se mantienen en un almacén suizo climatizado a la espera del día en que puedan ser devueltas.

La última de la lista es la pintura que ha quedado tocada por la bala de la baronesa.

—*La reina de Saba levantándose*, de Sofonisba Anguissola— dice Vance.

No menciona el orificio de bala que presenta en una esquina; Billie tampoco, pero observa cómo desaparece aquel rostro pintado en el interior de la puerta.

Pasarán casi cuarenta años antes de que vuelva a verla.

33

os fuera de juego, nos falta uno», me repetía mientras me preparaba un té. La frase me martilleaba en el cerebro, tan inclemente como la lluvia que no cesaba de caer un día tras otro. Aunque hacía solo tres días que habíamos vuelto, Inglaterra me estaba sacando de quicio. Para empezar, notaba cada segundo de mis sesenta años después del golpe contra Carapaz. Músculos que tenía olvidados estaban tensos y doloridos, y tenía las rodillas y los nudillos hechos polvo. Mary Alice me había cosido la herida del hombro con puntos diminutos y precisos, pero seguía escociéndome una barbaridad, y, cuanto más me picaba, más empeoraba mi humor.

El hecho de que fueran pasando los días sin que tuviéramos un plan para encontrar a Vance Gilchrist también era una molestia palpable. Empezamos a picarnos las unas con las otras, pero eso no ayudó. Al poco tiempo la casa se llenó de portazos y de la música que cada una ponía, a todo volumen, para sofocar las otras. Natalie hacía sonar a Lizzo por el móvil por encima del Babymetal que Minka ponía en el ordenador. Helen desenterró un tocadiscos que aún funcionaba de la buhardilla e incluso encontró un disco medio rayado de Carole King. No podía competir con la ópera barroca de la BBC que Mary Alice escuchaba en la radio. Dido soltaba sus últimos aullidos cuando me rendí y me fui al cobertizo del jardín con un paquete de tabaco, una libreta y la carpeta que habíamos sustraído en casa de Carapaz. Apilé unos sacos de abono hasta hacer una especie de sofá y me senté a escuchar a Creedence Clearwater Revival y a fumar con los dedos entumecidos. Si hubiera sido verano, quizá me habría hecho compañía un conejo curioso o un ratón simpático, pero en aquel cobertizo nada recordaba a Beatrix Potter. Era un lugar gélido e inhóspito, y la punta de la nariz me quemaba de frío.

Cuando se decidía una misión, Procedencia enviaba un paquete donde constaba la información preliminar que había recabado. El paquete siempre tenía el aspecto de algo que te enviaría tu tía abuela, una carta amistosa escrita en papel con membrete y un surtido de recortes de periódicos y revistas, además de recetas y patrones de costura. Cada escuadrón del Museo poseía un tema propio, ideado durante el entrenamiento. Todas las comunicaciones que nos llegaban a nosotras venían en un tipo de papel encabezado por la ilustración de una niña que cuidaba a un rebaño de ovejas. Era un juego con el nombre en código de Constance, la Pastora, y las cartas siempre llevaban la firma de «Tía Constance», aunque el texto había sido escrito por cualquier cascarrabias de Procedencia. No hacíamos el menor caso a dicho texto y en su lugar nos centrábamos en el dibujo, que presentaba sutiles variaciones en función de la información a transmitir. El número de ovejas nos informaba de cuántas semanas disponíamos antes del golpe; la dirección en que miraba la pastorcilla o el color del lazo de su pelo… todo eran piezas sueltas que iban conformando un puzle. Y en cada página del paquete se iban añadiendo más detalles hasta que sabíamos a quién debíamos matar, qué lugares serían más propicios, cuáles eran los hábitos del sujeto, sus intereses personales y sus puntos débiles más evidentes.

Tras decodificar la información del paquete, nos correspondía a nosotras diseñar el plan de actuación. Nos coordinábamos con Adquisiciones para los suministros y la logística para llevarlo a cabo, y un equipo de ese departamento se encargaba siempre de proveernos con todo lo necesario además de controlar el desarrollo de la acción. Al inicio nuestros planes debían ser aprobados por el director del departamento de Exhibiciones, pero, después de que nos hubiéramos probado con éxito, empezamos a trazarlos por nuestra cuenta. Yo seguía una rutina para hacerlo.

El día que llegaba un paquete me despejaba la jornada. Cancelaba todas las citas, restablecía nuevas fechas para las entregas de mi trabajo como traductora freelance. Luego me sentaba con un paquete de Eves y el mechero de plata que mi madre se había olvidado en casa el día que se fue. Junto al encendedor y el tabaco, preparaba una libreta nueva y un lápiz Ticonderoga, con la punta afiladísima. Después metía en hielo una botella de Big Red y me instalaba. Las ideas nunca llegaban hasta que llevaba un rato sentada, fumando y escuchando el crujido del hielo, bajo un aire cargado de humo y del aroma a algodón de azúcar del refresco. Mientras pensaba hacía girar el mechero entre los dedos, gastando las incrustaciones de turquesa como si fuera un rosario.

Cuando llevaba ya el primer medio vaso y había consumido un par de cigarrillos, cuyas colillas reposaban en una salsera de baquelita que hacía las veces de cenicero, empezaba a hacer anotaciones. Nada organizado al principio: ideas al azar, preguntas, posibilidades. No me censuraba, me limitaba a escribir todo lo que se me ocurriera. Seguía así, fumando, escribiendo y bebiendo hasta que los cigarrillos me provocaban jaqueca y el refresco me daba dolor de estómago. Y para entonces el plan estaba allí, sin refinar, pero con los puntos más importantes bastante claros. Solía tardar varios días en terminarlo, días que dedicaba a pulir los flecos y redondearlo todo hasta obtener un esquema nítido. Ese había sido mi método durante cuarenta años y nunca me había fallado.

Pero ahora no tenía a mano un lápiz Ticonderoga ni un paquete de Eves, y, para mi puta desgracia, tampoco una botella de Big Red. Disponía de una libreta barata con una cesta con perritos en la cubierta y un rotulador que olía a chicle. Y el mechero. Lo saqué del bolsillo y encendí uno de los horrendos cigarrillos que quedaban de la mezcla que habíamos usado con Günther.

Era áspero y barato, y me hizo toser hasta las lágrimas hasta que me decidí a apagarlo con la suela de la bota. Acaricié el mechero con el pulgar, notando todas las incrustaciones de turquesa, alisadas tras años de roce. Era pesado y no especialmente bonito; no me cabía duda de que mi madre se lo había robado a uno de esos hombres a los que llamaba «novios». Hubo muchos, todos ligeramente parecidos, provistos de coches vistosos y esposas ingenuas. Salía con ellos durante un periodo de tiempo que oscilaba entre un fin de semana y un año entero en función de lo bien que se les daba convencerla de que esa vez sí que había conocido a un buen hombre que se ocuparía de ella. Nunca veía las señales, o prefería no verlas. Se sacudía la melena rubia, se daba otra capa de carmín en los labios y se montaba en el siguiente Chevrolet Camaro, convencida de que aquella vez las cosas serían distintas.

Pero nunca lo eran. Se hizo mayor, que no más lista, y con la edad llegó la desesperación. Deseaba con gran fuerza ser amada, pero el amor de una hija no le servía, no era el amor que buscaba. Así que aprendí a reprimirlo para no molestarla. Me quería más cuando no le pedía nada, de manera que llevé mi amor por ella en solitario hasta el día que se largó para siempre. Se fue con un hombre, claro, uno que iba hacia California. Tenía barriga y llevaba la camisa abierta hasta el ombligo, pero conducía un Cadillac y tenía grandes planes para hacerse rico. El hecho de que una niña fuera un obstáculo indiscutible para él no la detuvo; seguramente ni siquiera la frenó un poco. Cogió todo lo que sería fácil de empeñar, y por eso sé que el mechero se le olvidó por accidente. Era de plata y habría podido sacar unos dólares para llenar el depósito o una barrita de nueces pacanas de Stuckey's.

Al principio confié en que volvería a por mí. Usé el mechero en una vela de cumpleaños. No tenía pastel: el presupuesto de la abuela no daba para tanto y ella ni siquiera se había acordado de la fecha. Pero encontré una vela rota en una caja de la despensa y la encendí con el mechero de mi madre; pedí el mismo deseo que cuando robé una pata de conejo de la tienda de todo a un dólar solo para poder frotarla.

El deseo nunca se cumplió. Usé el mismo mechero para quemar la postal que me envió desde Venice Beach en la que me contaba lo maravilloso que era todo y que no podía pagarme el billete de autobús para que fuera a verla. Después de eso dejé de esperar el correo y de mirar atrás. Sin embargo, conservé el mechero. Lo usaba cuando quería quemar las naves: con él prendí fuego a las notas del colegio y a los informes negativos de mi conducta, a las cartas de rechazo y a las notificaciones de despido. Volvía a enganchar las incrustaciones de turquesa cuando se caían, lo recargaba y lo mantenía limpio. Durante mis primeros años con el Museo me moví a menudo. Por eso prefería alquilar apartamentos amueblados e ir ligera de equipaje: mis posesiones cabían en una sola caja, fácil de transportar de un lugar a otro. Dichos enseres fueron cambiando con los años, pero el mechero se mantuvo constante, lo único que siempre llevaba en el bolsillo. Lo usé para quemar notas y para prender fuegos siempre que la ocasión lo requería. Estaba en la mesita de noche la primera vez que me acosté con Taverner y lo usé para encender un cigarrillo el día en que me despedí de él para siempre, un momento en el que la mano me temblaba tanto que apenas podía hacerlo funcionar. Era una especie de talismán y nunca me había fallado.

Hasta ahora. Fui dándole vueltas en la mano, pero lo único que notaba era su peso y su frialdad al tacto. No sentía la menor inspiración sobre cómo encontrar a Vance, solo el frío penetrante del cobertizo y el peso del objeto de plata que tenía en la mano. Lo encendí y contemplé la llamita. Pasé la mano por encima y me calentó un poco, aunque lo hacía sobre todo para matar el tiempo. Con cada pasada, acercaba la palma un poco más a la llama.

Abrí la carpeta que nos llevamos de casa de Carapaz y hojeé el contenido. Podía dar gracias al instinto que me hizo cogerla: era nuestro informe, el que habían preparado para la Junta alegando que íbamos por libre. Como cualquier otro material que se hacía llegar a la Junta, estaba escrito en un tono aséptico, exponiendo las pruebas como migas de pan que los directores debían seguir. Había un apartado dedicado a cada una de nosotras con los asesinatos que, supuestamente, habíamos perpetrado por dinero. Revisé las páginas releyendo todos los detalles. Eran ridículos: objetivos de los que nunca había oído hablar, métodos que usé pocas veces. Toda la historia me olía fatal, como si la hubieran organizado demasiado rápido o lo hubiera hecho alguien con poco tiempo para dedicarle.

Encendí otro pitillo —por desagradable que fuera necesitaba la nicotina— y exhalé una bocanada de humo despacio, dibujando anillos en el aire. Humo y espejos, a eso se reducía el informe; una excusa de la que echar mano por si alguien preguntaba por nosotras. El expediente era de los antiguos, con cubiertas de cartulina y un largo corchete metálico a un lado. Los brazos del corchete atravesaban las páginas agujereadas, manteniéndolo todo claro y ordenado, y unos cierres pequeños servían para dejar temporalmente sellados dichos brazos. Así uno podía pasar las páginas como si estuviera leyendo un libro, con las páginas unidas por el centro. Abrí los cierres y estiré los brazos del corchete para sacar la cubierta. Fui sacando página tras página hasta que lo vi: una diminuta serie de números dispuestos en vertical en uno de los márgenes interiores. Todos los informes llevaban uno de esos códigos, una serie de letras y números interpretables si se sabía lo que se estaba mirando. Todas las personas que habían colaborado en su confección añadían sus iniciales y la fecha al código. Para cuando llegaba a las manos de un agente de campo, el código podía ocupar toda la longitud de la página. Este era breve: un par de iniciales y una fecha. Una sola persona había confeccionado el informe.

Pasé el dedo sobre dichas iniciales, recordando la conversación que mantuve con Naomi Ndiaye, en busca de cualquier cosa que se me pudiera haber escapado. Un rato después, volví a montar el informe y le añadí la cubierta. Tenía algunas respuestas, pero me faltaba información para llegar a más conclusiones.

Cogí el móvil que Minka me había preparado y marqué el número de Naomi. Hubo un largo momento de silencio y luego el sonido de una voz automatizada.

«Este número está fuera de servicio. Si cree que ha llegado hasta este mensaje por error, por favor cuelgue y vuelva a marcar».

Colgué la llamada y solté un juramento. La muy zorra había cambiado de número, sin duda para evitar que volviera a llamarla.

Me figuré que era un tiro al aire, pero se me acababan las opciones y marqué el número del servicio de mensajes que le había dado a Martin. Cuando saltó la llamada, tecleé el código, a la espera de oír el típico «No hay ningún mensaje nuevo». En su lugar, una voz femenina me dijo que tenía un nuevo mensaje y me preguntó que si quería escucharlo.

—Claro, zorra estúpida —murmuré.

A la grabación no le gustó.

—No he entendido la respuesta —dijo, y sonaba tan ofendida como podía hacerlo una voz grabada.

—Sí, por favor, y gracias. Póngale un lazo también —dije.

—Un momento, por favor.

Pasaron unos largos segundos de silencio estático antes de que oyera la voz de Martin, más joven de lo que lo recordaba y apresurada, como si tuviera miedo de que alguien le estuviera escuchando.

—Billie, aquí Martin. Creo que he oído algo, aunque no estoy seguro. No sé. Pero tuve que llevarle unos informes a Vance y luego fui al servicio, y cuando salí él estaba al teléfono. No me oyó, así que…, joder, me puse a escuchar, ¿vale? No sé lo que significa, pero dijo la misma palabra dos veces. «Tollmash». Sé que parece una idiotez y es probable que termine odiándome por pensar que podría ayudarte, pero me siento mal. Bueno, tú siempre fuiste amable conmigo, Billie… Tengo que irme. Tollmash, no sé a qué se refiere, pero espero que te sirva de algo.

Colgué la llamada y me quedé mirando la pantalla mientras repetía la palabra mentalmente. Tollmash. Quizá se refiriera a un lugar, aunque también sonaba a movimiento de lucha o a algo relacionado con galletas.

—Tollmash.

Probé a decirlo en voz alta y no sirvió de nada. Cerré los ojos y visualicé las letras, pero algo no acababa de encajar. En lugar de Tollmash mi mente se empeñaba en imaginar algo distinto.

«Tollemache».

El nombre me resultaba vagamente familiar, sin saber por qué. Junté las manos para proporcionarles algo de calor y luego introduje la palabra en el buscador del móvil. Aparecieron 775.000 resultados, pero el primero era el que buscaba. «Subastas y ventas privadas Tollemache». Junto con Christie's y Sotheby's, era una de las tres grandes casas de subastas de Londres, especializada en cuadros y piezas de joyería. Entré en su página web y la página principal me mostró a una exquisita figura femenina de Boldini vestida en satén y tul rosas. Tollemache era tradicional, incluso ceremonioso. Antes quemarían la casa que vender arte contemporáneo. Nada de tiburones disecados ni lienzos manchados con sangre menstrual. Eran claramente de la vieja escuela.

Y no tenían nada que ver con nosotras. Yo no había pisado ese lugar en toda mi vida y, hasta donde sabía, tampoco las otras. Tollemache, ubicado en un decadente edificio estilo Tudor que hacía que Liberty pareciera posmoderno, era rancio abolengo. Fui buscando en la página durante al menos un cuarto de hora hasta que lo encontré.

Se hallaba en la página de Eventos, un anuncio de la venta anual de enero. El tema de este año era artistas femeninas y llevaba el nombre de «Una celebración de cinco siglos de la mujer en el arte, 1500-1950». Entré en el catálogo que había colgado, pasando las libras esterlinas a dólares mientras leía. Había un exquisito cuadro de O'Keefe cuya valoración se estimaba en una cifra de ocho ceros, y obras de Gentileschi, Cassatt y Vigée Le Brun, que se esperaba llegasen a venderse por algo más de cinco millones cada una. Un Vallayer-Coster rondaba los 900.000 dólares y un Fontana pisándole los talones con una valoración de medio millón.

Al final de la lista aparecía una línea en negrita. «Último añadido a la venta». Cliqué sobre la pestaña y me quedé mirando. Me quité las gafas de cerca, las limpié con esmero en la camiseta, y seguí observando. Y de repente supe exactamente cómo íbamos a encontrar a Vance Gilchrist.

34

Las otras estaban en la cocina cuando entré con el teléfono en la mano y ejecutando una especie de danza triunfal.

—¿A qué coño viene tanta emoción? —preguntó Mary Alice, cuyo humor empeoraba a medida que pasaban los días y Akiko seguía manteniendo las distancias.

—Ya sé cómo encontrar a Vance —dije, enseñándole el móvil. Las demás se acercaron y oí el sonido de tres respiraciones contenidas al unísono.

Akiko y Minka fueron las únicas que no lo entendieron.

—¿Y qué? —preguntó Minka cuando me devolvía el teléfono.

Akiko contemplaba la pantallita.

—Es un cuadro bonito, pero ¿qué relación guarda con Gilchrist?

Sonreí.

—No es solo un cuadro bonito. Es *La reina de Saba levantándose* de Sofonisba Anguissola. —Carraspeé y me puse a leer la entrada que constaba en el catálogo—. «Encargada por Isabel de Valois, reina de España, *La reina de Saba levantándose* fue pintada por Anguissola durante su puesto como pintora en la corte de Madrid. A la muerte de la reina, Anguissola regresó con el cuadro a su hogar de Cremona, donde permaneció hasta su fallecimiento en 1625. Fue heredado por su hijastro, Guido Lomellino, y se conservó en la familia Lomellino durante generaciones, permaneciendo siempre en manos privadas».

Helen observó la pantallita.

—¿Y estás segura de que es la nuestra?

—Sin duda —dije.

Abrí la pestaña donde se describía el estado del cuadro. Me salté la mención al craquelado y a la falta del marco original, ambos esperables en una pieza que databa del Renacimiento. Subrayé la parte relevante y se la pasé a Natalie para que la leyera en voz alta.

—«El cuadro se encuentra en buen estado en líneas generales con daños menores atribuibles al tiempo. Al parecer se realizó una pequeña reparación en la esquina inferior izquierda del lienzo para tapar un orificio de unos setenta y cinco centímetros de diámetro. El minúsculo daño solo afectó a los cortinajes, no a las figuras ni a la firma de la artista. La reparación es detectable únicamente bajo observación de laboratorio y no se espera que afecte al valor de la obra».

—La bala —dijo Mary Alice—. Joder, es nuestra reina de Saba.

Asentí con la cabeza y Akiko me miró perpleja.

—¿A qué viene tanto repetir que es la vuestra?

La pusimos al tanto rápidamente de la misión en Zanzíbar y del daño que sufrió la pintura cuando la baronesa disparó el revólver.

—La mayor parte de las obras recuperadas han sido repatriadas y devueltas a sus legítimos propietarios, los herederos de las familias cuyas colecciones fueron saqueadas en la Segunda Guerra Mundial —explicó Helen—. Pero *La reina de Saba*, no. La familia en cuestión murió durante la guerra. Procedencia investigó durante años, pero nunca encontraron a nadie que tuviera algún derecho a ella.

—¿Y dónde ha estado todo este tiempo? —preguntó Akiko—. No me digas que ha estado colgada en la pared de cualquier cubil.

—Existe un lugar en Suiza —dijo Natalie—. Un puerto franco.

—¿Y eso qué es? —inquirió Minka.

—Un puerto franco es un lugar donde se hacen negocios y el dinero cambia de manos, pero en el que no se pagan impuestos —explicó Natalie.

—¿De verdad existen lugares así? —se extrañó Akiko.

—Cientos de lugares como ese —le respondió Helen—. No son nada nuevo. Llevan existiendo desde la antigüedad.

—Pero a todos los gobiernos les encantan los impuestos —arguyó Minka.

—Sí —dijo Helen—, pero todavía les gusta más el comercio. En consecuencia, permiten la existencia de zonas francas con el fin de incentivarlo.

—Una de las mayores del mundo está en Ginebra —explicó Natalie—. Comenzó siendo un feo almacén de grano donde la gente podía acumular bienes comunes, alimentos o carbón, pero, con el estallido de la Segunda Guerra Mundial, se empezaron a guardar objetos más interesantes: lingotes de oro, joyas, vinos antiguos.

—Obras de arte —completó Mary Alice.

—Exactamente —asintió Natalie—. Y resulta un lugar muy apropiado para guardar los bienes. Disponen de un depósito que se mantiene bajo un estricto control en temas de temperatura y humedad, por lo que se pueden dejar pinturas, manuscritos o billetes. Y resulta conveniente porque a todo el mundo le gustan las cuentas secretas en bancos suizos. Si ya estás por la zona, realizando alguna pequeña operación bancaria como mover unos cientos de millones de un lado a otro, de paso puedes irte un rato a visitar tu Van Gogh o tus perlas de los mares del sur.

—También es de lo más seguro —añadió Helen—. Alambres de espino, puertas blindadas, seguridad por todas partes. Es imposible robar allí.

—¿Y el cuadro del que hablabais está allí? —preguntó Akiko.

—Lo estaba —le dije—. El Museo alquila espacio allí porque mantener un depósito de tal magnitud es caro y podría llamar la atención. Cuando guarda bienes en la zona franca, el Museo se convierte en un cliente más. Y en realidad no tiene demasiadas piezas que guardar. Centenares de cuadros se han recuperado a lo largo de las décadas, pero apenas queda una docena que no haya sido reintegrado a sus legítimos propietarios. *La reina de Saba* es uno de ellos. Después de que la recuperásemos en 1981, se envió directamente a Ginebra, donde ha permanecido desde entonces.

—Hasta ahora —corrigió Mary Alice.

—Hasta ahora —asentí.

Akiko frunció el ceño.

—Pero ¿cómo sabéis que Vance Gilchrist la sacó de allí? Quizá se ha encontrado a sus dueños y todo esto no es más que una coincidencia.

Fui contando las respuestas con los dedos.

—En primer lugar, Vance tenía que sacarla personalmente porque la seguridad es biométrica y los directores del Museo son los únicos que tienen acceso a la colección guardada. Dos de ellos están muertos, y este cuadro se añadió a la subasta de Tollemache en el último minuto. En segundo lugar, cuando se reintegra una pieza de arte a sus propietarios, nos llega un aviso, si es que se trata de una pieza que recobramos nosotras. Aquí nadie ha tenido la menor noticia de ese cuadro en casi cuarenta años.

Levanté el dedo número tres.

—¿Y en tercer lugar? —preguntó Akiko.

—En tercer lugar, no creo en las coincidencias. No cuando Vance anda por medio. Lo ha hecho a propósito para hacernos salir. Las casas de subastas no suelen comentar mucho sobre los daños de sus obras de arte. Pero la descripción de esta *Reina de Saba* es muy detallada. Había un orificio de bala en aquella esquina, y Vance se ha asegurado de que eso conste en el catálogo. Quería que lo encontráramos.

—¿Por qué? Pensé que estaría escondiéndose de vosotras. ¿Acaso no teme por su vida? —objetó Akiko.

Mary Alice extendió una mano para acariciar a Akiko y luego pareció pensárselo mejor.

—Sabe que andamos tras él. Ya hemos eliminado a Paar y a Carapaz. No quiere seguir mirando por encima del hombro. Está iniciando una lucha en sus propios términos.

Minka puso mala cara.

—Esto no es seguro.

—No. —Sonreí—. No tiene nada de seguro. —Hice una pausa—. Y hay algo más que deberíais saber.

Les conté entonces lo que había descubierto en el informe, la identidad en código de la persona que lo había confeccionado.

Mary Alice fue la primera en hablar.

—¿Qué vamos a hacer al respecto?

—Añadir un nuevo nombre a la lista —dije cogiendo un rotulador que olía a algodón de azúcar.

Escribí el nombre en mayúsculas de color rosa. Luego me volví hacia las otras.

—¿Alguien tiene algo que objetar?

35

L a subasta no se realizaría hasta al cabo de una semana y me alegró disponer del tiempo suficiente para concretar los detalles. Empezamos por lo que conocíamos a ciencia cierta: el escenario.

—Se trata de un evento importante —musitó Mary Alice una noche que nos reunimos en el estudio de Constance después de cenar.

Akiko y Minka estaban en la cocina, ensayando un dúo de la película *Enredados*. Helen revisaba la página web de Tollemache en busca de cualquier cosa que se nos pudiera haber pasado por alto, mientras Mary Alice echaba un vistazo a las páginas que yo había imprimido. Yo estaba sentada detrás del escritorio de Constance, hojeando perezosamente un libro de arte que había encontrado en un estante. *The Art of Female Painter*. El título era la hostia de sexista, pero esperaba sacar de él alguna inspiración.

—Habrá un montón de gente en la sala: coleccionistas, prensa... —continuó Mary Alice.

—Y no hablemos de la seguridad —dijo Natalie—. Autorizaciones, lo último de lo último en circuitos cerrados de televisión... Tecnología punta.

—Y se retransmitirá en vivo por *streaming* —añadió Helen señalando un enlace que aparecía en la página web—. Para la gente que quiera verlo o pujar desde casa.

Me quedé pensando durante un minuto.

—Eso implica muchos testigos, demasiados para una organización que se enorgullece de su discreción. Tendrán que sacarnos de allí para matarnos en otro lugar.

—¿Crees que irá en persona? Es un riesgo enorme —dijo Helen.

—Vance es un hijo de puta arrogante. Y lleva cabreado conmigo desde que me cargué a aquella nazi en Zanzíbar. Claro que acudirá en persona. Nos subestima, y esa es nuestra mayor ventaja —dije yo.

—Entonces —intervino Mary Alice—, nos hace falta un plan para introducirnos en Tollemache sin alertar a la gente de Vance. Y luego necesitamos encontrar la manera de matarlo sin que nadie se dé cuenta de ello.

—Diría que lo mejor es secuestrarlo y matarlo en otro sitio —dijo Helen—. Es mucho más discreto.

—Mucho más peligroso —la corrigió Nat—. Si nos lo llevamos, siempre existe la posibilidad de que nos sigan o de que se escape. Yo apuesto por cargárnoslo en la subasta.

—¿Con el mundo entero mirando? —Enarqué una ceja—. No es que sea el paradigma de la sutileza. Y no podemos arriesgarnos a herir a otras personas.

Natalie ponía cara de no querer dar su brazo a torcer, pero no discutió. La primera regla del Museo era no hacer el menor daño a gente inocente. Era una putada, no hay nada más fácil que poner una bomba entre la multitud, pero nos obligaba a ser cuidadosas y creativas.

Pasé una página del libro y me quedé helada. Era una lámina a color de un cuadro que yo solo había visto una vez antes. Me hallaba en Venecia, disfrutando de unos días de permiso después de haber matado al director de un sindicato del crimen armenio que había ido allí en viaje de luna de miel. Mi plan era visitar la ciudad, pero empezó a llover y pasé la mayor parte del tiempo metida en varios museos para huir de la lluvia. Me encontraba en el Guggenheim, una de esas tardes, deambulando de una galería a otra cuando lo vi.

La placa decía que su nombre era: *Pastora de las esfinges* de Leonor Fini.

La habían pintado en 1941 pero iba peinada al estilo típico de los 80, voluminoso y cardado. Llevaba una especie de armadura encima de los órganos sexuales, algo que hacía pensar en un bañador metálico si entrecerrabas los ojos al mirarlo. Entre las piernas sostenía un cayado de pastor, como si fuera una bruja lista para montar en su escoba, y contemplaba su rebaño con una mirada vigilante y serena. Nada les sucedería a sus chicas mientras estuvieran a su cargo, aunque, a juzgar por su aspecto, el rebaño de esfinges era capaz de cuidarse a sí mismo. Tenían cuerpos de leona, pero las caras y las tetas eran de supermodelos. Sus caras lucían una expresión tranquila, las vistas puestas en el pasto salpicado de flores y de los huesos de los muertos que ellas se habían comido. Era macabro y bonito, una representación perfecta del terrible poder femenino sobre la vida y la muerte. Las esfinges habían reducido a los hombres a los huesos y les habían chupado el tuétano sin despeinarse. Sonreí mientras las observaba una por una, advirtiendo la línea que dibujaba un rabo perezoso o la mirada evaluadora que perseguía a una posible presa fuera de plano. Y, pese a ello, no eran depredadoras. Estaban reunidas en rebaño, amorosamente vigiladas y protegidas. Al fin y al cabo, no eran malas. Solo fieles a su naturaleza. Algo en la actitud protectora de la pastora me llamó la atención, supongo, porque luego compré una postal en la tienda del museo; la conservé durante años hasta que el papel se reblandeció y acabé perdiéndola.

No había vuelto a pensar en ella desde hacía años, pero ahora la tenía delante, en toda su feroz gloria. Recordé algo que Constance Halliday me había dicho la última vez que estuve en esa habitación. Acabábamos de recibir las órdenes para nuestro primer trabajo, la misión de Niza con el búlgaro como objetivo. Yo estaba nerviosa y Constance me encontró entrenando en el jardín, soltándole puñetazos al saco hasta que se me hincharon los nudillos. Me obligó a entrar y me hizo meter las manos en remojo hasta que bajara la hinchazón. Yo me esperaba una bronca, pero por primera vez no dijo nada. Se sentó a mi lado y me ofreció un tranquilo y sosegador silencio.

Eso me puso más nerviosa aún. Saqué las manos del agua fría y la miré a los ojos.

—¿No va a darme algún consejo? ¿No va a decirme cómo manejar esto? —exigí.

Se levantó y, mientras se dirigía hacia la puerta, me lanzó una última mirada.

—Señorita Webster, el auténtico liderazgo no radica en confiar en sí misma, sino en confiar en su equipo.

Confiar en su equipo. Contemplé la lámina del libro, recorriendo con el dedo el rebaño de hermosas esfinges asesinas.

Luego lo cerré.

—Ya lo tengo. —Las otras tres me miraron expectantes—. No os va a gustar, pero es la única manera. Esto es lo que vamos a hacer…

Después de haberles expuesto el plan se inició una discusión que duró horas antes de que cedieran. Teniendo en cuenta que me había salido con la mía, debería haber dormido como un bebé, pero en su lugar di vueltas y más vueltas hasta que por fin decidí bajar a por un vaso de leche caliente. No es que la beba: la leche caliente me da asco. Pero tienes que ir removiéndola todo el rato para que no hierva y eso me relaja. Encontré a Helen sentada a la mesa, con la agenda delante de sus narices y una expresión pensativa en la cara.

—¿Se te ha ocurrido algo? —pregunté mientras tiraba la leche por el desagüe y sacaba la botella de brandy.

—Tal vez —dijo ella. Se apoyó el pulgar en la boca y volvió a sumirse en sus pensamientos.

No le hice más preguntas. Sabía que lo diría cuando estuviera lista. Mi único error fue pensar que me lo diría a mí.

36

Bajé a desayunar a la mañana siguiente atraída por el olor a
tostadas y a té recién hecho. Empujé la puerta de la cocina y
me quedé ahí, contemplando a las dos personas que estaban sentadas a la mesa. Helen levantó la barbilla y su acompañante se volvió
despacio para mirarme. Tenía las manos en torno a una taza de té.

—Hola, Billie —dijo Taverner. Su voz era neutra y en sus
ojos no había la menor simpatía.

—¿Esto es una alucinación? —pregunté—. ¿Qué estás haciendo aquí?

—Le llamé yo —dijo Helen. Sujetaba la agenda en la mano
y en sus labios se dibujaba una sonrisa nerviosa—. Luego puedes
emprenderla a gritos conmigo, pero te agradecería que me escu-
charas primero.

Me senté frente a ellos con los brazos cruzados sobre el
pecho.

—Vale.

Helen sirvió otra taza de té y la empujó hacia mí.

—Bébetelo. O guárdalo y me lo tiras a la cabeza cuando haya terminado si crees que debes hacerlo.

Intentó esbozar otra sonrisa y yo esperé a que se borrara
antes de coger la taza. A él ni siquiera lo miré.

Helen carraspeó.

—Necesitamos refuerzos. Vance se espera el lío... Concretamente, se espera que aparezcamos. No espera a Minka ni a Akiko, lo cual las convierte en personas muy valiosas para nuestros planes. También las vuelve vulnerables. No son profesionales, Billie. Necesitan protección. Además —prosiguió en tono tranquilo—, no se espera ver a Taverner.

Este tenía la vista baja, fija en el té, y los nudillos blancos de la fuerza con que agarraba la taza. No comenté que tenía buen aspecto, aunque así era. Conservaba un cuerpo delgado. Los hombros seguían siendo anchos y las caderas, estrechas. Se le veía un poco más blandito en la zona de la barriga, pero, joder, quién no a nuestra edad. Y también conservaba todo el pelo, aunque este se había vuelto completamente plateado; se le rizaba en las puntas igual que cuando tenía treinta años. Seguí observándolo hasta que llegué a su cara y descubrí que estaba al tanto de mi atención. Entonces la volví hacia Helen.

—¿Qué tarifa le has prometido? —pregunté.

—¿Me estás tomando el pelo? —dijo Taverner de repente. Levantó la vista y noté que estaba enfadado. Lívido, en realidad.

Helen se puso de pie.

—Creo que os voy a dejar un minuto a solas —dijo antes de salir de la estancia.

—Siempre ha tenido mucho tacto —dije yo.

—¿En serio? ¿Es así como vas a llevar esto? —preguntó él al tiempo que empujaba la taza sobre la mesa derramando un poco del té que contenía.

—No estoy enfadada contigo —dije con calma—. Estoy enojada con ellas. Ni siquiera me han consultado sobre esto de incluirte.

—E incluirme no es que sea tu punto fuerte, ¿verdad?

Apoyó las manos en la mesa y echó la silla hacia atrás. Se levantó y yo hice lo mismo.

—¿Qué se supone que significa eso?

—¿Se te pasó por la cabeza, en algún momento, la posibilidad de informarme de que no estabas muerta?

Abrí la boca y volví a cerrarla. Tardé un minuto en volver a hablar.

—¿Por eso estás enfadado?

—¿Enfadado? No estoy enfadado, Billie. Uno se enfada cuando le pierden su camisa favorita en la lavandería. Lo que siento es esa clase de emoción que uno ni siquiera admite ante su confesor. Cinco días después de Navidad recibo una llamada de Sweeney en la que me dice que las cuatro habéis muerto. Ya está, nada más, solo el hecho de que tú ya no sigues en este mundo. Estamos a mediados de enero —dijo señalando el calendario que había colgado en la pared para reforzar su argumento—. Han pasado semanas. Semanas en las que he estado convencido de que habías muerto.

Podría haberle hecho notar que todo eso podría haberse evitado si Sweeney se hubiera molestado en volver a hablar con él después de que yo le llamara y le dijera que habíamos sobrevivido, pero Sweeney había preferido optar a la paga extra. De ninguna manera habría corrido el riesgo de que Taverner se decidiera a llevar a cabo el trabajo o bien a avisarnos. Pero, como me figuré que nada de eso le haría sentir mejor, dije algo distinto:

—Lo siento.

Él se cruzó de brazos y me dedicó una prolongada mirada.

—Esfuérzate más.

—Lo siento, Taverner. No pensé…

—No. Pero, claro, nunca lo haces.

Era una buena frase y él era lo bastante listo como para convertirla en su salida de escena. Cuando se hubo marchado, Helen volvió a asomar la cabeza. La invité a entrar con un gesto de la mano.

—Todo bien, Helen.

—¿De verdad?

—No. Si este lugar tuviera una astilladora de madera, seguramente te metería dentro.

Se sentó y me cogió de la mano.

—Ojalá pudiera habértelo dicho, pero sabía que no era posible. Habrías dicho que no, y es una buena idea.

—Es una buena idea —concedí—. Una idea muy buena. Ojalá pudieras habérmelo dicho. No puedes actuar por tu cuenta...

—No lo hice —dijo ella con amabilidad.

—¿Mary Alice?

—Fue quien marcó el número.

—¿Y Natalie?

—Lo ha recogido en la estación esta mañana.

—Vaya. —Aparté mi mano de la suya.

—Me consta que estás enfadada. Ya lo esperábamos. Sabíamos que traerle conllevaba un riesgo. Pero también sabíamos que no hay nadie en el mundo más adecuado. Tiene sangre fría, es listo y capaz. El hecho de que vosotros dos tengáis asuntos pendientes...

La corté ahí.

—Yo no lo llamaría así. Ambos escogimos y hemos hecho las paces con ello. Hace décadas de todo eso.

—Sí, se te ve muy en paz... —repuso ella en voz baja.

Le hice una mueca.

—Vale, estoy cabreada, pero no contigo y no porque le hicieras venir. Estoy cabreada porque se supone que somos un equipo y nadie comentó la posibilidad de llamarle.

—¿Y? —Enarcó una ceja.

—Y estoy cabreada porque él pensaba que estábamos muertas. No se me ocurrió decírselo.

—Lo sé —dijo ella—. Se quedó un poco sorprendido cuando le llamamos.

Una diminuta sonrisa cruzó sus labios y me relajé un poco.

—Me siento como una zorra, Helen. Ni siquiera pensé en decírselo.

—La soledad es un hábito —dijo encogiéndose de hombros—. Un hábito que se puede cambiar.

Entonces se marchó y supongo que fue lo mejor que podía hacer. Apagué el cigarrillo antes de ir en busca de Taverner. Estaba en el jardín, tirando cuchillos contra el tronco de un árbol.

Seguía en buena forma, pero el hecho de que estuviera haciendo algo tan visceral como lanzar cuchillos significaba que aún le duraba el enfado.

—Me han dicho que ahora te ha dado por la filantropía —dije, y me senté en el borde de la hierba—. Se cometen asesinatos, sin cargas económicas.

—Bueno, cada cuatro muertos toca uno de regalo, y ya he matado a cuatro personas este año —dijo él.

—Así no pierdes la práctica —asentí. Exhalé un suspiro que salió ronco y que me hizo sentir peor—. De verdad que lamento no haberte dicho nada. Debería haberlo pensado y no lo hice. Supongo que estoy tan acostumbrada a apartarte de mi mente que me he vuelto una experta en ello.

—Bueno, eso duele —dijo él, y vino a sentarse a mi lado. Le ofrecí una botella de agua. Olía a sudor limpio y a algo más. ¿A limón tal vez?

—¿Cómo están las gemelas? —conseguí preguntar.

—Mayores. Planean una gran fiesta para su trigésimo cumpleaños. Kate es productora de televisión, vive en Londres y se ha prometido con un joven agradable que no me cae demasiado bien. Sarah es diseñadora de jardines. Se casó con un americano y vive en el norte del estado de Nueva York. Tiene gemelos, que acaban de cumplir tres años.

No pude evitarlo, me eché a reír.

—¿Eres abuelo?

—Sí. Me llaman Abu. Lo detesto.

—No me extraña. Es horrible. ¿Ves mucho a tus nietos si están en América?

Se encogió de hombros.

—No tanto como me gustaría. Pero andan ocupados.

—¿Y tú qué?

—Vivo en una casita de campo en Yorkshire donde horneo pan, restauro antigüedades y escandalizo a los vecinos haciendo *tai chi* desnudo en el jardín.

—La jubilación parece que te sienta bien.

Estuvo un instante callado.

—Hay que acostumbrarse. Pensé en hacer algún trabajito por mi cuenta. Ya sabes, cometer algún asesinato de vez en cuando solo para tener las manos ocupadas.

—Oh, así que somos las primeras. Oye, si haces un buen trabajo, puedes usarnos como referencia.

—Me aseguraré de incluirlo en el currículum. —Hizo una pausa—. Por si sirve de algo, siento lo de Vance. Aunque nunca fue santo de mi devoción, tampoco sospeché nunca que fuera un traidor.

—Ni yo tampoco. Nunca me tuvo mucho aprecio, pero yo lo entendía. Ahora me siento tan… idiota. Toda una carrera, todos estos años, ¿y para qué? Ni una pensión. Y mi reputación por los suelos.

—Eh, has matado a algunas personas que merecían morir. Eso tiene que contar para algo.

Me reí hasta que se me saltaron las lágrimas.

—¡Dios, cómo necesitaba esto! Gracias.

—Para eso estoy aquí —dijo él, y su hombro casi rozaba el mío.

—Lamento mucho lo de Beth —le dije entonces.

Asintió.

—Recibí tu carta. Debería haberte contestado, pero con todo el lío del funeral nunca llegué a hacerlo.

Estuvimos unos minutos en silencio, me sentaba bien estar a su lado. Demasiado bien. Era el momento de volver al tema importante.

—Hemos considerado todas las posibilidades, Taverner. El plan es sólido. El trabajo está hecho.

—Sí, así es.

—Entonces te unes a nosotras. —No quería formularlo en tono de pregunta, pero tenía que saberlo. Logré mantener una voz neutra.

—Me uno a vosotras —dijo él, y el nudo que tenía yo en el pecho empezó a deshacerse.

—Sé que le dijiste a Helen que no aceptarías dinero —empecé.

—Aún no he matado a ninguna mujer que no se lo mereciera —dijo él en tono irónico—. No hagas que me lo empiece a plantear ahora.

—Nosotras mandamos —le advertí—. Nada de hacerse el listo.

—Ya lo pillo —dijo él. Se puso de pie y fue a buscar los cuchillos del tronco—. Yo soy solo la cara bonita.

—Pues no lo olvides. —Me levanté y me sacudí la parte trasera de las mallas—. ¿Qué clase de armamento has traído?

Él me miró de arriba abajo.

—¿Me estás preguntando si he traído armas?

—Bueno, sí. No habría sido muy inteligente por nuestra parte viajar con ellas por el mundo. Demasiadas preguntas. Supuse que disponías de un nutrido arsenal y que estarías dispuesto a compartirlo.

—No tengo ningún arsenal. Soy un abuelo responsable y esto es Inglaterra. En mi casa no hay armas.

—¡Por Dios, Taverner! ¿Para qué has venido entonces?

Él puso los ojos en blanco.

—Por si lo habías olvidado, mis habilidades van más allá de apretar un gatillo. —No se refería al sexo, o al menos eso pensé. Continuó—: Pero en el maletero del coche puede que haya algo útil.

Me llevó hasta el coche, un Jaguar antiguo por cuyo aspecto se diría que llevaba encima tantos kilómetros como nosotras. Abrió el maletero. Miré hacia el interior y me eché a reír.

—¿En serio?

Cogí la bolsa de petardos. Eran pequeños, de esos que lo único que hacen es ruido.

—Ya te lo he dicho. Soy un abuelo. En realidad, soy el abuelo guay —me informó.

—¿Dejas que dos críos de tres años jueguen con petardos?

—Desde luego que no. Les dejo mirar a prudente distancia. —Apoyó una cadera en el coche—. No hay recursos especiales para este trabajo. Tendréis que apañaros con lo que hay.

Sostuve la bolsa de petardos en la mano, pensando en la última vez que había visto a alguien tirándolos en el arcén de una carretera. Una mujer de aspecto cansado que conducía un coche familiar lleno de mocosos miraba hacia otro lado mientras los críos los introducían dentro de manzanas, prendían la mecha y los lanzaban por la ventanilla trasera contra los coches que pasaban.

Miré a Taverner y me encogí de hombros.

—Es la historia de mi vida. ¿Por qué iba a cambiar ahora?

37

Helen y Taverner fueron a comprar comida al supermercado: patatas, un gran asado de ternera, púdines de Yorkshire individuales, tarta de manzana y crema sin lactosa. Para nuestra última noche en Benscombe queríamos celebrar una cena especial. Taverner se encargó de cocinar, con una toalla atada a la cintura en lugar de delantal. Ninguno teníamos mucha hambre, pero siempre recordábamos la regla de oro de Constance Halliday: come, duerme y usa el cuarto de baño siempre que puedas. Nos había explicado que el duque de Wellington había ordenado a sus tropas que hicieran pis siempre que tuvieran la oportunidad, y era un buen consejo. No siempre podías contar con la existencia de un retrete o un arbusto cuando los necesitabas.

De manera que nos obligamos a comer, y, después de recoger la cocina, los otros se marcharon dejándonos a Nat, Helen, Mary Alice y a mí. Natalie subió de la bodega con una botella cubierta de telarañas.

—Mirad lo que he encontrado.

La limpió con un paño y Helen fue a sacar las copas buenas, que también lavó antes. Yo propuse el brindis.

—El día de mañana ha estado cociéndose durante mucho tiempo. Cuarenta años. —Hice una pausa, pensando en la Pastora y en todo los que nos había enseñado. Carraspeé y volví a empezar—: Hace cuarenta años, Constance Halliday nos puso en este camino y creó su escuadrón de Esfinges. No ha sido exactamente como esperábamos, pero lo hemos hecho lo mejor posible y lograremos que se sienta orgullosa. Nos retó a que convirtiéramos la justicia en nuestra prioridad, y mañana se hará justicia.

—Por la justicia —dijeron las otras.

Chocamos nuestras copas y bebimos. Luego sacamos los teléfonos y abrimos nuestras respectivas aplicaciones de «Menomiausia». Había llegado el momento de sincronizar nuestros ciclos menstruales.

Al día siguiente, cuando me desperté, hice estiramientos: dos buenas horas de yoga para desentumecer los músculos. Luego me di una larga ducha y me puse unos tejanos, una camisa de seda blanca y una chaqueta de terciopelo de color tostado. Me calcé unas botas y me cepillé el pelo. Noté algunas canas más, pero supuse que me las había ganado. Recogí parte de la melena con un sencillo pasador plateado que me trajo Natalie y dejé que el resto me cayera sobre los hombros. No me molesté en ponerme joyas ni perfume.

Las otras andaban diseminadas por la finca. Taverner estaba ocupado afilando un cuchillo de carne en la cocina, mientras que Mary Alice y Helen lidiaban con un tractor viejo y decrépito, desatornillando un pesado panel de acero que llevaba pintada la palabra «Bettinson». Natalie andaba liada con unas agujas de tejer y una madeja de hilo que había encontrado en el desván.

Contemplé la cosa rara que estaba tejiendo.

—¿Es una funda? —aventuré.

—Un calentador de penes —me dijo ella.

Me eché a reír y me metí en el cobertizo del jardín durante un buen rato; fumé el último cigarrillo y toqueteé el móvil mientras revisaba por enésima vez el plan. Me la estaba jugando, y no era solo mi vida la que estaba en juego, sino la de todos. No podía permitirme fallar.

Me eché la chaqueta por encima y apagué el cigarrillo antes de despedirme. Entré en la app y abrí la pestaña de los mensajes de texto. Tecleé unas cuantas frases y le di a enviar. Cuando hube terminado, le dejé mi teléfono a Mary Alice.

—¿Estás preparada para esto? —preguntó.

—No.

Ella sonrió.

—Nosotras tampoco. Anda, tira.

Salí a la calzada, allí me esperaba Taverner con las llaves del coche en la mano.

—Creí que Minka me llevaría a la estación.

—Está ocupada practicando lanzamientos con Akiko —dijo él—. Ya te llevo yo.

Entré en el coche sin esperar a que me abriera la puerta.

—¿Así que vamos a disfrutar de un rato juntos? —pregunté.

—Eso parece. —Su voz era superficial, pero su dedo no paraba de darle golpecitos al volante y yo sabía exactamente por qué.

En esas últimas horas previas a realizar un trabajo, la adrenalina se desata y no es que existan muchas maneras de liberarla. El sexo y el ejercicio físico resultan eficaces, pero ninguno de los dos es una buena idea antes de una misión. Pueden dejarte cansada y frágil. El alcohol también ayuda, pero disminuye la agudeza que necesitas para lo que tienes que hacer. La única solución es aguantarse, soportar esa sensación abrumadora de querer salirte de tu propia piel. Esa fue la razón por la que empecé a practicar la meditación, y puedo decir que me funcionaba la mayor parte del tiempo, pero no con Taverner sentado a mi lado, a cuarenta y cinco centímetros de distancia y tras treinta años de historia compartida. Habíamos estado bien juntos de una manera que nunca podría haberle explicado a nadie. La sensación de reconocernos, de que el mundo se ponía en su lugar cada vez que lo veía, era algo que nunca antes había sentido y que no había vuelto a sentir después.

Duramos tres años, arañando tiempo entre misiones para encontrarnos en lugares remotos, ya que los romances entre agentes de campo estaban estrictamente prohibidos. Nuestra última cita, en un resort de buceo de Mozambique, terminó con él pidiéndome en matrimonio por cuarta vez y conmigo marchándome dos días antes de lo previsto. Esa vez también me llevó a la estación, me besó en la mejilla y me dijo que lo entendía. No era muy complicado: simplemente queríamos cosas distintas. Él tenía seis años más que yo y estaba listo para sentar la cabeza, formar una familia y lanzarse a hacer bebés. Y, por mucho que me esforzara, yo no lograba hacerme lo bastante pequeña como para encajar en esa imagen.

Dos años después, mientras estaba en una misión en Venecia, recibí un mensaje suyo. Cuando le devolví la llamada, me dijo que era el día de su boda y le deseé suerte. Lo hice de corazón. No llegó a decirlo, pero a mí se me daba bien entender el idioma de Taverner y pude oír el subtexto. «Te amé antes y te amaré hasta el final».

Colgué el teléfono y me fui a matar a mi presa de Venecia con las manos. Seguramente lo estaba haciendo mientras él cortaba la tarta nupcial.

Ahora, en el coche, me volví hacia él, observé su perfil que, por alguna razón, había mejorado con los años.

—¿Lo lamentas alguna vez? —le pregunté—. Que cortáramos, quiero decir.

Tuvo la delicadeza de al menos pensarlo antes de decir que no.

—Si no hubiéramos cortado, yo no tendría a mis hijas. Me habría perdido treinta años de vida con Beth. Y la mayoría fueron muy buenos de verdad.

—¿Era eso lo que querías? ¿La casita unifamiliar? ¿La AMPA?

—¿Qué diablos es la AMPA? ¿Una especie de secta?

—Más o menos.

Esperé a que diera la vuelta a la rotonda.

—Pues sí —dijo por fin—. Conseguí mi casita en el campo y comimos perdices en ella. ¿Y tú? —preguntó mirándome de reojo.

Mi cerebro revoloteó como un pájaro por los últimos treinta, casi cuarenta, años. ¡Dios, cómo había volado el tiempo! Las escenas pasaron ante mis ojos como si fuera una película, algunas en borroso blanco y negro, otras en un vistoso tecnicolor. Los lugares visitados, las personas conocidas…

—He llevado exactamente la vida que quería —le dije.

Se mantuvo en silencio durante un momento y luego dijo:

—Me alegro.

—¿Sabes una cosa? —comenté en tono ligero—. Siempre me he preguntado si de verdad te quedaste tan triste cuando te rechacé. Casi esperaba que vinieras a por mí para arrastrarme al altar contra mi voluntad, pero nunca lo hiciste.

—No creas que no lo pensé —admitió él con una sonrisa—. Pero sabía que, si te presionaba, acabarías odiándome por ello, y ese era un riesgo que no estaba dispuesto a correr. Además, siempre imaginé que acabaríamos reencontrándonos al final.

No supe qué decir a eso y me alegré de que hubiéramos llegado a nuestro destino. Frenó para aparcar un momento a las puertas de la estación y yo abrí la puerta. Carraspeé y logré que la voz me saliera relativamente serena.

—Ha sido un detalle que vinieras.

—No me lo habría perdido por nada del mundo —dijo él.

Me sonrió y yo le devolví la sonrisa, de corazón.

—Gracias por el viaje, inglesito.

—Nos vemos al otro lado.

38

Había llovido a última hora de la tarde y la acera olía a cemento húmedo. Fui a pie desde la estación y, al doblar la esquina, contemplé el edificio de Tollemache iluminado como si fuera un pastel de cumpleaños. Las ventanas que daban a la calle estaban permanentemente cerradas, pero unos faroles que despedían un brillo suave colgaban a ambos lados de la puerta. Alguien, tal vez un becario, había colocado una ristra de madera de boj en la que había prendido unas luces blancas. La puerta estaba abierta y un joven que parecía formar parte de la decoración, vestido con un estrecho traje a cuadros, permanecía justo detrás del umbral, repitiendo «Bienvenidos a Tollemache» cada cinco o seis segundos, como si estuviera atrapado en un bucle.

Entré y cogí una copa de champán de las que ofrecía una chica que circulaba con una bandeja en las manos. Todavía era temprano, pero en la sala flotaba un zumbido de expectación y los futuros compradores se congregaban en torno a los cuadros. Me quedé apoyada en una pared y dejé que la multitud pasara ante mí mientras me terminaba el champán y observaba.

Tollemache había llevado el falso estilo Tudor al extremo. Su interior estaba diseñado para parecerse al teatro Globe, con un escenario abierto en el centro rodeado de pasillos techados. La galería superior estaba reservada para los vendedores y los ejecutivos de Tollemache, y la inferior se convertía en una especie de corral para curiosos y periodistas. Había incluso unas grandes cortinas de terciopelo de color vino colocadas al fondo del escenario y un podio situado justo delante para el subastador.

Al lado del podio se alzaba un caballete vacío, flanqueado por una mesa larga provista de varios teléfonos. La mayoría de casas de subastas tenían un enorme cartel digital que mostraba el precio de salida y las pujas en distintas monedas, pero Tollemache era demasiado tradicional para eso. Todas las cifras aparecían únicamente en libras esterlinas, y si no eras capaz de traducirlas a euros o yenes... Pues bueno, peor para ti, supongo. Más de un cliente se había pillado los dedos al fallar en el cálculo del cambio, pero Tollemache seguía adelante con su sistema porque se suponía que contribuía a su excéntrico encanto.

Después de haber engullido la mitad de la copa, me uní a la cola para ver los cuadros. Avanzaba más rápido de lo que cabía esperar y *La reina de Saba* no llamaba mucho la atención. La gente quería ver los cuadros más caros: intentar ver el de la O'Keefe se convertía en una lucha a base de empujones. Pero *La reina de Saba* estaba colgada en una alcoba más pequeña, agrupada con los bodegones de piña de Vallayer-Coster. La piña era..., bueno, era una piña: amarilla y verde, rodeada por un surtido de frutas varias y una langosta de aspecto taciturno.

La reina de Saba era distinta. Poseía la calidad de todas las mujeres que pintaba Anguissola. Miran de una manera que sus ojos pintados parecen atravesarte. Te contemplan con tanta fijeza que casi llegas a creer que son reales y que eres tú quien procede de la imaginación de la artista. Están absolutamente vivas en un sentido que solo el gran arte logra alcanzar. La mayoría de los retratos de Anguissola tienen el fondo negro, pero en este, para realzar la piel oscura de la reina, había pintado detrás una escena doméstica, y el blanco suave de las sábanas evocaba lo que la reina había estado haciendo... y con quién. El muslo desnudo de Salomón tenía una tonalidad olivácea que resaltaba entre las sábanas caídas, sus músculos estaban relajados por la fatiga y la satisfacción. Los ojos de la reina aparecían serenos y vigilantes, y una ligera sonrisa bailaba en sus labios. Una jarra de agua volcada aludía a la historia de que Salomón la había engañado para meterla en la cama, haciéndole prometer que dormiría con él si tomaba cualquier cosa que perteneciese al rey. Luego le dio de comer alimentos picantes, asegurándose de que necesitara tomar un vaso de agua durante la noche: un pequeño robo con inmensas consecuencias.

Esa reina de Saba no parecía una mujer a la que han metido en la cama engañada. Daba la impresión de que había conseguido exactamente lo que quería. Las armas de él yacían en el suelo, inútiles y abandonadas, la señal de que el amor había derrotado a la guerra. Todo en el cuadro tenía un aire erótico, desde el brillo de la piel de la reina al cuenco lleno de melocotones maduros que había junto al lecho.

Me incliné hacia el extremo inferior izquierdo, pero no pude encontrar el arreglo. Si no sabías que habían disparado contra ese cuadro, nunca sospecharías que una bala había agujereado el lienzo. Era una pena que la gente de Procedencia nunca hubiera dado con ningún superviviente de la familia que había sido su última propietaria, pero me alegró que esa reina volviera a salir al mundo. Merecía que la vieran.

Cuando me incorporé, me percaté de que había alguien a mi lado. Era una mujer alta, y los zapatos de tacón fino la elevaban hasta casi el metro noventa. Iba vestida de blanco, con unos pantalones estrechos en los muslos que se ensanchaban en los tobillos. No llevaba blusa debajo de la chaqueta blanca de talle bajo, solo una fina cadena de oro que se le perdía entre los pechos. Lucía unos aros de diamantes en las orejas y más diamantes en los dedos. Su peinado afro formaba un círculo perfecto en torno a su cabeza y se había teñido las puntas de dorado, lo que le daba al conjunto un halo brillante. Sus labios eran del mismo tono dorado. Un lacayo estaba justo detrás de ella portando un inmenso bolso de piel de avestruz blanco modelo Birkin por el que Helen habría dado su brazo derecho. Sabía que era un alguien conocido, pero no lograba recordar su nombre. Al fin lo hice. Mona Rae. La había visto por última vez en la portada de la revista *Entertainment Weekly* cuando ganó el Globo de Oro a la mejor dirección.

Sonó un timbre y el hilo musical quedó invadido por el sonido del *Voluntario de trompeta* de Elgar, la pieza que se había convertido en el emblema de Tollemache. Como si fueran ganado, los posibles compradores se dirigieron a la zona de los asientos. Unas cuerdas pesadas de color granate mantenían a la prensa y a los turistas a distancia; unas chicas vestidas de negro provistas de tablillas con sujetapapeles estaban situadas en cada hueco que dejaban esos cordones. Su función era dirigir a cada comprador a su asiento numerado e irlos tachando de la lista. Me fijé en que Mona Rae estaba sentada en primera fila, perfectamente ubicada para que los periodistas lograran sacar una foto espectacular cuando *La reina de Saba* hiciera su aparición.

Pero la obra de Anguissola llegaba en el segundo lote. La gente se acomodó en sus asientos. Se percibía una vibración en el aire, una especie de energía contenida. De repente, la música subió de tono y las cortinas de terciopelo rojo se abrieron. Tras ellas había una fila de mozos vestidos con monos de color verde, como los que se usan en las carreras, con el logo de Tollemache bordado en hilo dorado en los bolsillos frontales. Entre el grupo de mozos se abrió paso la subastadora, Lilja Koskela.

Tenía unos cuarenta años y era delgada como un galgo, además de tener su misma nariz. Ignoraba que hubiera finlandeses morenos, pero ella lo era. Lucía un par de collares de la casa Verdura: unos pesados cordones de oro con una variedad de gemas incrustadas. Luego los busqué y descubrí que valían unos ochenta mil dólares. De haberlo sabido entonces, quizá me habría planteado la posibilidad de lanzarme al robo de joyas. Lilja Koskela avanzó hacia el podio como si fuera la ganadora de un Oscar que sube a recoger su estatuilla. Se la veía cómoda ante tanto público y realizó unos cuantos anuncios en un inglés cuasi perfecto, con solo un levísimo acento finés.

Yo la escuchaba a medias mientras paseaba la mirada por la multitud. No lo habría visto de no haber sido por el resplandor blanco de sus gemelos. Iba vestido con su proverbial buen gusto: un abrigo liso Burberry, un insulso pañuelo de cuadros y un sombrero de fieltro que le cubría media cara. Bebí champán y esperé. Era discreto: solo otro profesional se habría percatado de las ojeadas breves y rápidas que dirigía a la gente. Pero yo me hallaba detrás de una columna y tenía uno de los focos situado justo encima; la sombra me amparaba.

En el podio, Lilja Koskela finalizó sus anuncios y dio paso al estruendo de la *Música acuática* de Händel mientras un par de mozos traían la *Piña* de Vallayer-Coster. La dejaron en el caballete y la gente se inclinó hacia delante. Era la única naturaleza muerta del grupo y resultaba tan emocionante como cabía esperar de una piña. Pero Koskela era una narradora nata, y cuando terminó de describir la composición y su procedencia, los compradores ya cogían sus paletas.

Anunció que el precio de salida eran 400.000 libras esterlinas, y, de repente, empezó la carrera: las pujas volaban por toda la sala. Al principio parecía haber ocho interesados distintos, pero es posible que algunas fueran pujas fantasma: una técnica que había explicado Mary Alice. Es cuando el subastador finge aceptar una puja falsa con el fin de elevar el precio. Era una propuesta arriesgada si no estabas seguro de que alguien en la sala se ocuparía de subirla, pero Koskela era una experta: ordeñó al público como si estuviera compuesto de vacas lecheras hasta que logró un precio de 750.000 libras. Al cambio del momento (1,308 dólares por libra, más impuestos), aquella *Piña* que parecía la casa de Bob Esponja iba a alcanzar la apreciable cifra del millón de dólares.

Cerró la puja en 775.000 libras y la gente se volvió loca. Bueno, todo lo loca que cabe esperar en una casa de subastas. Se produjo un intermedio breve antes de que la música volviera a sonar: Händel de nuevo. *La llegada de la reina de Saba.* Koskela nos leyó su ficha y fijó el precio de salida en 300.000 libras. Enseguida hubo varias ofertas, procedentes de algunos museos y de un par de tratantes de arte privados. Al fin y al cabo, las representaciones de mujeres negras en el arte renacentista no eran tan comunes y Anguissola se estaba convirtiendo en una apuesta segura. No es que fuera muy conocida fuera de los círculos artísticos, pero las pintoras estaban cada vez más de moda y ella era una de las mejores.

Podría haber actuado entonces, pero la verdad es que me pudo el sentimentalismo. Quería ver si nuestra reina de Saba conseguía lo que se merecía. Mona Rae tenía su paleta en el aire cuando cayó el martillo, cerrando la venta en 1.200.000 libras. Un nuevo récord para Anguissola, anunció Koskela con un susurro ronco. Mona Rae alzó las manos en señal de triunfo y fue escoltada al instante por un miembro del personal para arreglar los detalles del pago y regodearse en su victoria.

La atención de todos se centró en la subastadora cuando llegó la siguiente obra: un Cassatt sentimental. Había llegado el momento. La silla contigua a la de Vance estaba libre y me senté en ella.

—Me alegra que *La reina de Saba* se vendiese tan caro, —dijo en tono afable—. Supone un buen extra para el Museo. Y creo que ha encontrado un buen hogar. Tengo la impresión de que Mona Rae entiende lo que quería expresar la pintora.

Le miré de reojo, contenta de ver que parecía mayor de lo que había esperado. No había engordado. No había barriga debajo del abrigo Burberry. Pero aquellos ojos habían visto muchas cosas y, cuando se posaron en mí, constaté que habían perdido todo el brillo.

—Hola, Vance.

—Billie.

Saqué el extremo de la carpeta del bolso para que pudiera verla.

—Tengo una copia del informe sobre nosotras. Es una puta sarta de mentiras, por cierto. Nos acusa de cosas que nunca hicimos.

—Vaya, ¿y de dónde sacaste esa copia? —preguntó él. Su boca parecía querer sonreír. Su aspecto era el de alguien que tiene un repóquer y se muere por enseñarlo.

—Lo cogí de casa de Carapaz —admití.

—La noche en que lo matasteis, presumiblemente —repuso él.

—Vale, sí. Eso pinta mal, no lo voy a negar.

No dijo nada, pero como tampoco disparó contra mí, supuse que iba por buen camino.

—Vance, lo único que queremos es la oportunidad de probar nuestra inocencia.

Se volvió hacia mí con una sonrisa tensa en los labios.

—¿Así que sois inocentes? ¿De qué? ¿De la muerte de Paar? ¿De la de Carapaz?

—Se ha dictado la orden de eliminarnos —dije sin alterarme—. Tan solo intentamos seguir vivas.

De repente el reloj de pulsera de Vance emitió un pitido y él lo miró. Era un mensaje de texto, que leyó de cabo a rabo. Luego sonrió y se bajó el puño hasta cubrirse la muñeca.

—Aprecio el valor que has demostrado para venir hasta aquí así. De verdad. Esperaba algún numerito ridículo y teatral, y en cambio me encuentro con que estás aceptando tu destino como lo haría un hombre.

Se inclinó hacia delante y en su aliento pude oler el penetrante mentol de un caramelo Fisherman's Friend.

—¿Estás resfriado? —pregunté—. Si es así, voy a tener que pedirte que te apartes un poco. No deberías esparcir gérmenes. No me gustaría pillar nada.

La sonrisa se tensó aún más.

—No lo entiendes, ¿verdad? El mensaje procedía de Benscombe. He enviado a un equipo que acaba de apresar a las otras. No sé lo que pensabas hacer aquí, pero sea lo que sea… —Hizo una pausa y dibujó un círculo con el dedo índice—. Se acabó.

Puse cara de circunstancias y desvié la mirada, posándola en un punto lejano. Él deslizó una mano por debajo de mi codo.

—Ahora te voy a levantar y vendrás conmigo. Tengo a cuatro agentes en esta sala, así que, por favor, si decides cometer alguna estupidez, ten en cuenta que no saldrás viva de aquí.

Tragué saliva y me obligué a adoptar un tono de voz superficial.

—¿Adónde vamos?

—A Benscombe. ¿Dónde si no? Pensé que sería bonito que murierais las cuatro juntas.

—¿No deberías estar retorciéndote el bigote mientras dices estas mierdas? ¿Y acariciando un suave gatito blanco?

Las aletas de su nariz temblaron un poco, fue la única muestra de irritación que se permitió.

—Relájate —le dije—. Ya veo a tus secuaces.

Paseé la mirada por la sala, señalando a tres personas que se hallaban en tres puntos de observación distintos.

—Arriba está Wendy Jeong. No la veía desde Marrakech. Nielssen anda mezclado con la gente, vestido de camarero. Me perdió en Nueva Orleans, ya lo sabes. Y Carter Briggs se encuentra sentado dos filas más atrás, al otro lado del pasillo. Por cierto, creo que acaba de pujar por unas estatuillas que no tienen mucho valor.

—Te falta uno.

—No. Eva Nowak, en la mesa de los teléfonos. Lleva un Chanel de imitación y ni siquiera se molesta en pasar desapercibida. Esa zorra nunca supo vestirse…, pero, bueno, tampoco es que yo vaya a ganar ningún premio por mi sentido de la moda. Un consejito, Vance: veo que todos se preparan para irse. Deberías decirles que fueran más discretos, en serio.

Su mano aferró con fuerza mi antebrazo.

—Me consta que no quieres que ninguna de las personas inocentes que hay en la sala salga herida. Hagámoslo fácil.

Obedecí. Me condujo a través de la multitud y salimos por la puerta principal. Un lujoso cuatro por cuatro con los cristales ahumados nos esperaba en la curva, un poco más abajo, con el motor en marcha. Permanecimos fuera mientras él me registraba, pasando las manos por mis bolsillos y por muchos otros sitios en busca de armas. En ese momento, el cuarteto que yo había descubierto hizo su aparición: abrieron las puertas del coche y se montaron en él. Me metieron en el asiento trasero, donde ya había alguien sentado, acurrucado en un rincón para ocupar el menor espacio posible. Una mano me empujó por la espalda y caí sobre la persona que se ocultaba en las sombras.

—Lo siento —dije de manera automática.

—Yo también —dijo la figura.

Justo entonces se encendió la luz interior del coche y pude verle.

—Hola, Martin.

39

Vance iba sentado a mi otro lado, así que el trayecto hasta Benscombe fue bastante íntimo. Más allá de que me ofrecieran educadamente un poco de agua, algo que yo rechacé con la misma cortesía, no nos dijimos nada más. Estaba sedienta, pero lo último que me apetecía era tener que hacer pis. Sabía que Vance nunca autorizaría una parada para eso y una ya tiene una edad. Así se cogen las infecciones de orina.

Me concentré en mis pensamientos. Cuando era niña nunca me dio por contar ovejas. En su lugar, recitaba la lista de presidentes en orden. Luego pasé a los monarcas ingleses, a los elementos de la tabla periódica ordenados por su peso atómico o a contar hasta mil en varios idiomas. La tarea mental en concreto no importa mucho: se trata solo de mantener ocupado el cerebro para que no se disperse. Esa vez me puse a contar la lista de mis víctimas, empezando por el búlgaro de Niza.

Abandonamos la autopista para dirigirnos a Benscombe. Miré a mi alrededor y me estiré un poco antes de volverme hacia Martin.

—Bueno, ¿debo suponer que has estado trabajando para él durante todo este tiempo? —pregunté señalando a Vance con la cabeza.

Solo le veía la silueta, pero podía jurar que se estaba mordiendo el labio.

—Al principio, no —dijo en voz baja.

—¿Tú preparaste el informe en nuestra contra?

Lo formulé en plan pregunta, aunque ya sabía la respuesta. Había visto todo lo que me hacía falta en la carpeta de Carapaz, empezando por las iniciales de Martin justo al inicio de la ristra de caracteres que conformaban el código en el margen. MF. Puestas al revés podrían señalar a un falso de mierda, lo cual resultaría de lo más apropiado en este caso.

—Sí. Naomi no informó a la Junta en la última reunión. Lo hice yo. Tenía náuseas matutinas y no pudo viajar —dijo él bajando la cabeza.

Le toqué en el chaleco de lana.

—Fue una putada hacernos eso. ¿Se te ocurrió a ti o fue cosa de Vance?

Me volví hacia el otro lado; Vance nos observaba.

—Martin acudió a nosotros —dijo este—. Con pruebas de que las cuatro estabais aceptando dinero a cambio de dar golpes por vuestra cuenta.

—¿Y tú te creíste esa patraña?

Vance se encogió de hombros y entonces me dirigí a Martin.

—Falseaste la información de que trabajábamos por cuenta propia. ¿Por qué?

—Porque ese mierdecilla se creyó que podía pasarme la mano por la cara —dijo Vance y había regocijo en su voz—. Pensó que podía poner a la Junta en contra de vosotras cuatro y hacer que dictáramos la orden de eliminaros. Luego os proporcionaría un poco de información, solo la necesaria para que vinierais contra nosotros. Su intención era usaros para eliminar a toda la Junta y así poder hacerse cargo de la organización. Exterminar a los cuatro miembros de la Junta dejaría un vacío de poder de la hostia, ¿verdad? Mira, Billie, esto nunca tuvo nada que ver con vosotras. Todo fue orquestado por Martin, que pensó que podía usaros como si fuerais marionetas: él movería los hilos. Tú y las otras tres os cargaríais a la Junta y le dejaríais al mando de todo.

Vance se inclinó encima de mí para dirigirse a Martin.

—Pero me subestimaste, ¿no es así?

Martin no respondió y Vance le propinó un rápido bofetón. Una farola de la calle alumbró la cara de Martin y percibí rastros de sangre seca debajo de una de sus orejas. Tenía el aspecto de un hombre al que han apretado las tuercas y no le ha gustado ni una pizca.

—Y ahora te han pillado con las manos en la masa —dije a Martin—. ¿De verdad pensabas que podías movernos a todos, como si fuéramos piezas en un tablero, y que cuando se disipara el humo serías el único en quedar en pie?

—Algo así —rezongó, y apretó la mandíbula.

Miré a Vance.

—Pues si estamos de acuerdo en que Martin nos enfrentaba a todos, quizá podríamos entendernos.

Vance meneó la cabeza.

—Ni hablar. Es una oportunidad demasiado buena para dejarla pasar.

Asentí.

—Por supuesto. Te has alegrado de que quitáramos de en medio a Carapaz y a Paar. ¿Qué pasa? ¿Había demasiada gente en la Junta? ¿Prefieres llevar las cosas tú solo?

—Billie, el Museo inició sus pasos con una empresa noble, pero en los últimos tiempos se ha agotado. ¿Y sabes por qué? Demasiada gente. Siempre ha habido un departamento de Procedencia para identificar a los objetivos, una Junta que vota las órdenes de eliminación…, y eso solo una vez por trimestre. Somos lentos como dinosaurios, maldita sea. Eso tal vez funcionaba cuando se fundó el Museo, pero vivimos en un mundo nuevo y nosotros seguimos atascados en la prehistoria. Es hora de modernizarnos, de organizarnos mejor, de avanzar y de reconstruirnos bajo un liderazgo adecuado. El Museo tiene el potencial de ser un ejército privado con los mejores asesinos del mundo.

—Bajo tu tutela —añadí.

Vi el brillo de sus dientes cuando sonrió en la oscuridad.

—Alguien tiene que estar al mando.

—Vaya. Te la han jugado bien —le dije a Martin.

Él sofocó una carcajada que también podría haber sido un sollozo.

—Mira quién fue a hablar. La razón por la que os encontramos fue que cometiste la idiotez de enviar aquel mensaje de texto. —Puso voz de falsete para recitar las palabras—: «Gracias por tu ayuda. Te debo una ronda la próxima vez que nos veamos».

Le dediqué mi mejor mirada de señora ofendida.

—No te dije dónde estábamos.

—Te dejaste el control de ubicación conectado —dijo Vance en tono mordaz—. En cuanto Martin rastreó la llamada hasta Benscombe, envié a un equipo para que se hiciera cargo de las otras.

El coche frenó. El conductor permaneció dentro, pero Vance, Martin y yo nos bajamos junto con los cuatro agentes. Había un hombre de guardia en la puerta principal y se adelantó para informar a Vance.

—Propiedad tomada. Tres rehenes en la cocina.

Tres. Al oírlo exhalé un suspiro de alivio. Mary Alice, Natalie y Helen. Eso significaba que Akiko y Minka estaban a salvo con Taverner. Cualesquiera que fuesen los planes de Vance, al menos no les había puesto las manos encima.

Me hicieron entrar en la casa delante de los otros. Martin se quedó entre el grupo. No sé qué pensaban hacerle, pero seguro que no sería bonito.

Avanzamos por el pasillo hasta la cocina. Mary Alice, Helen y Natalie estaban sentadas a la mesa, cuya superficie estaba cubierta por un hule floreado. Dos tipos montaban guardia en la pared con las armas desenfundadas. Los platos estaban secándose en el escurridor, pero había productos de la panadería dispuestos en la encimera y alguien había dejado una vela encendida en un bol en el centro de la mesa. En algún momento habían hecho café, aunque nadie lo había tomado. Distinguí un cazo al lado del azucarero y unos cuantos envases de leche en polvo. Las tazas estaban vacías.

Olisqueé el aire.

—¿Es de Bath and Body Works?

—De Marks and Spencer —dijo Mary Alice—. Lo tenían de oferta.

—Huele bien —le dije.

Alguien me clavó un arma en la espalda y me uní a ellas en torno a la mesa. Vance también cogió una silla. Nos miramos.

—Bien. ¿Las pongo yo al día? —Me volví hacia los otros—. Corregidme si me dejo algo. Martin, aquí presente —dije señalándolo y me fijé en que gimoteaba un poco—, lo empezó todo. Decidió apoderarse del Museo. Así que falseó las pruebas de que habíamos estado trabajando en contra de la Junta y se las presentó, provocando que dictasen una orden de eliminación en nuestra contra. —Entonces le miré a los ojos—. Supongo que creías que, con Vance muerto, tú podrías colarte en su despacho sin que nadie dijera nada…

—Existe una cláusula que rige la dirección provisional —dijo Martin en voz baja—. Cuando empecé a trabajar para el Museo, tuve que digitalizar todos los documentos de su fundación. Me topé con la parte que trataba sobre qué hacer en el caso de una crisis sucesoria y me dije que era la clase de información que merecía la pena tener a mano.

—¿Una crisis sucesoria? —Mary Alice enarcó las cejas—. Suena de lo más oficial.

Martin prosiguió:

—Cuando uno de los cargos de la Junta queda vacante de manera inesperada, su subordinado inmediato asciende automáticamente y se hace cargo de su puesto de manera provisional.

Helen se pellizcó los labios.

—Entonces, si se eliminaba a toda la Junta, ¿tú y Naomi os quedaríais al mando? Claro que Naomi está de baja, lo que te daría el control absoluto.

—Y no costaría mucho zafarse de una mujer embarazada que trabaja a distancia —terminó Natalie—. De lo más misógino, la verdad.

Continué:

—Pero, en algún momento, Vance se percató de lo que pretendía y le dejó usarnos para acabar con Carapaz y Paar. Eso le dejaría las manos libres para reformar el Museo a su gusto. —Me incliné hacia delante—. ¿Por qué lo hiciste, Vance? ¿Fue por dinero? ¿El sueldo de director no te llega a fin de mes?

Él meneó la cabeza.

—No suelo guardarle rencor a nadie, Billie. Tú eres una excepción.

Puse los ojos en blanco.

—¿Aún estás cabreado por lo de Zanzíbar?

Se inclinó hacia mí y me percaté de que el olor a Fisherman's Friend ya se había esfumado hacía mucho. Olía a viejo.

—Te cargaste a mi nazi, Billie. Era mi objetivo, mi misión. Solo estabas allí de refuerzo. Lo único que tenías que hacer era ocuparte de las obras de arte y colaborar en la coartada. Nada más. Pero no pudiste evitarlo. Te lanzaste sobre ella y la mataste.

—Te salvé la vida —repuse en voz baja.

Golpeó la mesa con la mano: las tazas saltaron y la llama de la vela se agitó.

—¿De verdad crees que no hubiera podido manejar a una vieja? Tuvo un golpe de suerte al disparar, pero eso no se habría repetido. Yo lo tenía todo bajo control. Y tú interviniste. La última nazi ejecutada por el Museo… y tú te llevaste el mérito.

—Vance, ella está muerta. Esa era la misión. ¿Qué importancia tiene quién la matara?

—Mucha.

—¿Tanta como para planear mi muerte cuatro décadas después?

Él sonrió.

—No. Pero la suficiente como para que tu muerte resulte algo absolutamente aceptable en las actuales circunstancias.

—¿Y cuáles son esas circunstancias? —preguntó Helen en voz baja—. ¿Vas a matarnos y a quedarte con el Museo?

—Algo así —dijo él. Se levantó y se metió las manos en los bolsillos—. Sin Martin —dijo, y el susodicho se estremeció al notar su mirada—, y con Naomi de baja, resultará sencillo establecer algunos cambios.

—Como abolir los otros dos cargos de la Junta —aventuró Natalie.

—Y agrupar sus funciones en un solo puesto: el tuyo —terminó Mary Alice.

Vance se encogió de hombros.

—Reducción de personal. Les sucede a todas las organizaciones más pronto o más tarde. Y ahora, poneos de pie. Ha llegado el momento.

—No es el peor plan del mundo —le dije—. Y te habrías salido con la tuya de no ser por nosotras, que somos unas entrometidas.

—¿Qué diablos significa eso? —Señaló con ambas manos hacia las paredes de la cocina—. Cuatro asesinos más dos guardias, cinco guardias más fuera. Y eso sin tan siquiera contarme a mí. Mirad, habéis jugado y habéis perdido. No hay deshonor en ello. Pero la partida se ha acabado.

Se dispuso a marcharse, dejando el trabajo sucio para los otros. Posé la mirada en el teléfono de la mesa. Era el de Mary Alice. La app de «Menomiausia» estaba abierta, y la gatita iba dando vueltas a medida que se producía la cuenta atrás.

Le llamé:

—Vance.

—¿Qué? —preguntó desde la puerta—. ¿Quieres decir tus últimas palabras?

—Sí. —Miré a las otras tres. Mary Alice. Helen. Natalie. Luego me volví hacia Vance. Respiré hondo y sonreí—. Dar por sentado que alguien de sesenta años no se entera de cómo va el sistema de localización del móvil es una puta discriminación por edad.

Justo entonces, los números de la app llegaron a cero y la gatita maulló. Lo mismo hicieron la del móvil de Helen y la de Natalie. Fuera, Minka tenía mi teléfono, sincronizado con los otros, y en cuanto las cuatro gatitas digitales maullaron a la vez corrimos a refugiarnos debajo de la mesa. Justo entonces, la ventana saltó en pedazos y la habitación estalló en llamas.

La lucha terminó antes de lo previsto. Para empezar, contábamos con el factor sorpresa. Mary Alice y Helen habían atornillado el panel del tractor a la placa interior de la mesa, para reforzarla. Eso nos concedió un poco de tiempo mientras la volcábamos de lado y nos resguardábamos debajo. La explosión de la ventana suponía una pequeña táctica de distracción, fruto de la maña de Taverner con las patatas y del potente brazo lanzador de Akiko. Habían metido un petardo en cada patata, logrando que estas hicieran explosión con un bonito bum y llenaran la cocina de humo al entrar por la ventana. Taverner había construido un escondrijo en el jardín para Akiko, y el plan era que siguiera arrojando petardos encendidos mientras él estaba a la espera de los guardias que Vance enviara por delante. Yo sospechaba que Taverner había traído consigo más juguetitos que los que había compartido conmigo, pero la verdad es que podía ser letal solo con el cuchillo de cocina. Minka estaba con Akiko, encendiendo los petardos. Uno de ellos acertó a Nielssen en plena cara; el tipo salió huyendo con una mano apoyada en el cráter sanguinolento que era ahora la cuenca de su ojo. Un rápido jadeo me indicó que Taverner había dado buena cuenta de él.

Eso dejaba a Wendy Jeong, Carter Briggs y Eva Nowak. Martin se había esfumado entre el humo y la confusión reinante, y yo no tenía claro dónde estaba Vance. Nat arrancó el hule de la mesa y atrapó uno de los envases de leche en polvo con la mano. Se lo lanzó directamente a Eva, manchándole de polvo el falso Chanel. Mary Alice hizo lo mismo con la vela encendida y el conjunto se encendió como si fuera una hoguera de San Juan. (La mayoría de la gente ignora lo inflamable que puede ser la leche en polvo sin lactosa. Tómense esto como un anuncio del Servicio Público de Salud).

Nielssen se había dejado la puerta trasera abierta en su huida. Nos quedaba en línea recta desde nuestra posición, aún debajo de la mesa. Así que, con un impulso, la levantamos para usarla como si fuera un escudo espartano y corrimos a toda velocidad mientras Wendy y Carter vaciaban sus cargadores contra nosotras. Las balas rebotaron por la estancia, y una de ellas hirió a Carter en una mano. Justo entonces, la pistola de Wendy se atascó y, mientras ella intentaba desatascarla, Mary Alice se fijó en el montoncito de leche en polvo que ardía cerca de su zapato. No era un tiro fácil, pero tampoco era necesaria mucha precisión. La botella de aceite de cocina estalló a los pies de Wendy, salpicándola hasta las rodillas. Carter se había cambiado la pistola de mano y seguía disparando. La mesa estaba a punto de ceder, la madera se astillaba por momentos, y supe que no aguantaría otra ronda de disparos.

Miré a mi alrededor en busca de algo, pero, antes de que pudiera hacer nada, Mary Alice agarró una pesada sartén de acero y la blandió contra Carter. Tras el segundo golpe, la cabeza del tipo era casi pulpa. Mary Alice se concentró en Eva, y acabó con ella en el lugar donde había caído mientras Nat se ocupaba de Wendy. Helen parecía horrorizada, pero conseguí sacarla fuera cogiéndola por una mano y guiándola por la cintura.

—Ya casi ha terminado —le prometí.

Justo entonces una bala me atravesó el cabello y me pellizcó en el lóbulo de la oreja. Era Vance, venía hacia nosotras por el jardín. Aparté a Helen de un empujón y ella retrocedió hacia el interior de la casa. Mary Alice y Nat estaban apagando el fuego, y Akiko debía de haberse quedado sin patatas. Solo Dios sabía dónde estaba Taverner… Así que me dije que este era el final más lógico.

Me incorporé, temblando de la adrenalina y de la fatiga, porque, no nos engañemos, ya no soy tan joven como antes.

Me enfrenté a Vance con la camisa empapada de sangre.

—Maldito seas, Vance. Esto era de seda.

—Descarada hasta el final —dijo él alzando la pistola.

Apretó el gatillo, pero no pasó nada. No volvió a intentarlo. Tiró el arma al suelo y se llevó la mano al bolsillo. La sacó vacía. Debió de haber calculado mal o haber guardado en otro sitio su arma de repuesto, porque en ese momento no tenía nada. Se quitó la chaqueta, estiró los músculos y se hizo crujir el cuello.

Y entonces el muy cabrón me sonrió. Esbozó la misma sonrisa que yo había visto miles de veces, cientos de miles de veces.

Una sonrisa que decía: «Yo sé más que tú». La sonrisa que decía: «Soy mejor que tú». La sonrisa que decía: «Yo estoy a salvo aquí y tú no». La misma puta sonrisa que decía: «Voy a ganar porque soy yo el que tiene polla de los dos».

La rabia creció en mí como si fuera una ola y fue a romper en mi cabeza, amenazando con ahogarme. Y entonces oí una voz, firme y tranquila, una voz que no había oído en cuarenta años. Cerré los ojos para escucharla.

«No es la rabia lo que te hará buena en este trabajo, sino la alegría».

La furia cedió dejando paso a la felicidad. A una feroz y galopante felicidad.

No fue la pelea más bonita de mi vida, pero sí la más brutal. Le golpeé con todo lo que tenía y el muy cabrón estuvo a punto de ganar. Estábamos sobre el césped resbaloso, mojado de rocío, y él apresaba mis piernas con las suyas mientras me estrangulaba con las manos hasta que perdí la visión. Había conseguido darme unos buenos golpes en las orejas y estas zumbaban con tanta fuerza que solo podía oír el latido de mi propio corazón.

Comprendí que estaba sorprendido de que aguantara tanto. Pero la verdad es que Vance siempre había subestimado a las mujeres.

Esperé, conteniendo la respiración y doblando la cabeza hacia un costado; saqué la lengua para acentuar el efecto y él aflojó la presión de las manos. Le temblaban y me recordé que era cinco años mayor que yo y que cargaba con muchos martinis a sus espaldas.

En cuanto sus manos se relajaron, eché la cabeza atrás y la estampé contra su nariz, que quedó reducida a un amasijo de sangre y de cartílagos. Retrocedió con torpeza mientras yo me levantaba del suelo, sonriendo.

—No me digas que ha sido la primera vez que una mujer fingía contigo.

Se abalanzó sobre mí con un rugido y no se lo impedí. Veinte años atrás, habría reaccionado con la maniobra del huracán, dándole en el torso con los pies y entrelazando las piernas en torno a su cuello para derribarlo. Pero esas mierdas requieren energía y yo me estaba agotando. Me quedaba un solo movimiento y con ese llegaríamos al desenlace, para bien o para mal.

Extendió las manos hasta volver a cogerme del cuello y me sacudió como si fuera una muñeca, salpicándome de sangre por la nariz partida. Le dejé que me arrastrara al suelo y que se colocara encima de mí; sus manos apretaban más y más, reduciendo mi visión a un punto negro. Intenté desasirme con la mano izquierda, pero sus dedos eran de hierro. Con la derecha, me quité el pasador del pelo y lo abrí. Natalie me lo había afilado hasta dejarlo tan fino como una navaja, y, cuando lo clavé en el sobaco de Vance, seccionando la arteria axilar, lo atravesó como si fuera mantequilla.

Al principio no supo qué había pasado. Saqué la hoja y la sostuve delante de la cara, enseñándole el metal manchado con su sangre. Esa visión le derrotó y aflojó el agarre. Antes de que pudiera reponerse, giré las caderas y lo tumbé de espaldas. Sus piernas aún estaban entrelazadas y usé las mías para mantenerlo inmóvil: los flexores de la cadera gritaron cuando me incorporé, lanzando un brazo contra su barbilla, tal y como Perro Loco me había enseñado. Puse la otra mano encima de su cabeza y, al mirarlo a los ojos, comprendí que sabía exactamente lo que iba a pasar.

Abrió la boca, pero no dijo nada. Y entonces, tomando impulso, le partí el cuello con un giro brusco de la muñeca. Su cuerpo cayó encima del mío y luego se deslizó hasta el suelo, cual roca que cae hacia el fondo del mar. Le dejé en el césped y conseguí ponerme de rodillas. Sangraba y estaba sin aliento, los puntos del hombro se habían abierto y me faltaba parte del lóbulo de la oreja. Mary Alice y Natalie, magulladas y cubiertas de sangre, se hallaban en el borde del jardín. Mary Alice sostenía un hacha y entre ellas se alzaba una serie de pedazos de carne humana. Los restos de los guardias de la puerta.

Levanté una mano para atraer su atención porque estaba demasiado cansada para gritar. Y en ese momento sentí una presión fría contra el cuello.

—Levántate, despacio —dijo Martin.

La pistola le temblaba en la mano y eso no me gustó nada. Una mano nerviosa puede apretar el gatillo sin querer. Mary Alice blandió el hacha, pero Martin agitó la pistola hacia ella.

—No te muevas. Y no te acerques más. Solo quiero salir de aquí.

—Intentaste que nos mataran —señaló Natalie—. Creo que no vamos a dejarte marchar.

—Por Dios, Nat, también podrías mentir un poco —murmuré.

Presionó la pistola contra mi cuello. Nat y Mary Alice se quedaron quietas.

—Por si no lo has notado, tenemos amigos aquí —expuso Mary Alice en tono paciente—. No vas a salir vivo.

—Lo conseguiré si ella viene conmigo —dijo él aumentando la presión de la pistola contra el cuello.

Me pregunté si se las había apañado para robarle a Vance la de repuesto. Dudaba que Vance le hubiera dejado conservar la suya.

—Martin, seamos razonables —le dije—. No me importa acompañarte, ¿vale?

Su risa, temblorosa, tenía un deje histérico.

—Para luego matarme cuando estemos solos, ¿no? Quizá seas vieja, pero no voy a correr el riesgo.

—Entonces creo que estamos en un punto muerto —señalé.

Me agarraba con fuerza, tanta que podía oír los latidos de su corazón.

—Cállate. Solo necesito pensar.

—Bueno, ya que estás en ello, ¿piensas que podrías soltarme solo un poco? —pregunté—. Esa pistola en el cuello me resulta de lo más incómoda.

—Cállate, cállate —dijo él.

Me arrastró hacia el borde del jardín, donde los rosales se convertían en un matorral de flores y espinas que recordaba al de la Bella Durmiente. Había un pequeño hueco y comprendí lo que pensaba hacer cuando llegáramos. Los dos juntos no cabríamos por allí. Iba a disparar contra mí y a usar mi cuerpo como escudo para escapar.

Hizo una pausa y elevó el cañón de la pistola hasta mi nuca. Sentí su respiración en el pelo mientras se preparaba para disparar. Hubo un fogonazo, una detonación; sentí el tacto de la sangre caliente en el cuello. Todo había terminado. Me volví para verle caer al suelo con un agujero en la frente del tamaño de mi puño. Me llevé una mano al cuello y la saqué mojada. La sangre era suya, no mía.

Y detrás de él se encontraba Helen, con el adorado Colt de Constance Halliday en la mano. Sonreía.

Ahora sí que todo era como en los viejos tiempos.

40

Una figura se movió en las sombras y Helen la apuntó con el revólver.

—Eh, eh, no pensarás disparar contra una mujer embarazada, ¿verdad?

Naomi Ndiaye se acercó al cadáver de Martin. Llevaba un abrigo Burberry sobre los hombros y una camiseta ajustada que se ceñía a su considerable barriga.

—¿Seguro que ha sido prudente que subieras a un avión en este estado? —preguntó Natalie.

Naomi se encogió de hombros.

—No suele ser un problema hasta que has superado el segundo trimestre. Sé que se me ve inmensa. Es lo que pasa con el tercer hijo. —Puso las manos donde pudiéramos verlas—. Voy a sacar algo del bolsillo y no me vas a disparar, Helen —anunció mirándola fijamente.

Helen asintió y Naomi metió la mano en el bolsillo. Cuando la sacó sostenía en ella una botella llena de líquido verde. Le quitó la tapa y por un momento temí que fuera gasolina o napalm, o cualquiera de las cien cosas horribles que podría haber traído consigo. Pero entonces le dio un buen trago y respiré tranquila.

—Joder, qué bien me sienta. Es ginger ale —explicó mostrándonos la etiqueta—. Para las náuseas.

—¿Aún? —preguntó Mary Alice.

Naomi hizo una mueca.

—*Hyperemesis gravidarum*.

Natalie asintió.

—La princesa Catalina también lo tiene, pobrecilla.

—Me mareo como una sopa con cada embarazo. Normalmente se pasa peor en el primer trimestre, pero los viajes pueden reavivarlos —añadió Naomi mientras clavaba su mirada en cada una de nosotras.

—Bueno, tampoco es que te invitáramos —comenté.

—No —dijo ella rozando el pie de Martin con su zapatilla—. Lo seguía a él. —Miró a Helen—. Oye, me consta que se te dan bien las armas, pero me pone un poco nerviosa que sigas apuntándome. Quizá podrías bajar la mano a cambio de que te prometa no hacer ningún movimiento brusco.

Helen meditó durante unos instantes.

—Que Natalie te registre.

Naomi meneó la cabeza.

—Pues mira, no. He sobrevolado el Atlántico, pero no pienso hacer nada más que ponga en riesgo al bebé. No llevo ningún arma encima porque no tengo la menor intención de meterme en ninguna pelea. Solo he comido una tostada en las últimas doce horas y estoy a punto de vomitarla. No he dormido desde ayer y las hemorroides me están matando, así que, con sinceridad, no estoy de humor para que nadie me manosee. No te ofendas, Natalie —añadió.

—No me ofendo —le aseguró esta.

—Pobrecita —dijo Mary Alice—. ¿No te irá bien comer algo? ¿Crees que un huevo te sentará bien?

Naomi se estremeció.

—No, gracias. Mi intención es zanjar todo esto y salir de aquí. —Contempló el revólver que Helen tenía en la mano—. Lo mío es Procedencia, no Exhibiciones —le recordó—. Puede que tengas sesenta años, pero has sido bien entrenada y llevas matando gente desde antes de que yo naciera. Si tuviera que apostar en una lucha entre ambas, diría que las apuestas estarían diez a cuatro a tu favor.

—¿Por qué solo diez a cuatro? —preguntó Helen.

—Porque solo pelearíamos si empezaras tú, y en ese caso yo defendería a este bebé hasta mi último aliento. Y se me da bien morder —dijo Naomi con calma.

Helen se lo pensó durante un minuto antes de bajar definitivamente el arma.

—Gracias —dijo Naomi. Su mirada se posó en el orificio de la frente de Martin—. Deduzco que esto ha sido obra tuya.

Helen asintió. Naomi se agachó, sosteniéndose la barriga con una mano, y miró con atención la herida. Aún manaba sangre: caía despacio sobre uno de los ojos de Martin, que seguía abierto, hasta detenerse en su nariz.

—Un poco desviado a la izquierda, pero bastante bueno. Él parece sorprendido.

—Lo estuvo —le aseguré.

Le cerró los ojos. Luego se incorporó y dio otro trago a la botella de ginger ale.

—Gilipollas —sentenció al tiempo que meneaba la cabeza. Luego sacó un móvil del bolsillo y marcó un número—. Necesito una brigada de limpieza —dijo, y a continuación dio la dirección de Benscombe Hall—. Que sean rápidos y silenciosos. En el jardín. —Hizo una pausa y miró a su alrededor—. ¿Hay alguien más de quien tengamos que ocuparnos?

—Guardaespaldas esparcidos por la finca —le dije—. Trozos de seres humanos en la cocina, aunque diría que ya estarán carbonizados. Y Vance Gilchrist está junto al invernadero.

Enarcó las cejas, pero no me respondió. Relató la información a la persona que tenía al otro lado del teléfono y luego colgó sin despedirse.

—De veinte a treinta minutos. —Miró a su alrededor—. Estudié en Cambridge, pero me crie en Atlanta, y este frío me está calando los huesos. Vayamos dentro.

Se dirigió al cobertizo y las demás nos miramos. Naomi había tomado el mando a la perfección. Podríamos haberla dominado: no es que estuviera en grandes condiciones físicas y, como miembro del departamento de Procedencia, su adiestramiento había sido mucho menos completo que el nuestro. En realidad, podíamos acabar con ella si decidíamos hacerlo.

Pero no lo decidimos. En su lugar, la seguimos hacia el cobertizo, donde se nos unieron Minka y Akiko, quienes nos ayudaron a colocar unos cuantos sacos para que Naomi se sentara. No me preocupé de preguntar por Taverner. Supuse que había hecho lo que le habíamos pedido y que luego se había largado a la primera oportunidad. Solo esperaba que hubiera aguantado lo bastante para presenciar el final.

Cuando se hubo acomodado, Naomi empezó a hablar.

—En primer lugar, presumo que las cuatro sois las responsables de las eliminaciones de Vance Gilchrist, de Thierry Carapaz y de sus guardaespaldas.

—Y de Günther Paar —añadí.

Ella entornó los ojos.

—Su fallecimiento se atribuyó a causas naturales. Se ahogó con una manzana mientras sufría un infarto.

—Le metí un pedazo de manzana en el esófago después de que Mary Alice y yo le untáramos el cuerpo con una envoltura de barro a base de nicotina.

Naomi abrió la boca y luego la cerró. Y entonces se echó a reír.

—Impresionante, señoras. Trucos de la vieja escuela. —Dio otro sorbo de ginger ale—. Bueno, eso supone otra víctima en vuestro contador. ¿Os ayudó alguien?

—No —dije sin dudar.

Paseó la mirada por la mesa, pero ninguna de las cuatro estaba dispuesta a traicionar a Taverner.

—Vale —dijo Naomi—. Me estáis mintiendo a la cara, pero lo entiendo. Protegéis a alguien. Me parece bien, pero no puedo protegeros si no me decís la verdad.

—¿Protegernos? —preguntó Mary Alice.

La expresión de la cara de Naomi era serena.

—Hay una organización entera olisqueando una gruesa suma a cambio de cada una de vuestras cabezas. Y, puesto que ahora estoy al mando, soy la única que puede cancelarla. De manera que sí, estoy aquí para protegeros.

—¿Por qué? —inquirió Helen.

Naomi señaló hacia fuera, hacia el cadáver de Martin que se enfriaba en el jardín.

—Porque os habéis librado de ese advenedizo de mierda y me habéis ahorrado el tener que hacerlo.

Natalie la miró asombrada.

—¿Ibas a por Martin?

—Llevo vigilándole unos dos, casi tres años. Se congraciaba con la Junta, asumiendo trabajo extra, y se aseguraba de quedar bien con todo el mundo. Era demasiado perfecto para mi gusto. Tanta amabilidad me tocaba los ovarios. Así que empecé a prestarle atención.

—¿Cómo te las apañaste para vigilarle? —preguntó Mary Alice.

Naomi sonrió.

—Coincidía con él cada trimestre, cuando me reunía con la Junta para los informes. Instalé un registro de pulsaciones de teclado en su ordenador y un programa espía en su móvil. Con solo diez minutos de trabajo pude ver todo lo que hacía: cada búsqueda, cada e-mail, cada asqueroso paso de su plan. Me sé en qué nivel de *Angry Birds* está, me consta que su cuenta corriente es mucho más abundante de lo que corresponde a su sueldo, y hasta estoy al tanto de que sufrió un pie de atleta que preocupó bastante a su médico por lo mucho que tardaba en curarse.

—Qué asco —musitó Natalie.

Naomi sonrió.

—No pienso hablaros de lo que le gustaba escribir en su fanfic. Sigue en la red.

—Así que eras capaz de ver todo lo que hacía —dije despacio—. Eso incluye la trampa que nos tendió.

La miré fijamente y ella no desvió los ojos.

—Sí. Y también sabía que no tenía la manera de probarlo. Si iba a la Junta con la historia, él podía acusarme de habérselo instalado todo en sus dispositivos para cargarle el muerto de algo que estaba haciendo yo. Además, ¿de verdad creéis que me habrían escuchado? Se lo tragaron sin un movimiento de sus peludas cejas. —Dio un último trago de ginger ale y soltó un eructo lento y sonoro—. Este bebé me está matando.

—Necesitas más jengibre —dijo Minka. Sacó un paquete de chicles de jengibre del bolsillo y se lo dio.

Naomi cogió uno y se lo metió en la boca.

—Soy amable contigo en tanto en cuanto tú lo seas con mis amigas —puntualizó Minka con severidad.

—Minka, siéntate. Te está saliendo el acento ucraniano —le dije.

Naomi la miró.

—¿Ucraniano?

Le dijo un par de frases y a Minka se le iluminó la cara. Le respondió con una voz alegre que nunca le había oído.

—¿Hablas ucraniano? —preguntó Helen.

Naomi se encogió de hombros.

—Hablo diecisiete idiomas. La mayoría, por trabajo. El ucraniano fue solo por placer.

—Tu puntuación en Duolingo debe de ser la hostia —dijo Natalie.

Naomi sonrió.

—De manera que sí, para responder a tu no muy velada acusación, Billie, fui testigo de cómo Martin os traicionaba y de cómo la Junta emitía la orden de eliminación. Me planteé la posibilidad de enviar algún aviso, pero al final decidí no hacerlo. La Junta pensó que cuatro vacas viejas (sus palabras, no las mías) no tendrían nada que hacer contra Brad Fogerty, así que mandaron a un único agente al crucero. Estaban convencidos de que no sospecharíais nada. Sin embargo, yo pensé que se equivocaban. Tenéis experiencia e instinto. Supisteis tener los ojos abiertos y os salvasteis. Estaba segura de que lo lograríais.

—Pusiste en peligro sus vidas —intervino Akiko de repente.

Naomi ni parpadeó.

—Asumí un riesgo calculado. No es nada raro en nuestra clase de negocio. —Continuó—. Cuando se enteraron de que habíais salido ilesas del barco, la Junta se dividió. Paar se inclinaba por cancelar la orden. Ya había sido el más reticente en dictarla, pero Gilchrist y Carapaz le presionaron y accedió a mantenerla. Pensaron que lo más probable era que recurrierais a un amigo en busca de respuestas, así que ya estaban encima de Sweeney.

—Le pincharon el teléfono y enviaron a Nielssen para que acabara el trabajo si él la cagaba —aventuré.

—Exacto. Y cuando eso también falló, dedujeron que os habíais ido de Nueva Orleans, pero no tenían la menor idea de vuestro paradero. Gilchrist se volvió loco. Carapaz decidió encerrarse en París y doblar el número de sus guardaespaldas. Paar nunca creyó que tuvierais los huevos de ir a por ellos, así que mantuvo su reserva en el spa. Me parece que se equivocó —dijo saludándonos con aire marcial—. Paar era una criatura de costumbres. No me sorprende que lo encontrarais, pero Carapaz os debió de costar más. ¿Cómo lo hicisteis?

Le relatamos todo el proceso y dio la impresión de estar impresionada.

—¿Cogiste el informe de la cama sin saber lo que era?

Me encogí de hombros.

—Supongo que mi subconsciente lo identificó como algo del Museo. No sé. Me lo llevé por puro instinto. Y, cuando lo leí, vi el código del margen y comprendí que había sido cosa de Martin.

—Martin no sabía que Billie ya sospechaba de él cuando le dejó el mensaje acerca de Tollemache —intervino Mary Alice.

—Se creía que estaba siendo de lo más sutil —dije con una sonrisa.

—Y necesitaba encontrar la manera de hacerte pensar que el cuadro estaría en Tollemache para hacerte caer en la trampa de Vance —dijo Naomi, juntando así todas las piezas.

Completé lo que faltaba.

—Ignorábamos dónde empezaba la trama, pero en ese momento era obvio que Vance y Martin compartían información. Y que cualquier plan para eliminarlos solo funcionaría si podíamos darle la vuelta a la situación y traerlos aquí.

—Así que, con todos tus santos huevos, fuiste a Tollemache y te ofreciste como señuelo —dijo Naomi al tiempo que me lanzaba una mirada de aprobación—. Los tienes cuadrados.

Me encogí de hombros.

—Ellos nos querían a las cuatro. Supuse que estaría a salvo hasta que nos reunieran a todas. Vance tenía una cuenta pendiente conmigo desde hace cuarenta años. Obligarme a ver cómo mataban a mis amigas supondría un bonito plus para él.

Naomi, que seguía mascando el chicle de jengibre, puso los ojos en blanco.

—No sé si es lo mejor que he probado en mi vida… o lo peor.

—Lo mismo me pasa con el tequila —dijo Minka.

—Hicisteis un gran trabajo para disimular el asesinato de Paar —continuó Naomi—. Carapaz y Gilchrist discutieron sobre los siguientes pasos. Carapaz decidió esperaros. Argüía que carecíais de los recursos necesarios para dar una serie de golpes seguidos, sobre todo en contra de personas como ellos. Gilchrist se mostraba más cauto. Cuando eliminasteis a Carapaz, decidió que la mejor defensa sería un buen ataque.

—Y entonces el cuadro de Anguissola salió a subasta para atraer nuestra atención —intervino Helen.

—Cumplió con su función —dijo Naomi, sonriendo de nuevo—. Y algún día me gustaría saber la historia entera de su recuperación. Pero oigo ruido en el jardín. El equipo de limpieza está aquí.

41

Desde el cobertizo observamos al equipo que, enfundados en discretos monos de trabajo de color gris, envolvían los cadáveres en lonas y los apilaban en la parte trasera de una furgoneta. Cerraron la puerta y se largaron sin hablar con nadie.

—¿Adónde se los llevan? —preguntó Natalie.

—Hay un lugar de gestión de residuos provisto de incinerador industrial a las afueras de Bristol. Se ocupa de atender las necesidades del sur de Inglaterra y Gales. El norte y Escocia pertenecen a una división distinta —explicó Naomi—. Las cenizas se echan al vertedero. En cuestión de una hora, no quedará ni rastro de ellos. Solo por curiosidad, ¿cómo pensabais deshaceros de los restos?

—Comentamos algo sobre recurrir a los cerdos —le dije.

Asintió.

—Los cerdos siempre son una buena opción si estás en el campo. —Paseó la mirada por el grupo—. Hora de hablar del futuro, señoras. Estoy aquí para haceros una oferta.

Naomi expuso las condiciones y, tras un breve tira y afloja, llegamos a un acuerdo. No se puso nada por escrito. Era un trato verbal, sellado con chicles de jengibre y una botellita de vodka que Natalie llevaba en el bolsillo.

—Tú retiras la orden de eliminación sobre nosotras y nos

devuelves las pensiones, y a cambio ocupas el puesto de directora en funciones hasta que se elija a otra Junta Directiva —resumí.

—Podemos volver a nuestras vidas —dijo Mary Alice mientras buscaba la mano de Akiko. Esta se la cogió y comprendí que saldrían adelante juntas.

—Sí, pero no enseguida —advirtió Naomi—. Debo asegurarme de que todo el mundo se entera de que os habéis vuelto a congraciar con el Museo, así que mantened un perfil bajo durante un tiempo, ¿vale?

—Yo me iré a Japón —soltó Natalie de repente—. Siempre he querido estudiar ikebana.

Akiko miró a Mary Alice y sonrió.

—Nosotras haremos un viajecito por Noruega. Podríamos llevar a Kevin a la tierra de sus ancestros.

Levantó la patita de Kevin y este exhaló un gruñido somnoliento.

—¿Qué vas a hacer tú? —pregunté a Helen.

Respiró hondo mirando hacia la casa. El fuego no se había extendido más allá de la cocina y el equipo de limpieza se había encargado de apagarlo por completo. Una nube densa y oscura seguía flotando en el jardín y supuse que el pelo nos olería a humo durante días.

—Tengo una casa que acondicionar. Y estoy lista para hacerlo —anunció Helen con firmeza—. ¿Y tú?

Pensé en una diminuta isla griega en la que Taverner y yo habíamos pasado un mes juntos hacía una eternidad. Habíamos alquilado una casita de campo situada en lo alto de un precipicio que tenía vistas a un mar tan azul que desbancaba todos los azules del mundo. El viento llevaba consigo aromas a hierbas y a sal, y el sol brillaba a diario como si fuera el carro dorado de un dios.

—Grecia —decidí de repente—. Me iré a Grecia.

—Nos iremos a Grecia —corrigió Minka.

Sonreí. Dejaría que me acompañara y que se quedase conmigo durante un tiempo. Luego, con mucho tacto, la echaría para que viera mundo; la chica necesitaba un año sabático. Y cuando se hubiera ido yo tendría tiempo, todo el tiempo del mundo, decidí, pensando en Taverner. Un poco de sol le sentaría bien, sobre todo si seguía practicando *tai chi* desnudo en el jardín.

Naomi se disculpó y se fue al cuarto de baño. Cuando volvió, las otras se despidieron de ella y yo la acompañé. Fui por el camino más largo, me paré en el estudio delante del cuadro que aún colgaba sobre el viejo papel pintado. Lo observó durante un minuto largo.

—Astrea —dijo señalando las balanzas y la espada.

—¿La conoces?

Esbozó una sonrisa cómplice.

—Mi tesis de máster versó sobre el papel de la alegoría y la metáfora en el Barroco italiano.

—Entonces entiendes por qué este cuadro era importante para Constance Halliday —dije—. Y lo que ella defendía. Lo que el Museo defendía. Antes.

—Así es. Y créeme cuando te digo que volverá a ser así. Te lo prometo.

Nos dimos la mano y se marchó a pie. Ignoro dónde había dejado el coche y no se lo pregunté. Se limitó a desvanecerse en las sombras tan silenciosamente como había llegado y pensé que su entrenamiento tal vez había sido más completo de lo que pensábamos.

Salí al jardín a recuperar el aliento. Hacía frío, un frío atroz, pero no fui capaz de irme de allí.

Estaba a punto de anochecer, era esa hora en la que el aire se torna gris y las aves nocturnas cantan. Se sentían cansadas, esas aves, y su canto se volvía más tenue. Pero no se callaron, siguieron cantando hasta que el amanecer iluminó los árboles.

Segunda nota de la autora

Llegados a este punto, un autor corriente escribiría aquí la palabra «FIN» en letras bien grandes y la historia habría terminado. Pero yo no soy una autora corriente y esta historia nunca se terminará. He cambiado solo lo necesario para que no nos encontréis aunque quisierais. Y de verdad os aconsejo que no lo intentéis. Hay gente que ha muerto por menos. Lo sé. Yo estaba allí.

Segunda nota de la autora

Agradecimientos

Este libro pasó por muchas crisis de confianza y hubo más gente de la que puedo citar aquí que me mostró su apoyo. Pero quiero dedicar un agradecimiento especial y prometer una ronda de combinados a:

Pamela Hopkins, agente, amiga y la primera persona del mundillo que creyó en mí. Espero que estés orgullosa de mí.

Danielle Perez, excelente editora, que un día me llamó por teléfono y me dijo: «Creemos que deberías escribir un libro sobre mujeres mayores». Nunca dejaste que me acomodara y este libro es la prueba de ello.

Jenn Snyder, por su generosidad y su perspicacia editorial. Estas *Señoras* se han beneficiado de ella.

Claire Zion, por su apoyo, su entusiasmo y por una noche de charla que supuso la semilla de este libro.

Craig Burke, por darle a la novela el mejor título posible. Te he nombrado oficialmente el padrino de estas *Señoras*.

El departamento de arte de Berkley, por diseñar una cubierta que es absolutamente icónica.

Ivan Held y Jeanne-Marie Hudson, por darme la oportunidad de vivir a lo grande y así poder dedicarme a matar a algunos.

Loren Jaggers y Tara O'Connor, por sus habilidades como

animadoras. No hay pompones en el mundo más mullidos que los vuestros.

Jess Mangicaro, por su inagotable paciencia y su inquebrantable buena disposición ante toda mi ignorancia tecnológica. Eres una estrella del rock.

Candice Coote, por mantener las cosas en marcha.

Michelle Vega, por asumir la batuta de llevar esto a buen puerto.

Jomie Wilding y el grupo Writerspace, por su atención al detalle y su esmero a la hora de mantener limpia la casa digital.

Angèle Masters, por su trabajo exquisito como voz de los libros de Veronica Speedwell.

Todos los integrantes de Berkley y de Penguin Random House. Lo digo literalmente: todos. Estoy encantada de realizar este viaje en vuestra compañía.

Todos los libreros, bibliotecarios, bookstagramers, reseñadores y lectores que alguna vez han cogido uno de mis libros y han pensado bien de ellos. Gracias por extender el amor por los libros.

Mi recurso para todo lo que tiene que ver con temas físicos, el amigo que nunca se escandaliza cuando le envío mensajes que empiezan diciendo: «Mira, tengo que matar a un tío...». Travis Staton-Marrero.

Ariel Lawhon y Lauren Willig, autoras de increíbles llamadas telefónicas que incluían la pregunta: «Pero ¿cómo vas a hacerlo?».

Tasha Turner, Felicia Grossman, Jenny Rae Rappaport, Lauren Conrad, Stacey Agdern y Brina Starler, por su amabilidad al compartir sus conocimientos sobre la fe judía conmigo.

Blake Leyers, mi adorada amiga, eres tan alentadora como unas buenas medias. Gracias por las llamadas, los mensajes, las aportaciones de ideas, y sobre todo por esa nota que decía: «Si escribes de manera auténtica, no puedes fallar». Aún la tengo pegada al ordenador.

El resto de Blanket Fort. Por sus gifs, sus chistes y su falta de sentido del ridículo. Sois mi gente.

Ali Trotta, por gritar tan alto de emoción cuando compartí

las noticias sobre este libro (tuve que apartarme del teléfono) y por sus regulares textos de ánimo.

Los trinos de Twitter, que todos los días me traen alegría y alivio. Gracias por ser mi fuente de agua fresca virtual.

Mi hija y cada uno de sus: «¡LO LOGRASTE!».

Mis padres, por todas las tareas asumidas, los malos humores aguantados, las lágrimas consoladas.

Mi marido, simplemente por todo.

Cualquier persona que se identifique como femenina y sienta rabia. Estoy a tu lado, hermana. Esta novela va dedicada a ti.

«Para viajar lejos no hay mejor nave que un libro».

Emily Dickinson

Gracias por tu lectura de este libro.

En **penguinlibros.club** encontrarás las mejores
recomendaciones de lectura.

Únete a nuestra comunidad y viaja con nosotros.

penguinlibros.club

 penguinlibros